騎士団長アルスルと翼の王

鈴森　琴

JN090185

人間を滅ぼすほど危険な人外《じんがい》、六災《ろくさい》の王討伐をかかげる鍵の騎士団。率いるのはかつてレディ・がっかりとよばれていた前皇帝の娘アルスルだ。新皇帝の要請を受けた騎士団は、六災の王の一体である隕星王《いんせいおう》の眷属《けんぞく》、ワシ人外との戦いで疲弊《ひへい》した城郭都市アンゲロスの救援にむかう。一方、アルスルの護衛官となったルカは、アルスルへの恋心を抱きつつも、身分のちがいから想いを告げられずにいた。ところがアンゲロス公爵と対面した晩、ルカはとても奇妙な双子の夢を見たのだった。変わり者の少女の成長と戦いを描く、人気の『皇女アルスルと角の王』続編。

アルスル＝カリバーン・
ブラックケルピィ……鍵の騎士団の団長
ルカ＝リコ・シャ……アルスルの護衛官
プチリサ……アルスルの普通種の白猫
キャラメリゼ号……アルスルのケルピー人外《じんがい》
コヒバ号……アルスルのケルピー人外
アンブローズ・ブラックケルピィ……アルスルの養父。ダーウィーズ公爵
チョコレイト・テリア……鍵の騎士団の鍛冶職人長《ブラックスミス》
クレティーガス二世……第五系人帝国の皇帝
ノービリス＝ヘパティカ・コッカァ……皇帝クレティーガスの息子
アガーテ号……ノービリスのコッカー人外
ヴィクトリア・アビシニアン……アンゲロス公爵

アビィ＝グラビィ七七七号《スリーセブン》……ヴィクトリアのアビシニアン人外
ゴードン＝リング・アビシニアン……ヴィクトリアの弟。人外研究者
ウィル・アビシニアン……ヴィクトリアの甥。大佐
スロース・シクリッド……シクリッド社の空域《ヘブン》支社長
ミカエル……スロースのハクトウワシ人外
プラティーン（プラタ）・シクリッド……シクリッド社の空域支社副支社長
隕星王《いんせいおう》……ワシの人外王《じんがいおう》。空域の六災《ろくさい》の王
サマエール……隕星王の眷属《けんぞく》

The Characters

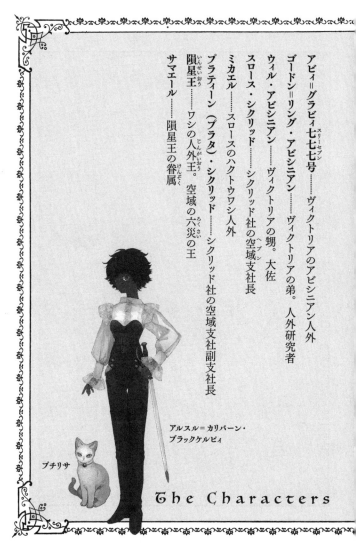

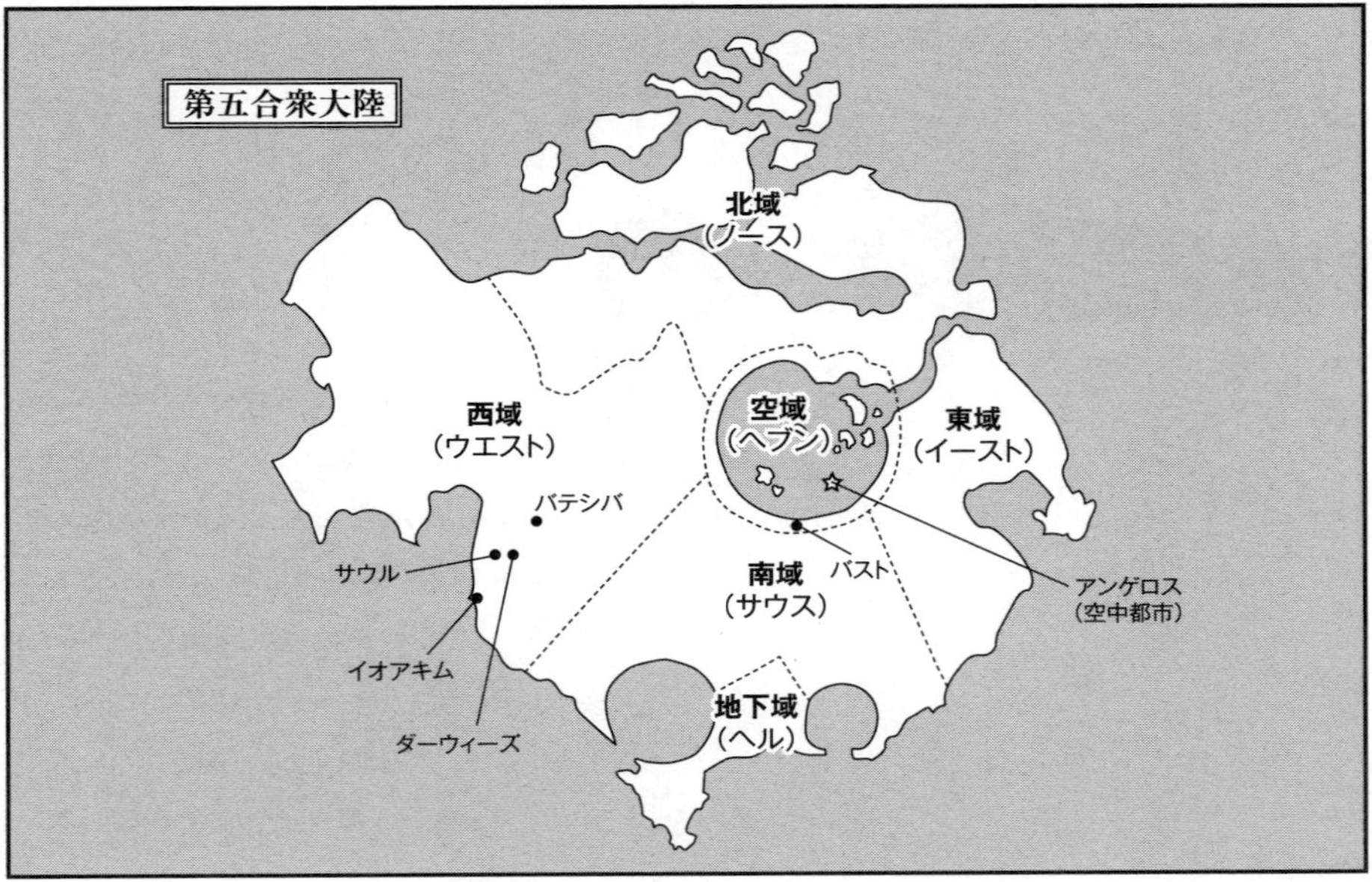
第五合衆大陸
北域
（ノース）
西域
（ウエスト）
空域
（ヘブン）
東域
（イースト）
南域
（サウス）
地下域
（ヘル）
バテシバ
サウル
イオアキム
ダーウィーズ
バスト
アンゲロス
（空中都市）

騎士団長アルスルと翼の王

鈴森　琴

創元推理文庫

ARTHUR AND THE KING OF JUDGEMENT

by

Koto Suzumori

2023

騎士団長アルスルと翼の王

序

わたしたち第五系人の祖先は、狩猟民族でした。

たくさんの小さな部族が、それぞれ城郭《じょうかく》都市を築き、独立していました。

ところがおよそ七百年前、わたしたちをまとめ、支配し、守ってもいた第七系人の七帝《ななてい》帝国が衰退します。そのためにわたしたちは、ひとつの国となって、力をあわせなければならなくなったのです。人外《じんがい》たちの脅威から、命を守るためでした。

人外。

人間より優れた能力をもつ獣《けもの》たちのことです。

人外たちは強く、賢く、長生きで、さまざまな言葉、さまざまな力を操ります。姿を変えたり、影に溶けこんでしまうものもめずらしくはありません。

わたしたちの第五合衆大陸には、星の数ほどの人外がいます。

そして、それぞれの種を束ねる特別強力な存在——人外王も、銀河系とおなじ数ほど発見されています。

人間に友好的な王もいますが、ほとんどは人間を避け、あるいは嫌っていました。なかでも、人間を滅ぼすかもしれないほど危険な人外王は、六体。そのことから、第五系人はいつしか、大陸を六つの地域にわけてよぶようになりました。


東域《イースト》の、月雷王《げつらいおう》。

西域《ウエスト》の、走訃《そうふ》王《おう》。

南域《サウス》の、番狼王《ばんろうおう》。

北域《ノース》の、氷山王《ひょうざんおう》。

空域《ヘブン》の、隕星王《いんせいおう》。

地下域《ヘル》の、地《ち》動王《どうおう》。


六地域六体——六災《ろくさい》の人外王を駆除すること。

それが、わたしたち第五系人帝国の存在理由なのです。

そしてその偉業をなした英雄が、ただひとり、語り継がれています。

鍵の騎士団の創始者。

かの有名な、アルスル＝カリバーン・ブラックケルピィです。

西域《ウエスト》の走訃《そうふ》王《おう》を駆除した彼女と、城郭都市ダーウィーズを本拠地とする鍵の騎士団は、いくどとなく帝国を助けました。

右手に、牙の小剣——聖剣リサシーブ。

左手に、角の大剣――走る王。

二本の剣をたずさえたアルスル＝カリバーンは、どんな窮地からも生還したことから、大いなる英雄とよばれるようになったのです。人外類似スコアをもつ彼女は、すこし口下手ですが、仲間だけでなく、名も知らぬ人や人外をも大切にする人物だったので、たくさんの人々から信頼されました。

〈「帝国のなりたち」『帝国議会認定・初等教育書　改訂版』より抜粋〉

1

アルスルは処女である。

恋、をしたこともまだない。

そんなアルスルへ、彼はあいさつするようにたずねるのだ。

「なぁ。キスしていいか？」

そう聞かれるたび、アルスルは首をふる。

二人の姉に、だれとでもキスをする人とはキスをしてはいけないと言われているからだ。たしかにアルスルのボディーガード——ルカ＝リコ・シャは、ハンサム、ダンディ、セクシーで、姉たちから言わせればプレイボーイだという。

下の姉ヴィヴィアンはかならず吐き捨てる。

「恋人でもないくせに、あつかましい！　絶対ダメだ！」

ところが上の姉エレインは、小声でささやく。

「……でも、そのキスであなたの心がどう動くか、知りたくはあるわね」

しかし。

どちらの姉も結論はおなじ。

「やめなさい。メルティングカラーとの恋は」

いばらの道だから、と。

今年、アルスルは十九歳になった。

白い絹のブラウスには、ツタの葉脈をかたどったニードルレース。

黒い牛革の長ズボンには、鍵の紋章が彫られた銀ボタン。

コルセットに似たベルト、太ももまでの黒いロングブーツも、牛革製だ。どれもぴたりと体のラインにあっていて、彼女のしなやかさを強調している。

肌は炭のように黒かった。さっぱりとした波うつショートカットと瞳も、黒曜石《こくようせき》のごとく黒い。耳には、血よりも赤く動脈よりも細い、忌避石《きひせき》のピアスがゆれていた。腰にはスモールソードをさしている。黒革のベルトにつられたその剣は、真珠《しんじゅ》のようにかがやく七色の鞘《さや》におさめられていた。

聖剣リサシーブ。

アルスルを英雄にした、特別な剣である。

けれどそれは、アルスル本人が特別だということではなかった。

アルスルの体は鍛えられているものの、ほかの女性とおなじようにやわらかく、細い。風邪もひくし、飢えれば動けなくなる。ひどい怪我をすれば、死ぬことだってあるだろう。

だから。

「剣はもうあるだろ？　だからおれ、あんたの盾《たて》になるよ」

笑って、ルカがそう約束してくれたとき。

アルスルはほっとした。

今日までずっと、ルカはアルスルを守ってきたからだ。大きな体でアルスルをかばい、すばやく退路へ導く。貧民街育ちであることを気にしている彼は、しかし、とても頭がよかった。とつぜんの襲撃にもうろたえないし迷わない。きっと、命にかかわる危険にあってきたからだろう。武器の使いかたもよくわかっているので、ルカはいつも最高の結果をだした。

戦いなら、アルスルはルカをだれよりも信頼している。

（恋……ではないだろうけれど）

ロマンス小説や劇、親しい人たちによると。

恋とは相手のことしか考えられず、心臓が熱く、しめつけられるように苦しくなるものだという。残念ながらアルスルは、ルカよりも、イヌやネコやデザート、狩りについて考える時間が長い。それでも、においや手ざわりのようなものでわかっていた。

人間とペアを組んで戦うとしたら、ルカだと。


第五合衆大陸、西岸。

帝国の都——帝都イオアキム。

豪奢《ごうしゃ》なドレスをまとったアルスルが、宮殿の廊下へでたときだった。

今夜の護衛官をつとめるルカはぴゅうと口笛を吹いた。拍手の代わりに、左足の義足で床をタップする。

「わぉ！　イカすぜ！」

あらゆる年代の女性がくらりとするような、セクシーな笑顔である。

ところがアルスルは、やや暗い顔でふらついた。

「……重い……苦しい……走れない」

舞踏会用ドレスはうっとうしいほど窮屈《きゅうくつ》だった。

生地は、漆黒《しっこく》のシルク。ピンクゴールドとダークグレーがアクセントで、刺繍《ししゅう》糸、鍵と花をかたどったニードルレースまで三色で統一されている。背中はヒップすれすれまで露出しており、ドレスのトレーン――引き裾も長かった。踊れないことはないが、おしりにベッドシーツを巻きつけたようで、ずるずると引きずらなければならない。

「ま、安心しなって。なにかあっても、おれがあんたを守るから！」

「……いつものように？」

「特別なあんたを守る盾だよ」

特別なあんた――。

ルカの口ぐせだ。自分が特別ではないことを知っているアルスルは、そう言われるたびに恥ずかしくなる。

「ありがとう、でも……」

言いかけたアルスルに、ルカはウインクを投げた。

「もしおれがあんたを守って死んじまっても、後悔はない。特別なものを守れたなら、おれの人生だって特別だったにちがいないんだ。そうだろ?」

金でやとわれた傭兵だからだろうか。ルカはたまに、すこし怖いジョークを言う。

二十九歳。茶色い短髪のえりあしは、几帳面《きちょうめん》にそりこまれている。反対に、もみあげとあごまわりにかけてのひげは無造作で、なんとなく色っぽい。黄色みが勝った肌だが、切れ長の瞳は、ヘーゼル——ライトブラウンとダークグリーンがまじった淡褐色だった。チャーミングな顔つきでたくましく、八頭身。

メルティングカラーだ。

第五系人帝国では、混血が進み、外見で人種を特定できない人々をそうよぶ。

賓客の護衛官が着るネイビーブルーの正装。人外革《じんがい》の肩当てに短剣というささやかな武装をした彼は、エキゾチックなクールさをただよわせていた。その肩には、白猫がのっている。

アルスルの飼い猫——プチリサだ。

ダーウィーズから連れてきた普通種のオス。ルカが背を向けると、プチリサの長いしっぽがするすると青いマントをなでているのが見えて、かわいらしい。

「しかし、おかしな場所だよな? 貴族だらけの豪華な宮殿だってのに……イヌネコの出入りは自由なんだから」

ルカがプチリサの鼻をつついた。故郷へ戻った気分で、アルスルは宮殿をながめる。

（ひさしぶり……変わってない）

昼は、黒真珠のように。

夜は、黒薔薇《ばら》のように。

いかなるときもかがやくイオアキム城は、帝国議会《パーク》が開催される地としても有名だ。

アルスルはこのイオアキム城で生まれ、十六年間をすごした。亡き父——ウーゼル＝レッドコメット・ブラックケルピィは、三年前まで、この帝国の皇帝の座についていたのだ。その偉大なる父が暗殺されてしまったのもまた、このイオアキム城である。

（……だいじょうぶ。もう怖くない）

心の痛みは、過去のものとなりつつある。なにより今回は、父をなつかしむためにこの城へきたわけではないのだ。

遠くで、オーケストラの演奏がはじまった。

黒水晶《モリオン》の晶洞《しょうどう》——パーティーの会場となる大広間が、開かれたのだろう。耳慣れた童謡のアレンジが流れたときである。

『……〈キングハンティング〉なの……！』

少年の声が叫んだ。

六災《ろくさい》の王がでたぞ！　ちれ、ちれ、イヌとネコ！

帝都イオアキムから、一直線にかけろ！　皇帝の命を受けて！

頭へ直接ひびく声で熱唱しはじめたのは、こげ茶色の大きな動物だった。

『……うるさいぞ、コヒバ！　このへたくそ！』

アルスルのそばにいたもう一体が、うんざりという声をあげる。

ブラックケルピー人外種。

ブラックケルピィ家が使役するイヌ人外だ。

ボーダーコリーに似た顔と、やわらかい単色の短毛。耳はピンと立っている。大きさは、ハイイロヒグマ《グリズリー》ほど。もとは牧羊犬で、とても賢く従順だが、警戒心も強い。

アルスルにぴたりとついているのは、兄貴分のキャラメリゼ号。お気に入りの歌を披露しているのが、弟分のコヒバ号だった。


東域《イースト》に月雷王《げつらいおう》がでたぞ！

いけ、いけ、ウォーター・ドッグ！　クラゲの毒から、みんなを守れ！

つどえ、東の大貴族・レトリィバァ家のもとへ！

青き川と海のさき、真珠の大水族館へ！　城郭都市ペラギアへ！

西域《ウエスト》に走訃王《そうふおう》がでたぞ！

いけ、いけ、ハーディング・ドッグ！　人喰いウマから、みんなを守れ！

つどえ、西の大貴族・ブラックケルピィ家のもとへ！
赤き荒野と緑の森をかきわけ、鍵の大城塞へ！　城郭都市ダーウィーズへ！

南域《サウス》に番狼王《ばんろうおう》がでたぞ！
いけ、いけ、ガード・ドッグ！　オオカミの牙から、みんなを守れ！
つどえ、南の大貴族・シェパァド家のもとへ！
銀の霧をぬけ、冠の大風車へ！　城郭都市アスクへ！

帝国にある人外王の歌すべてを集めた歌集——王吟集《おうぎんしゅう》。
その第一章にのっているのが、〈キングハンティング〉だ。知らない人などいないくらい有名な歌で、おなじ名前のおいかけっこ《タグゲーム》もあった。ふたつのチームにわかれて、歌っているほうが狩人《かりうど》となり、そうでないほう——人外を捕まえる。

北域《ノース》に氷山王《ひょうざんおう》がでたぞ！
いけ、いけ、キャット・パンチ！　幼虫のあごから、みんなを守れ！
つどえ、北の大貴族・メインクゥン家のもとへ！
黒き猛吹雪をたえ、鎧《よろい》の大温室へ！　城郭都市イシドロへ！

空域《ヘブン》に隕星王《いんせいおう》がでたぞ！

いけ、いけ、キャット・ジャンプ！　ワシの嘴《くちばし》から、みんなを守れ！

つどえ、中央の大貴族・アビシニアン家のもとへ！

灰の火山をさけ、翼の大気球へ！　城郭都市アンゲロスへ！


地下域《ヘル》に地動王《ちどうおう》がでたぞ！

いけ、いけ、キャット・ディグ！　ネズミの病気から、みんなを守れ！

つどえ、地底の大貴族・ショォトヘア家のもとへ！

金の廃墟をこえ、花の大図書館へ！　旧城郭都市エンブラを奪還せよ！


　コヒバが歌詞を歌いきる。

『おひめしゃま、聞いた？　コヒバの歌どうだった⁈』

「上手だ」

　アルスルはハンカチーフほどもある耳をなでてやる。

　若いケルピー犬は激しくしっぽをふった。すっかり上機嫌だ。興奮のあまりアルスルに跳びつこうとしたコヒバの後ろ脚を、キャラメリゼがすかさず蹴った。脚を払われてけつまずいたコヒバは、びっくりしてあたりを見まわす。しかし彼は、キャラメリゼが知らん顔をしたことにも気づかなかった。

『僕のキティ』

キャラメリゼがたずねた。

『あの大広間が怖いんじゃないかい？』

「……ありがとう。キャラメリゼ」

静かにほほえんだアルスルを見て、ルカが首をかしげる。

「怖いって？」

『前の皇帝は……あそこで亡くなったんだ』

ルカがあっという顔をした。

キャラメリゼはアルスルの顔を舐《な》めようとしたが、しっかり化粧がほどこされているのを思いだしたらしい。自分の右半身をアルスルの左半身にくっつけて、じっとする。ルカが謝罪した。

「悪かった、アルスル……」

「だいじょうぶ。さぁ、行こう……わたしにしかできないことが、あるはず」

アルスルは背筋をのばす。

結成したばかりの人外討伐組織——鍵の騎士団の代表として。

現皇帝クレティーガス二世の誕生日セレモニーに出席することが、アルスルの役目だ。

強い人外と戦うには、人間同士がなかよくしなければならない。そのことをアルスルはよく知っていた。

「……お望みのままに、わが君《マイレディ》」

ルカが誇らしそうに笑う。一行は、黒水晶《モリオン》の晶洞をめざした。


第五系人帝国には、たくさんの人外使いがいる。

もっとも権力を有するのは、貴族——建国以前からイヌネコの人外と共存してきた、イヌ使い部族とネコ使い部族だ。帝国の政治を行う帝国議会は、すべてのイヌ使い部族とネコ使い部族の族長によって構成されている。ブラックケルピー人外を専門に使役するブラックケルピィ家も、そのひとつだった。

イヌ。

ネコ。

はるか昔から第五系人とともにあった人外たち。

長年の訓練によって野性を失っている彼らは、人外王をもたない。野生の人外なら見られる能力——人の姿をとったり、不思議な力を使ったり、影に溶けるといったこともできない。寿命も百年ほどで、人外としてはかなり短命だ。しかし、賢く丈夫で献身的なイヌネコたちは、野生人外の撃退になくてはならない存在だった。

アルスルは深呼吸する。

「レディ・アルスル＝カリバーン・ブラックケルピィ！　ダーウィーズ公爵アンブローズ・ブラックケルピィのご養女！　鍵の騎士団団長！」

城の役人によってアルスルの肩書きが読み上げられた。

アルスルをはさむようにして、双子のようにそっくりおなじ色のキャラメリゼとコヒバが前進する。首にはそれぞれ、貴族の護衛人外犬——スペシャル・ワーキングドッグであることを示す金のメダルがぶら下がっていた。

「……レディ・セイクリッドソードだ」

「あれが、あの……?」

「英雄だとか」

葉のこすれるようなささやき声が聞こえてくる。

緊張しないわけではないが、顔にださないようにした。オークションにかけられた美術品のような気もちで、アルスルは玉座へ進む。

「……よくこられた」

かつて父が座った椅子に、いまは、べつの男がかけている。その頭には、ブラックダイヤモンドがあしらわれた金の宝冠がのっていた。アルスルは、なんども練習させられたカーテシー——膝を折る女性のポーズをとる。

「お招きありがとうございます。クレティーガス二世皇帝陛下」

おだやか。

協調性がある。

争いを好まない。

クレティーガス二世はそんな人だった。

その温厚さから、三年前の帝国議会選挙によって皇帝に選ばれた。イヌ使い部族・コッカァ家の当主で、四十代後半。細かくちぢれた髪の下には、人のよさそうな笑顔がのぞいている。

宝冠とおなじ素材でしつらえられた玉座から、クレティーガスは立ち上がった。

「諸君！　盛大な拍手をもって英雄をむかえよう!!」

大きな拍手があがる。

「レディ・アルスル。今夜は楽しんでおくれ」

うれしそうな皇帝は、すこし離れたところにいる男性を手まねきした。

「自慢の息子だ……ノービリス、レディへあいさつを」

その男の、服を見た瞬間。

『あう？』

コヒバがきょとんとする。アルスルは思わずつぶやいた。

「……陰謀だ」

キャラメリゼの失笑——小ぶりのカボチャほどもある鼻がぷっと鳴る。

「ノービリス＝ヘパティカ・コッカァです」

自己紹介した青年はほほえんだ。

「大きくなりましたね。ミス・アルスル＝カリバーン」

すらりとした痩軀。

軟弱ではなく、俊敏という肉づきをしている。

おだやかな目もとは、しかし、動きがすばやかった。それまで談笑していた相手からアルスルへと視線を切ったときの速さは、目で獲物を追う猟犬のようだ。そしてどう見ても、彼のジャケットは――アルスルのドレスと対になるようデザインされたものだった。

漆黒のシルクの生地。ピンクゴールドの刺繍糸。襟や裾にダークグレーのレースがふんだんに使われているのまで。

帝国の社交界では、婚約した男女が見てそうとわかる印をつけることがある。けれど、おなじ場所を黒薔薇やジュエリーで飾る、くらいのものだったはず。

(おそろいの服なんて)

アルスルは皇子の花嫁だから手をだすなと、触れまわるようなものだった。このドレスを用意させた人物を思いだして、アルスルはため息をつく。

(……ミスター・アンブローズ)

したたかな義父のオーダーが聞こえてくるようだ。

今夜の舞踏会では、ノービリスにエスコートされること。

それも、フィアンセのような立場で――と。

(いいいいい、いいい、よりにもよって)

アルスルの理解を裏づけるように、ノービリスが手をさしだした。あらかじめ決められていたかのような、完璧なダンスの申しこみだった。

「エスコートしたいのですが」

アルスルは気づく。

ノービリスがアルスルに対して、マイレディ、という呼称を使わなかったことに。

つまり、自身がアルスルより上の立場だと示している。彼は元皇女への礼儀も無視していた
――アルスルに頭を下げなかったのだ。現皇子だからマナー違反にはあたらないが、アルスルはひりひりとした威圧を感じる。

「……よろこんで」

ブラックケルピィ家の娘として、コッカァ家の息子へ頭を下げたときだった。

音はない。

だが、ざわりと空気がゆれた。

(う)

出席者全員が二人に注目したのだ。

無数の視線にさらされることの恐ろしさを、アルスルは思いだす。ルカが顔を引きつらせていたが、護衛官になど目もくれず、ノービリスはアルスルとならんだ。

「まぁ……なんてお似合いでしょう！」

そんな言葉が聞こえた。はっきりと媚《こび》を浮かべた貴族さえいる。踊り場の大きな鏡を見たアルスルは、理解した。

ノービリスとアルスルは、とてもバランスがよいカップルだった。

おそろいの服装だけではない。漆黒の肌と髪。どちらも細身で、腕を組む高さ——身長差まできっくりくる。アルスルの耳元でノービリスがささやいた。

「前を向きなさい」

ノービリスが使う文法は命令形だった。

「あなたが見つめてもよいのは、進行方向か、私だけだ」

なるほど。——強引だ。

アルスルが見つめると、彼はくすりと笑った。

「自信をもて。あなたは美しい」

アルスルは思う。

(……嘘をつく人だ)

本心ではない言葉を、さらりと言える人。

円舞曲《ワルツ》の演奏がはじまった。

ノービリスは社交ダンスがうまかった。

音痴のアルスルがうまくワルツのステップを踏めないことに気づいた彼は、しかし、それをまわりに悟らせないようアルスルをリードしてみせた。

「ミス。プロポーズを受けてくれませんか?」

なんとか踊りについていかなくては。

足元に集中していたアルスルは、はたと青年を見上げる。

「……結婚しよう、ということ？」

「不服かな？」

考えたこともない話だった。

「どうして、わたしとあなたが？」

「皇子と英雄。どちらもイヌ使い部族。最良のとりあわせかと」

彼は失笑したが、アルスルにはピンとこなかった。

「わたしはまだ、あなたを愛していないのに？」

「……愛、ね」

ノービリスはそうかとつぶやいた。

「だからあなたは、あんなものをそばにおいているのか？」

「あんなもの？」

「盾として使うにしても、品がないな」

ノービリスは悪さをした子どもを咎《とが》めるような目で、アルスルを見下ろしていた。

なんのことだろう？　青年は視線を外野へやる。その先には、キャラメリゼとコヒバにはさまれたルカがいた。彼はどこか心配そうな顔でアルスルを見つめている。

「愛人か？　あなたの」

アルスルは処女である。

恋、をしたこともまだない。

「いいえ」

「では、なぜ?」

ルカをそばにおくのか——?

わかりきったことを聞かれて、アルスルは首をかしげたくなった。

「わたしの生存率が上がるから」

「……目の前で父親を殺された女は、言うことがちがう」

ずっとほほえむだけだった青年が舌打ちをした。

「これだからブラックケルピィ家の娘は」

いらだちを浮かべたノービリスが、いきなりダンスを打ち切った。

(え)

ノービリスが一方的に手を放してリードをやめたので、アルスルはよろめく。ずるずるとしたトレーンにハイヒールをとられて、かくんと体が沈んだ。

転んではいけない。もっと注目を集めてしまう。

流術《りゅうじゅつ》——風使いのアルスルはスカートの内側で風を踏もうとしたが、その前に、背後から腕がさしのべられた。そっと腰を抱きとめられる。

ルカだった。

どよ、とホールが動揺した。

「……この、無礼者‼」

激しい叱責がある。

ワルツの演奏がぶつんととぎれた。衛兵が怒鳴る。

「メルティングカラー‼　レディから離れろ、すぐに‼」

アルスルは息をのんだ。

オオカミにとり囲まれたヒツジのように、ルカが緊張していた。剣を抜きかけた兵がいて、キャラメリゼが反応する。牙をむいたケルピー犬をアルスルは制した。

「……なぜ、離れなければならないのですか?」

ルカがはっとする。

アルスルの言葉を聞いた貴族たちも、絶句した。

「このルカは、わたしを守ってくれる人です。なのになぜ……あなたたちは、彼を非難するのでしょうか」

「アルスル」

かたい声でルカがよぶ。なにが彼を不安にさせているのだろう?

(ルカだけがちがうから、だ)

いま集まっている人間——貴族階級と、彼ら彼女らが連れている従者のすべてが、黒い肌と髪をした黒色人種だからだ。アルスルの護衛官だから、口にしないようにしていたのかもしれない。しかし、みながルカを異物とみなしていたことを、アルスルは思い知った。

「彼は、イヌ使いでもネコ使いでもありません。けれどずっと……わたしが英雄とよばれる前から、わたしを助けてくれています」

「……アルスル！」

それ以上——つづけてはいけない。

ルカだけではない。貴族たちの数人も小さく首をふっていたが、アルスルはちゃんと誤解を解く必要があると思った。

「ルカは、信頼できるわたしの友人です」

ざわとホールが震える。

直後、うんざりしたようなため息があった。

「彼女はふざけているの……？」

「あのメルティングカラーは、英雄のなんなんだ？」

「やはり……変わらないものだな」

だれかが嗤《わら》った。

「レディ・がっかり」

空気が凍てつくように感じたときだった。大きな手で口をふさがれる。ふり返ったアルスルは、どきりとした。

「……もういいから」

自らの手でアルスルの雄弁を封じたルカが、青ざめた顔で笑っていた。

「あんたの立場が悪くなる」

「でも」

「ありがとうな」

卑屈なほど貴族たちの顔色をうかがいながら、ルカはささやいた。

「たのむよ。あんたは……まだ若いんだ」

アルスルが黙りこんだのをたしかめると、ルカは下がった。

衛兵たちが、剣をおさめるべきか、ルカを拘束すべきか決めかねている。気まずさをはらんだ空気が、大広間をパンクさせようとしたときだった。

「……もうよい」

クレティーガス二世が立ち上がる。アルスルは緊張した。

「メルティングカラーよ」

ルカを見すえた皇帝は、直接声をかけた。

しばし無反応だったルカは、帝国の支配者が自分をよんだと気づいてびくりとする。あわてふためきながら、片膝をついた。

「は、はい……!!」

「いま、この場にいないアンゲロス公爵の意をくんで……おまえの非礼を許そう」

視界のはしで、ノービリスが不満そうに眉をひそめる。

クレティーガス二世がアルスルを擁護するような発言をしたので、貴族たちにも動揺が走った。ほっとしたアルスルだが、怪訝《けげん》に思う。

「アンゲロス公?」

「使者を立てるつもりだったが、ここで打ち明けよう。英雄アルスル＝カリバーンよ。わが剣となり、わが願いを叶えてはくれないか?」

おだやかだった皇帝の顔が、真剣になっていた。

「このクレティーガス二世の名の下に、アンゲロス公爵ヴィクトリア・アビシニアンを助けてほしい」

アルスルは直感する。

(戦いだ)

きらびやかなダンスホール、ドレス、音楽――それらとは正反対のところにあるもの。血と砂塵を連想したアルスルは、しかし、自分の心が研ぎ澄まされていくのを感じた。

「わたしにできることなら」

カーテシーのポーズをとってみせる。

さっきよりうまくできた。皇帝もそう感じたらしい。

「たのもしいことだ……では正式に依頼する」

クレティーガス二世が宣言した。

「鍵の騎士団よ!　城郭都市アンゲロスを救済せよ!」

2

聖なるかな
聖なるかな
聖なるかな

星のごとき瞳をもつ者　――多眼　創造主の目
星のごとく夜をとぶ者　――多翼　創造主の乗りもの
隕星王《いんせいおう》は、善でも悪でもない
ただ、天秤《てんびん》をかざして問う者である

〈「隕星王賛歌」『王吟集《おうぎんしゅう》』より抜粋〉

3

義父がうなだれる。

「きみにはつくづく、がっかりする」

自分の思いどおりに話が運ばなかったことがよほど不満だったらしい。

もう、なんどめのお説教だろう。

「皇子ノービリス＝ヘパティカが！　騎士としてはともかく、レディとしてはなんのとりえもない……どころかアラだらけであるきみとの結婚話に耳をかたむけてくれただけでも、奇跡だったのだ！　それをきみは！」

モップ犬――コモンドールそっくりの長いドレッドヘアをふりながら、アンブローズ・ブラックケルピィはうなる。

「私は、朗報を確信していたのだよ？　それがなんだね？　皇子の機嫌をそこねたうえに……帝都イオアキムは、若き英雄アルスル＝カリバーンが、メルティングカラーの財産狙いにたぶらかされたとの噂でもちきりだそうだ！」

アルスルは首をかしげる。

「わたしは意見を口にしただけ。ルカにたぶらかされてもいません。ミスター・アンブローズこそ……わたしの縁談なら、わたしにひと言かけてください」

「ひと言かけければ、きみはバドニクスに泣きつくだろう？　あの小うるさい男がでてくると、話がこじれてめんどうなのだよ……あぁ、なんども言わせないでくれ」

アンブローズはぴしゃりと言う。

「お、お義父さま」

「……お義父さま」

アルスルはしぶしぶ言いなおす。

アルスルが、六災《ろくさい》の王──走訃王《そうふおう》とよばれる人外王《じんがいおう》を討ちたおし、英雄とよばれるようになったあと。ブラックケルピィ家の当主についたアンブローズは、自分が亡き親友ウーゼルの娘の後見人になると言って、ゆずらなかった。

英雄以前に令嬢であるアルスルにとって、それがいちばん有益だという。

バドニクス・ブラックケルピィ──アルスルが信頼する大おじやほかの親族たちも賛成したので、アルスルはこの提案を受け入れた。

だがそれと、アンブローズを父として慕えるかどうかは、べつの話だ。なにしろアンブローズとアルスルは、とにかく考えが合わないのだから。

「よく聞きたまえ」

義父はアルスルをにらんだ。

「かつてレディ・がっかりとよばれた娘よ。きみにとって、これが最高かつ最後のチャンスかもしれないのだ。きみは永遠に婚期を逃したいのかね?!」

「……けれど」

気がのらない縁談だ。

ノービリスの態度にも、冷たいものがあった。

「いまのコッカァ家は、鳥猟犬《ちょうりょうけん》系のイヌ使い部族でもっともいきおいがある。クレティーガス二世が皇帝に選出されただけでも、わかるだろう？　友好関係を築く必要があるのだ！　本来なら、きみなどを嫁がせるつもりもなかったが……」

苦虫を噛みつぶしたような顔で、義父はつぶやいた。

「……エレインの件さえなければね」

そう。

アルスルの上の姉、エレイン。

ノービリスはもともと、美しい彼女の婚約者だった。

ところがエレインはべつの貴族と大恋愛をして、駆け落ちするように結婚。アルスルは姉の幸せを祝福していたが、両親とアンブローズたち親族の怒りを買ったエレインは、しばらくブラックケルピィ家とも絶縁状態だった。

「ノービリス＝ヘパティカも、コケにされたと思っただろう。彼がきみに冷淡だったのもうなずける。そうであればこそ、しおらしい態度で彼に謝罪したまえ！　そしてかならずや、この縁談を成功させるのだ！」

「どうやって？」

「色目……は、無理か。会話……も、むずかしいだろう。このさい、にこにこしているだけでかまわない。よけいな考えは口にしないこと！　皇子とて、きみの若さと生まれ、偉業は無視できまい。きみがぼろをださないよう、ブラックケルピィ家も全力で支援しよう！」

さんざんな言われようだ。

しかしアルスルの心には、義父の暴言がまったくひびかない。

（空域《ヘブン》……どんなところだろう？）

アルスルの関心はいま、空にあった。

（どんな獣《けもの》がいるのかな？）


その、半月後。

アルスルは黒い海をながめていた。

春だからか、波はおだやかだ。うすい雲がまんべんなくかかった夜空は、月の光を受けて妙に明るい。星は見えないが、なにかがひそんでいると思わせるような闇だった。

（見えないからって……なにもいないわけじゃない）

もしかしたら、まだだれも見たことがない巨大な生きものが、すぐそこまでやってきているかもしれないのだ。

アルスルは深呼吸する。しめった空気に、なまぐささが混じっていた。

第五合衆大陸のまんなかには、巨大な湾がある。

アンゲロス湾だ。

この丸い海全域を、空域《ヘブン》とよぶ。

(正しくは、湾と……その上にある空すべて、を)

日没から一時間。

さっき、ようやく人外戦車が動きだした。バルト人外種——寒暖を問わず牽引《けんいん》できるよう交配された、屈強なソリイヌたちが引く装甲車両だ。

木々の陰に隠れ、日中狩りをする人外たちが巣へ戻るのをまっていた戦車は、広葉樹の森林を抜ける。アルスル一行はごつごつとした岩が転がる草原を下っていった。風に、かすかな腐肉のにおいが混じる。

「アルスル。いいかしら」

ブラックケルピィ家専用車両の外から声がある。

座席から立ち上がったアルスルが虹黒鉄《にじくろがね》製の扉をスライドさせると、ブラックチョコレート色の肌をしたスキンヘッドの女がいた。

鍵の騎士団の鍛冶職人長《ブラックスミス》。

チョコレイト・テリアだ。テリア家——子爵の位をもつイヌ使い部族の生まれだが、優秀な人外研究者であり、アルスルの助言者であり、優しい母のような人でもある。

「肉食人外のテリトリーへ入ったわ」

緊張した声でチョコが説明したとき、外の景色が変わる。殺風景な砂浜に、横だおしになった戦車の残骸が見えた。

(……どれくらいの数に襲われたのだろう)

のり捨てられたのは最近らしいが、損傷がひどい。

装甲の金属がはがれた車両は、ぼろぼろだ。どこかの貴族の紋章がついていたが、半分は砕けている。いたるところに乾いた血や肉片のようなものがこびりついていて、激しい戦闘があったことを伝えてくるのだった。

暗い空と海が、視界のすべてを埋め尽くすほど近づいたときだ。

「レディ・アルスル！　一時の方角です、見えますか?!」

車両の砲台についていたバルト人外使いの御者が、外から大声をあげる。危険な地域に入ったにもかかわらず――アルスルの胸がわくわくした。

きょろきょろと夜空を探すが、見つからない。

(月より近くにあるはずなのに)

空域《ヘブン》には。

海の上を、自由に飛ぶ都市があるという。

「城郭《じょうかく》都市アンゲロス……！」

聞くだけでは信じられないおとぎ話のような街の名を、口にしたときだった。

夜空が光る。稲妻のようだった。

ぽん、と爆音がとどろいたかと思うと、ひらべったい雲が夕焼け色に染まる。

その空で、なにかが激しく飛びまわっていた。三十、はいるだろうか。急いで空をのぞきこんだチョコレイトが顔をこわばらせる。

「夜襲……?! 夜には動かない人外だと聞いたのに……！」

目を凝らしてアルスルははっとした。

（コウモリじゃない……ワシだ！）

茶褐色の翼。

星のようにかがやく爪。

闇のなかでひときわ目立つ、白い頭と尾羽。

ハクトウワシによく似た巨大な猛禽類《もうきんるい》たちが、空を行き来していた。それぞれの胴体はシャチよりも大きい。四本のかぎ爪は白く発光していて、流星群のようだ。

空で燃えていたなにかが、ゆっくりと落下する。

風船のようだが、内側には格子状の骨組みがあった。どぶん、とそれが海へと沈んだ瞬間、アルスルは踵《きびす》を返す。自分の車両をでると、すでに部下たちが集まっていた。

「ルカ、準備」

騎士団長アルスル専属の護衛官。

ルカ＝リコ・シャである。彼はすこし気まずそうな顔をしたが、すぐにいつものチャーミングな笑顔を浮かべた。

「おう！」

了解だとばかり、義足で床をタップしてくれる。

それを合図に、彼の左右で寝そべっていたキャラメリゼとコヒバが立ち上がった。

アルスルはチョコを見やる。

「……だす？」

後続車両を見たチョコは、声を低くした。

「まだ万全の状態じゃない……おすすめしないわ」

「やる。わたしは空を飛べないから」

アルスルは迷いなく答えると、牛革の肩当てを身につける。表情を引きしめたチョコレイトは、アルスルをハグしてくれた。

「第一次戦闘実験、ね」

そこからのチョコは迅速だった。待機していた助手とケルピー人外使いたちに指示をだす。

アルスルは腰のベルトに聖剣リサシーブをさした。

「プチリサ」

おいで、とよぶより早く、白猫がアルスルの肩に飛びのる。

『……報酬は？』

バリトン——男性の声が、頭へひびいた。

この秘密の親友は、気分屋で、やる気をださせるためのちょっとしたコツが必要だ。アルスルは上空を飛びまわっているワシ人外の数を思いだす。

「キス、三十回」

ネコの金の瞳がきらりとした。

『悪くない。はげもう』

紳士のように美しい発音だった。ルカとチョコが脱力する。

アルスルは壁にとりつけられた鉄のはしごへ走った。ネコのようにすばやくのぼりきった直後、髪が潮風になぶられる。

人外戦車の屋根が、がこん、ときしんだ。

車内の滑車によってもち上がった虹黒鉄製の屋根が、後方へスライドしていく。あらわれたのは、棺──ではなく、人外革張りの旅行鞄《トランク》、だった。

表面はきれいなエメラルドグリーン。衝撃で開いてしまわないよう、ポピーレッドの人外革を編んだベルトで固定されていた。

(チョコ……心配性)

襟に指をつっこんで、ペンダントにしている秘密の鍵をつまんだときだ。

「アルスル！　バック!!」

背後から怪鳥が躍りかかってくる。

はっとしたアルスルがスモールソードを抜いたとき、敵の腹にルカの跳び蹴りが入った。流《りゅう》術《じゅつ》――風によって威力を増した足技を受けて、人間の何倍もあるオオワシがひるむ。

「ごめん」

「危なっかしいご主人さま！　あんた、ときどき後ろがガラ空きなんだよなぁ！」

『オスが守ればすむことだ』

長いしっぽをしならせた白猫が、舌なめずりする。

『鳥肉ごときが』

プチリサの瞳孔《どうこう》が細くなる。その虹彩《こうさい》が金、銀、銅に光ったとき、聖剣リサシーブも純白にかがやいた。スモールソードから重さが消える。

『友には、爪一本たりとも触らせない』

アルスルは剣をかまえる。

風を蹴って、前へ跳びこんだ。

びくりとした猛禽類を、迷いなく斬りふせる。

人外が絶叫した。硬いはずの肉がプディングのように、骨がビスケットのように、つるりと両断される。すかさず、アルスルは半分になった敵の胸を突いていた。

（心臓）

手ごたえから直感して、さらに剣を突き立てる。

とどめを刺されたオオワシは、しばらくして動かなくなった。

屠《ほふ》ったことを確認すると、アルスルはスモールソードを引き抜く。不思議な剣は血油をはじいて、何事もなかったかのようにかがやいていた。

「お見事！」

恐ろしいほどの切れ味だ。

ルカが称賛したが、しかし、白い友人は返事をしなかった。

「リサシーブ？」

『……妙だ』

白猫がじっと天空を見つめる。

『……守るもの。勝利をもたらすもの……』

知らない言語でつぶやいたプチリサは、毛をたわしのように逆立てた。

『圧倒的なものが、くる……!!』

刹那《せつな》。

空に、本当の漆黒が広がった。

夜よりも黒い影が、舞台の緞帳《どんちょう》をおろすようにのびる。ルカがとっさにアルスルを抱きこんで、その場へ伏せさせた。バルト人外たちがおどろいて、戦車が急停車する。

「な、に……?!」

影は、黒い鳥の形をしていた。

それがボールのように膨らむ。人外たちが奇声を放った。

かん高い絶叫——警戒音、だった。あっという間にワシたちの半分が影に沈んでしまう。まるで、黒いシャボン玉の内側へ引きずりこまれたようだった。

暗黒の空に光が浮かぶ。

（十字架座《クラックス》？）

まばゆい銀の円光が、四つ、東西南北を示すようにかがやいていた。

南にあたる部分だけがすこし下にずれていて、十字に組まれた架に見える。

（ちがう！　とっても大きな、かぎ爪だ……!!）

おなじ爪をもった猛禽類たちが散り散りに逃げていくが、もう遅い。

黒い球体は、ブラックホールのようだった。あるいは台風の目だ。風の渦は、黒く明滅しながら十字架座《クラックス》の中心へ向かっている。それも、オオワシだけを吸いこんでいた。

最後の一体が言葉を発した。

『……慈悲を!!　どうか慈悲を!!』

恐怖と絶望がぐちゃぐちゃに混じった、断末魔の叫びだった。

『ミカエル……!!!』

そのワシが影にのまれた、直後。

ふっと風がやんだ。

残されたのは、さざ波の音がわかるほどの静寂だけ。我に返ったアルスルは、おどろいて自分の目をこする。黒い球体は跡形もなく消えていた。

（あんなに大きなものが……一瞬、で？）

空をおおっていた雲は、すっかり流されていた。いま空でひしめきあっているのは、満天の星だ。その美しさに、すべてが夢だったような気がしてくる。

「……スロース、だ……」

かすれた声でルカがつぶやく。それはなに、とアルスルが聞こうとしたときだった。

満天の星のひとつが、赤く光った。

明かりが灯されたと気づいたのは、赤い光がいくつも浮かんで、道を示すためにまっすぐならんだからだ。風船かブイのようにゆらゆらと動いて、空をただよっている。

灯台——？

いや、あれは。

「……気球」

太陽と天秤《てんびん》の絵が描かれている。——アビシニアン家の紋章だ。

「あれ、が」

気球の奥にある——島。

それらがいっせいに光った。何千、何万、星の数ほどもあるトーチの炎光によって、その全体がライトアップされる。

巨大な気球が集まった街。

——バルーンアイランド、だった。

「城郭都市アンゲロス……！」

それぞれの気球には、バスケットではなく、荘厳な城や教会が吊り下げられていた。その建物と建物のあいだを、たくさんのつり橋がつないでいる。

橋には、無数の誘導灯がついていた。それらが雨の雫がふりかかる蜘蛛《くも》の巣みたいにかがやくさまは、言葉を失うほど幻想的だ。

(炎をすべて消すことで……夜空に隠れていたんだ！)

天国へやってきたかのような光景に、アルスルは圧倒される。呆然としながらいくつもの気球をながめていると、ふいに気づいた。

(……赤毛？)

晴天のごとく青い気球の、下。

ホネガイに似た形をしている塔のてっぺんに、リンゴのように赤い髪をした人が立っていた。

するとどこからか、黒い影が飛んでくる。

一直線に滑空《かっくう》するそれは、鳥だった。

アルスルは目を細める。

その鳥は——赤毛の人の腕に、とまったように見えた。

専用港とよばれる離着陸用の港から、送迎の熱気球がでていた。気球はゆったりと上昇して、客人を空の街まで運んでくれる。

大気球が集まった都市は、さながら宇宙だった。

夜なので近くしかわからないが、望遠鏡をのぞいたときに見える惑星――赤い火星や茶色い木星のような色の気球が、ところせましと浮かんでいる。なかには、土星そっくりの輪がついているものもあった。

バルーンアイランドの中心には、不思議な金と白の布が張られた、ひときわ大きな気球が浮かんでいる。

（すごい……!!）

その下には、きらびやかな宮殿――宝石箱のような装飾がほどこされた、直方体の建造物が吊り下げられていた。まるで、風船を結びつけたオルゴールだ！　城郭都市アンゲロスを治めているアビシニアン家の居城である。

天秤の城。

アンゲロス歌劇場。

テオドラ・アンゲリナ宮。

その美しさ、歴史の古さからさまざまな名をもつ宮殿についたときだった。城門をくぐろうとしていたアルスルは、一行の足音がひとつ消えたのに気づいて、ふり返る。

ルカが足を止めていた。

「ここでまつよ」

チャーミングだが、ぎこちない笑顔だった。

アルスルは首をかしげる。イオアキム城での一件があってからというもの、ルカはアルスルやチョコレイト――貴族に対して、やや遠慮するようになっていた。

（ルカは悪くないのに）

アルスルがそう言おうとしたときだ。甲冑《かっちゅう》すがたの衛兵が声を張る。

「奥へ進んでください！　護衛の方もどうぞ！」

「……は？」

ルカがおどろく。彼の入城を断られるのかと身がまえたアルスルも、ほっとした。後ろからついてきたチョコが、勇気づけるようにルカのお尻を叩く。

（天秤の城、か）

劇場として使われていた時代もあるという宮殿に入ったとき、アルスルは納得した。

金のベルベット絨毯《じゅうたん》がしかれたメインエントランスの大階段に、荘厳な天秤がおかれていたからだった。

大きさは屋根つきの家くらい。オブジェとして作られたのだろう。

虹黒鉄で作られた天秤の両腕は、翼の形をしている。大型の鳥が両翼を広げたような精巧な彫刻で、それぞれの翼から、金の大皿が吊るされていた。目もり部分には、ヒマワリの大輪に似たギザギザの太陽の彫刻がほどこされている。

（ワシだ……ここにも）

しかし、どこかおかしい。

大天秤の近くまでやってきたアルスルは、気がついた。

そのワシには頭がふたつあったのだ。首から、そっくりおなじ顔がふたつ生えている。くちばしが東西をさしていて、それぞれ右目と左目をもっていた。ふたつの頭でまんなかの目を共有しており、それが天秤の指針になっている。

ブラックオパール——夜空で光るオーロラのように暗い色の宝石がはめこまれた瞳は、左右の皿がどちらへかたむくかを審判しているようにも見えた。

（……双頭のワシ？）

不思議な天秤から目を離せなくなっていたアルスルは、大きな女がエントランスの階段をおりてきたことにも気づかなかった。

彼女がとなりにならんで、ようやくはっとする。

「こんばんは」

とてもシンプルなあいさつだった。

顔より先に、女の胸でかがやく豪華なブローチが目に入る。

（ギザギザの太陽と、天秤）

アンゲロス公爵——アルスルは直感する。

ヴィクトリア・アビシニアン。七十歳になるという。

男装かと思うようなブラウスとズボン、ブーツをまとった老女は——立ち上がったライオンのように大柄だった。

「……こんばんは」

ヴィクトリアは悠然《ゆうぜん》とアルスルを見下ろす。それでもアルスルの表情がよく見えなかったのか、女はかがんだ。それもそのはずだ。

ヴィクトリアの身長は、二メートルをこえていた。

ヒップと肩はばはアルスルの倍くらい。引きしまった体は、黒い筋肉に血管が浮き上がるほど筋骨隆々としていた。白髪がまじった腰までのポニーテールが、力強くうねっている。

(よく、鍛えている人)

アルスルは女に好感を抱く。

「ごきげんよう、ミセス・ヴィクトリア。皇帝陛下の命を受けてまいりました」

しかし。

「家にお帰りなさい」

アルスルが名乗るより先に、女は虫を追い払うような手つきをした。

「戦《いくさ》を知らない人間はいま、いらない」

見た目の頑健さどおり、きびしい声だった。

おさないころアルスルはこの女性に会っているという。

記憶がないのは、彼女が滅多に帝都へ足を運ばないからだろう。空域《ヘブン》の平和をつかさどるアビシニアン家のヴィクトリアは、常に戦場となりえるアンゲロス湾から離れることができないのだと聞いていた。

「この非常時に迷惑だこと。バドニクスなら歓迎しますよ」

女は、有名な人外使いである大おじの名をあげる。

虹黒鉄のように冷徹な態度だった。

冷めている、とすら感じる。

「……お許しください。アンゲロス公爵」

背にチョコとルカの視線を感じたアルスルは、礼儀を守った。

「バドニクス・ブラックケルピィは、城郭都市ノアの歴史院へ留学しています。先の走訃王討伐についての研究結果がまとまったので……その報告もかねて」

「嘘なのでしょう？」

ヴィクトリアがさえぎる。

「おとなしいだけの娘を英雄に仕立てた、芝居だと言っています」

老女は、値踏みするようにアルスルをにらんだ。貴族というより戦士のものさしで、女公爵はアルスルを測った。

「英雄？　それにしては細すぎます」

おなじものさしで、彼女はチョコレイトとルカも測る。

「鍵の騎士団？　おまえたち、クレティーガスに利用されていますよ」

「……どういうことでしょうか？」

人がよさそうな皇帝の笑顔を思いだしたアルスルは、たずねる。ヴィクトリアはあきれて首をふった。

「クレティーガス二世。あの子は昔から戦えない、争えない」

勇ましい公爵は首の関節を鳴らす。

「怒声を聞けばひるみ、血を見ればすくみ、イヌ人外にも狩りより曲芸を仕込んでしまう。オテだ、オカワリだ、ステップだと……だからあの子は、自分の代わりに戦ってくれる駒がほしかったのでしょう」

アルスル＝カリバーン、と老女はよんだ。

「今回、クレティーガスが自分の駒……鍵の騎士団をアンゲロスへよこしたのも、わたくしへのご機嫌とりにすぎませんよ？　おまえはそれでも、あの臆病な男の剣になるつもりですか？」

アルスルは考える。

皇帝の剣――。

――しっくりこなかった。

なら、自分はだれの剣だろうか？　そもそも、剣になれるほどの力があるのか。騎士団の団長とよばれるようになったのに、とても基本的な疑問がふってわく。

（わたしは、なんのために戦うのだろう？）

鉄壁の城郭都市、笑顔で暮らす人々――漠然とした平和しか思い浮かばず、アルスルはヴィクトリアを見つめた。公爵は鼻を鳴らす。

「……だれかに似ていると思えば。人外類似スコアもちでしたね、おまえは」

「はい」

「Nテストの結果は？」

「ヒョウ亜科」

すこし考えてから、ヴィクトリアはアルスルを見下ろした。

「質問します」

彼女は大天秤をあおいだ。

「大きな天秤でしょう？　審判の天秤といいます。アルスル、この皿にそれぞれ分銅がのっているとしましょう。かたや、おまえの命。かたや、わたくしの命……どちらかひとつしかとれないとすれば、おまえはどうしますか？」

アルスルは即答した。

「自分の命をとります」

チョコレイトとルカがぎょっとする。

「まちなさい、アルスル……ミセス・ヴィクトリア、あなたを軽んじたわけでは……！」

貴族の礼節を知るチョコが弁解する前に、大きな女がたずねた。

「なぜ？」

「わたしのほうが若いので。子孫を残せる可能性があります」

チョコが頭を抱える。ヴィクトリアは奇妙なものを見るような目をしたが、その瞳に、はじめてアルスル自身への興味が宿った。

「……もうひとつ質問です」

ヴィクトリアは審判の天秤を見すえる。

その瞳がいろいろな感情でゆれたことにアルスルは気づいたが、それがどんな気もちで、どんな記憶から生まれたものかまではわからなかった。

ヴィクトリアが聞いた。

「人外とは強力なるもの。もし……おまえの夫と子が人外に襲われたとしましょう。どちらかしか助けられないとすれば、おまえはどちらを選び、どちらを見捨てますか？」

チョコレイトがはっとする。

その理由がわからなかったアルスルは、やはり即答した。

「助かりそうなほうを、助けます」

「その状況に陥ったとき……おまえには、その残酷な選択ができると？」

「選択します。どちらも失うくらいなら」

ヴィクトリアの表情が消える。迷うまでもないことだったが、彼女にとってはちがうのかもしれない。アルスルはつけ足した。

「けれど、それは最悪の状況だと思うから。だれもそんな選択をしなくてすむように、わたしは狩りの準備を進めます」

「……見ものですね」

大きな女はどこか皮肉っぽくほほえむと、つぶやいた。

「おまえが本物の英雄だというなら……このヴィクトリアの前で、証明しなければなりませんよ」

英雄――。

これもまた、しっくりこない言葉だった。

(えいゆう……才知、武勇に優れ、常人にはできないことをなしとげた人)

人々がそうよぶから受け入れてきたし、アルスルはたしかに六災の王の一体を狩り殺した。しかしだからといって、アルスルが英雄だとは限らない。

なんのために。

だれのために。

(なぜ、わたしは戦うのか……)

それを知るために、アルスルは自分の力を証明するべきかもしれない。

アルスルがうなずくと、ヴィクトリアは不敵に笑んだ。

「……歓迎します。鍵の騎士団」

明日の朝。

自慢の兵隊たちを紹介すると、彼女は約束した。

4

聖なるかな。


その、直前。

とてもまぶしかったから。

両腕で顔をおおったことを、ルカは思いだした。

(……流れ星?)

白い閃光《せんこう》で、なにも見えなくなったことは覚えている。

つづけざまに視界が暗転して——非日常へ、引きずりこまれたような感じがあった。

気づいたら、この闇だ。座っていることはわかるが、どれほど目を凝らしても自分の手の形すらわからない。夢がはじまったばかりのように、ここへやってくるまでの記憶はあいまいだった。

そう——。

はじまった、という感覚がある。

ルカはどこかでそれをおもしろく思った。

喜劇や悲劇、オペラやオーケストラ、サーカス。そうした出しものがはじまるときの、息をひそめなければならない感じによく似ていたのだ。あれらはどういうわけか、いつも暗闇からはじまる。

未知なるパフォーマンスへの期待と興奮——奇妙な胸の高鳴りを裏づけるように、とつぜん、空気が震えた。

拍手だった。

十から百へ。百から千へ。

無数の拍手が鳥肌のように広がっていく。

だが、喝采《かっさい》はない。声援ひとつあがらず、だからこそルカは、これが終幕でなく開幕であると直感していた。

とつぜん、照明がついたように視界が明るくなった。

小さい光が、白い床を丸く照らしている。そこは、楽団をならばせられるほどの舞台だった。その中心で、ルカは豪奢《ごうしゃ》なひじかけ椅子に座っていた。

(なんだこれ……)

純白にぬられた木材。シャンパンゴールドにきらめくベルベットが張られたクッションは、ふかふかとやわらかい。イオアキムの宮殿にあったものとそっくりだ。

——護衛の自分が座るような椅子じゃない。

居心地の悪さを感じて、ルカが立とうとしたときである。

「……は?」

いつのまにか、目の前に円卓があった。

白い大理石製で、銀のスタンドがのっている。三枚ある白磁の飾り皿には、立方体にカットされたチョコレートと、たぶん、アーモンドとセサミを練りこんだビスケット。うすくスライスされたチーズは、種をくりぬいたオリーブのオイル漬けとともに、銀の楊枝《ようじ》で貫かれて盛りつけられていた。それから、新鮮なブドウも。

——違和感があった。

円卓の向こうへ目をやって、ルカの息が止まる。

人がいた。それも二人。

ルカとおなじ飾り椅子にかけて、膝にのせた厚い本を読んでいる。

(……双子?)

二人は、鏡に映したかのごとく、そっくりだった。

象牙《ぞうげ》のように白い肌。うなじで切りそろえた髪は、シャンパンゴールドにかがやいている。

白髪かと思うほど色素のうすい金髪をオールバックにしていて、それぞれ右側と左側だけが、後れ毛になっていた。

若くはないが、老いてもいない。

ところが不思議なことに、ルカよりずっと年上だという気がする。

双子は長身かもしれず、やや細身だった。いまの流行スタイルではない、金のボタンがついたブラウンのフォーマルジャケットをまとっている。尾羽のような長い身ごろが印象に残るが、問題はそこじゃない。

（男……いや、女か？）

双子はおどろくほど中性的だった。

彫りの深い目もとと高い鷲鼻《わしばな》は男性的だが、あごや肩、手足はやや骨ばっていて、女性的に見えなくもなかった。第七系人純血種――白人だろうかとルカが考えたときである。

二人はおもむろに、円卓へ手をのばした。

片方は右手で――ハーブティーが入ったティーカップを。

片方は左手で――白ワインが入ったクリスタルグラスを。

きわめて優雅にとってから、口をつける。まったくおなじタイミングで金色の飲みものを円卓へ戻した双子は、また読書にふけるのだった。

「……ヘイ」

よびかけたが、反応はない。

二人の集中が永遠につづくかと思われたので、ルカは声を張った。

「ヘイ！」

双子が、同時に視線をあげる。

ルカはぞくりとした。

二人の眼球には――白目がなかった。

ガラス玉のように、一様におなじ色をしている。

いや、まだら模様だろうか？　夜空のごとく青黒い光彩に、白い星のようなつぶがいくつも飛んでいた。眼球の病か、傷痕かもしれない。目玉がそんな具合であるために、男か女か、よけいに判別がつかない。双子はそろってほほえんだ。

「きたな、ルカ」

右の双子が言う。

左の双子がつづけた。

「まっていたぞ、ルカ」

敵意は感じない。男にしては高く、女にしては低い声だった。

わけがわからず――どちらかといえば、二人を気味悪く感じた自分をごまかすために、ルカは聞いた。

「あんたらと約束なんかした覚えはないぜ？」

双子はくつくつとのどを鳴らすと、読んでいた本をかかげた。ルカは妙に思う。

どちらの本のページも、白紙――文字ひとつ印刷されていなかった。

「台本は用意されていない」

「しかし、おまえはこの舞台で、主役を演じなければならない」

ルカは眉をひそめる。

「主役……?」

「そうだ。人はだれしも主役を演じたがる」

「だが多くの者は、人生において、自分が本物の主役であることを忘れている」

よどみない口調は、二人が双子ではなく、ひとつの意志を代弁しているかのような自信と必然で満ちていた。

「演じてみるといい」

「演じたいように」

「ど、どういう意味だ?」

ガラス玉のような双眸《そうぼう》——四つの眼球が、細められる。ぱたんと本を閉じると、双子は楽しそうに唇のはしをつりあげた。

「見せろ、ルカ」

「示せ、ルカ」

なにを——?

問い返すことはできなかった。

照明が落ちたように、視界が暗転する。

寝台でルカが目覚めたのは——夜が明ける直前だった。

城郭《じょうかく》都市アンゲロス。

天秤《てんびん》の城。メインエントランスへの回廊――。

ルカは大あくびをかみ殺す。

「よく眠れた?」

若き英雄が首をかしげた。

訓練中はしなやかなクロヒョウにも見えるアルスル＝カリバーンだが、こうして黒い子猫のようなあどけない顔で見上げてくることもあって、その差がたまらない。

「んー……ヘンな夢を見た気がするんだよなぁ」

おかげで寝不足だ。こんどは隠さずにあくびをすると、ルカは笑った。

「空の上だからかな? あんたは?」

「ぐっすり」

アルスルは剣の稽古《けいこ》で古傷だらけになった指をのばすと、ルカの額に触れる。ルカはとろりと甘い気分になった。ボディーガードに熱がないとわかり、少女はほほえむ。

「ケガしないで」

内心、ルカはもだえた。

(くそ……今日もかわいいよ! おれのご主人さまは!)

ルカの煩悩など知りもしない少女は、それきり前を向いてしまう。このそっけなさがネコのようで、やっぱりたまらなかった。

(あんたが好きだよ)

声にはだささずに告白する。

いつものルカなら、すぐさま女の手をにぎったにちがいない。見つめて好きだとささやき、ハグがもらえるようあらゆる工夫をこらしただろう。ところがアルスルに限っては、出会って三年もたつのにベッドをともにしたことがない。キスさえ片手で数えられるほど。

（まったく慎重だよ、おれにしちゃ！）

真剣な恋だと自慢したいところだ。しかし実を言えば、とてもきびしい条件がルカの欲望を制限している。

英雄で。

貴族で。

（慎重にもなるさ）

若くて身分の高い女など、めんどうだ。

ひざまずいて手に口づけをするのも了解がいるし、人前で抱きしめるなんてとんでもない。ルカのように見映えのする平民——遊びなれた男を好んだとしても、ひとしきり楽しむとあっさり捨ててしまう。そんな恋にふりまわされた過去をもつルカは、しかし、あわてて首をふった。

（いやいや、おれのご主人さまは立派だぜ？　ほかの貴族とはちがう！）

アルスルはルカを信頼してくれている。

肌の色や生まれた街、教育を受けていないことで見下したりはしない。帝都ではたくさんの貴族の前で、ルカを信頼できる友人とまで言ってくれた。

——なのに。

（あのとき……なんでおれ、もういいなんて言っちゃったんだろうなぁ？）

恐怖に負けたことは認める。

貴族の敵意から逃れたい心が、差別に抗《あらが》おうという心に勝ってしまったのだ。メルティングカラーだと蔑《さげす》まれてきたルカは、自分さえ下手にでれば世の中がうまくまわることを知っていた。そんな処世術が染みついているせいだ。

ルカは、アルスルが示した勇気を自分からつみとってしまった。

（クールじゃないよな……でもま、どうせ育ちが悪いんだ。おれなんか、王子さまにはなれっこないぜ）

メルティングカラーたちの半分ほどがそうであるように。

ルカもまた、自分の弱さを生まれのせいにする。現実と向き合いたくないからだろう、ずるくて手っとり早いアイデアが浮かんだ。

（……ベッドに連れこめたら、今夜にも落とせる自信あんのになぁ）

いつからだろう。

アルスルを女として見るようになったのは。

彼女の仕草やふる舞いから子どもっぽさが抜けていき、愛らしさとよんでいたものが美しさへと変わるにつれ、ルカはあせりにも似た恋心に急かされる。

はやく、ふり向かせないと――手に入れないと。

その気もちはつのるのに、ルカは、アルスルほどルカの誘惑に反応しない女を見たことがなかった。

（おしゃべり、気づかい、腕っぷし……どれもだめ。にこりともしない）

だがさっきのように、ささやかな理由でいきなり笑顔を向けてくれることもある。

すなおなアルスルのことだ。きっと、本人の言うとおりなのだろう。

（信頼できる友人、だろ？）

アルスルはルカを男として見ていない。だからこそルカは、なにも知らない彼女に――自分の欲望を洗いざらいぶつけたくなることもある。

いかがわしい視線をアルスルへ送ろうとしたときだった。

右肩にのっていたプチリサから、激しいパンチが飛んできた。すこしむかれた爪にほほを引っかかれて、ルカは情けない声をあげる。

「いってーな、なんだよ?!」

そっぽを向いた白猫は、アルスルの肩へ飛びおりる。その直後、ふり向こうとした彼女の唇にキスをした。

「あ?!　おいこら！」

ルカはプチリサの首をつまもうとしたが、ヘビのような威嚇《いかく》が返ってきて、思わず手をひっこめてしまう。

この不思議なネコときたら、アルスルを溺愛していた。

ほかの人間にはなでさせるのも滅多に許さないくせに、アルスルがベルつきの豚の毛ブラシをとったとたん、どこにいても戻ってくる。彼女のグルーミングが大のお気に入りなのだ。そのおねだりと称して、アルスルへのキスやボディタッチもおしまない。ルカの不純な欲望を見抜いたときなど、容赦ない攻撃をしかけてくる。

番犬——ではなく番猫に許しをこうべく、ルカは両手を天へ向けた。

「悪かったよ！　おれって最低!!　これで満足だろ?!」

『わかればいい』

プチリサはピンク色の鼻をふんと鳴らす。

そう、いまはそれでいい。とにかく彼女の役に立つことが大事だと言い聞かせて、ルカは前を向いた。

つぎの曲がり角でチョコレイト・テリアが合流し、賓客用の犬舎へよる。ひと晩をそこですごしたケルピー犬たちも合流したが、開口一番、コヒバが泣きごとを言った。

『この城……ネコくさいのぉ』

人間たちは首をかしげる。キャラメリゼが補足した。

『姿は見えないけれど、夜どおし監視されていたみたいだ。そこら中から、イヌでもワシでもない人外《じんがい》の気配がする』

――ネコ人外。

「アルスル＝カリバーン！」

オペラ歌手か舞台女優のように、よく通る声がこだまする。

でかける準備をしたヴィクトリアが、エントランスホールでまちかまえていた。

男装の老女を見て、ルカはついオスのライオンを思い浮かべてしまう。白髪まじりの剛毛がたてがみそっくりで、とても貴婦人には見えないのだ。一方で、ルカを一瞥《いちべつ》したヴィクトリアがたずねた。

「おまえは、どんな理由で護衛官を選んでいるのです？」

「戦闘能力の高さと見識の深さで選びました」

「見識？」

「ルカは貧民街の生まれです。どの城郭都市へ行ってもすぐ市中にまぎれ、情報を集めてくる能力にたけています」

ルカは正直、はらはらした。

公平にルカを評価してくれるアルスルだが、それが多くの貴族たちから後ろ指をさされる原因となっていることに、本人は気づいていない。ヴィクトリアが聞く。

「護衛官。名は？」

気おくれするが、アルスルの立場を悪くしたくないルカは、姿勢を正した。傭兵訓練所で習ったポーズ――両手を後ろで組み直立する。

「シクリッド社、西域《ウエスト》支社所属。民間軍事部門から派遣されました。ルカ＝リコ・シャです」

「シクリッド社……」

目を丸くしたヴィクトリアは、しげしげとルカを見つめた。

「聞いたことがある名です。バドニクスの部下だと思っていましたが、いまは英雄の盾《たて》を？」

プチリサを抱いたアルスルは、ただうなずいた。

「……これも縁でしょう。ときに、ルカ」

ルカは意外に思う。ヴィクトリアの顔に嫌悪がなかったからだ。公爵という地位や、見た目のきびしさからは想像できないほど気安く、女はルカへ話しかけた。

「アンゲロスにあるシクリッド社の支社へきたことが？」

「い、いえ！」

「では、スロースについては？」

会ったことはないが、知っている。ルカはうなずいた。

「噂なら山ほど！　空域《ヘブン》支社のエース……スロース・シクリッドといえば、メルティングカラーの期待の星ですから！」

熱をこめて言うと、しかし、ヴィクトリアはなんともいえない顔をした。

「……噂とは、ひとり歩きするものだこと」

老女がため息をついたので、ルカは首をかしげる。

「アルスル＝カリバーン」

ヴィクトリアは屋外を指さした。

「これからあなたを、シクリッド社の空域《ヘブン》支社長……スロース・シクリッドに引き合わせます。城郭都市アンゲロスは、シクリッド社と彼に防衛をほぼ委託しているのです。昨夜の戦いを見たでしょう？　あの十字架座《クラクス》を」

アルスルははっとする。

「〈ささいなる崩壊星《コラプサー》〉」

スロースが従えている人外の、力。

ギフトだという。

「自身の影の収縮によって重力崩壊……小規模のブラックホールを生みだす能力。あれこそが、アンゲロスの防衛戦力のかなめなのです」


城をでると、真っ青な空が広がった。

東には、カットされたダイヤモンドのようにきらめく太陽が昇っている。はるか眼下には、青い海原がどこまでもつづいていた。

アルスルが小さな歓声をあげる。

ルカも大きくうなずいた。昨晩は、気球の細かいところまでよく見えなかったし、海上であることもわかりづらかった。

ところが、朝のすばらしい光景といったらどうだ！

空と海のあいだには、いくつもの巨大な気球がおなじ間隔をとって浮かんでいた。

丸いバルーンは、ワシ人外の皮と羽根を縫い合わせて作られているという。金は貴族の所有地。白は市街地で、赤は軍事基地だそうだ。

「あれらは熱気球です。熱機関塔……高炉と、建物や住宅の煙突からでた排熱によって、浮力を維持しています」

熱は家畜や農作物を育てるのにも使われている。

「アンゲロスでの生活は自給自足。補給のために地上へおりる必要はありませんが、係留したいときは、各市街地の火力をおさえて錨《いかり》をおろします」

街と街をつなぐのは、軽くて頑丈なたくさんのつり橋だった。

オオワシの風切り羽をつないでいる。

嵐や人外の襲撃などの有事には、あれらの橋を外すことで、戦術に合わせた陣形をとれるという。つり橋は二車線——馬車が二台すれちがえるくらいの横幅だった。潮風を受け流し、雨もはじくという優れものだが、とにかくゆれる。

「チョコの姐御《あねご》？」

いつまでたってもチョコレイトが前進しないので、ルカは声をかける。女は無言だったが、そのスキンヘッドには冷や汗が浮かんでいた。

「ヘイヘイ、まさか」

「……高いところダメなのよ」

笑いかけたルカだが、その瞬間、突風にあおられる。

「うおっと?!」

チョコレイトが凍りついた。彼女が叫ぶ前に、ルカは義足でたたらを踏む。

ヴィクトリアが注意した。

「気をつけなさい。今朝は風が強い。気球から気球へ一般市民の通行が許されているのも、凪《なぎ》……風力ゼロの天候であるときだけです」

大きな老女は、のしのしと力強い足どりで進んでいく。

「チョコ、平気?」

チョコレイトに手をさしだしたアルスルはというと、すくみあがるどころか楽しそうだった。

高いところが好きらしい。ネコがバランスをとるように、軽やかな足どりでチョコレイトをエスコートしていく。

(たのもしいんだか、まだガキなんだか)

天秤の城が吊り下げられていた金の気球から、白の気球へわたる。

市街地の広場では、子どもたちが遊んでいた。

「これ。おまえたち」

女公爵が声をかけると、

「なんだよ、ヴィクトリアのばあちゃん!」

少年のひとりがとんでもない返事をしてのけた。

泥だらけで、着ている服もよれよれだ。どう見ても貴族の子ではない。ルカとチョコはひどくおどろいたし、アルスルでさえぽかんとする。公爵は気にした様子もなく、つづけた。

「昼には気球が移動します。そろそろ家へお戻り」

「わかってる、わかってる！」

「口うるさいばあちゃんだなぁ！」

自身の祖母へそうするように、子どもたちはおざなりな返事をしてから、おいかけっこを再開する。

「おばあちゃん……」

ネコのぬいぐるみを抱いた幼女が、ヴィクトリアの足元までやってきた。彼女はマッチ箱くらいにまとめた野イチゴの花束をさしだす。

「あげる」

「……おやまぁ」

ほほえんだヴィクトリアが膝をつく。すると幼女は、公爵の胸元——太陽と天秤のブローチに花束をさした。

「なんと愛らしいこと……おまえ、トム・ジェンキンスの孫娘ですね」

「うん。エイミー」

軽々と子どもを抱き上げたヴィクトリアは、ここでまてとルカたちに命じる。公園のそばにある集合住宅へ向かうと、木の扉をノックした。でてきた男はおどろいていたが、親しげに礼を言って、その幼女を受けとる。

アルスルがつぶやいた。

「……ちがう」

「なにがよ？」

「イオアキムや、ダーウィーズと」

アルスルは興味津々にヴィクトリアを見つめている。

ルカはそれだけでもアンゲロスにやってきてよかったと思った。

一見すると、のどかで美しい街、空、海だ。うららかな季節ということもあって、いたるところに色鮮やかな新緑や花々が見られる。その名のとおり、天使たちが住まう楽園のようにきれいな都市だった。ものめずらしさからあたりを見まわしたルカは、ふと、海上にぼろ布のような黒いものがただよっていることに気づく。

燃えさし、だ。

昨晩の襲撃で燃えたものだろうか。

「巡回中の小気球でした。死者十名」

ルカは息をのんだ。

いつのまにか戻ってきた女公爵から、さっきのおだやかさが消えている。あるのは、ほとばしるほどの怒りだった。アルスルが聞く。

「あのワシたちが？」

「……隕星王《いんせいおう》の眷属《けんぞく》です」

強い風が、ヴィクトリアの長髪をなぶった。


隕星王。

六災《ろくさい》の人外王。その一体だ。

ワシの姿をした人外で、帝国中央——空域《ヘブン》では、最大の脅威だとされている。

しかしこの王は、あまりに謎が多かった。

帝国の歴史がはじまる以前から、存在はなんども確認されてきた。にもかかわらず、性別さえわかっていない。この七百年で十回ほど、嵐や流星群の晩に、巨大なワシのような生きものが空を飛んでいたという目撃情報があるだけ。王の一部を描いた絵画やタペストリー、オブジェなどはたくさん残っているが、全体像についてはいまも結論がでていない。

ふたつの頭。

四枚、もしくは六枚の翼をもつ。

ゆえに古代の人々は、この王を、上位の天使——セラフィムあるいはケルビムともよんだという。空域《ヘブン》にある火山島のどれかを巣にしていると考えられてきたが、人間を害することはほとんどなく、ここ百年にいたっては目撃すらされていない。

「王吟集《おうぎんしゅう》にあります……隕星王は、善でも悪でもない」

呪文のようにヴィクトリアが唱える。

はじめて空域《ヘブン》へきたアルスルは首をかしげた。

「……なのになぜ、六災の王に数えられているのですか？」

そう。

隕星王自身は、人間に災いをもたらしていない。

問題は――眷属たちだった。

「王は、おなじく天使の名でよばれる眷属たちをもっているのです。憎むべきは……あのオオワシどもが貪欲《どんよく》な頂点捕食者であるということ」

ヴィクトリアは水平線をにらみつける。

「なかでも、わたくしの命をとして駆除せねばならない一体がいます」

「……それは？」

アルスルが耳をすました。

「サマエール」

ヴィクトリアの瞳で、憤怒が燃える。

彼女が吐き捨てたのもまた、帝国に残る天使の名だった。

「ヘビのようにずる賢いオオワシです。アンゲロス湾では、監視者《ウォッチャー》、あるいはグリムリーパー……死神ともよばれます。戦いを好み、満腹を知らず、おぞましいほどに残酷。その強さから、おこぼれを狙う眷属たちを三百体ほど配下につけています」

多くの血が流れました――。

つぶやくヴィクトリアの横顔は、年齢より老いて見えた。

「わたくしが爵位を継いでからの四十年……終わりなき戦いで、アンゲロス湾の城郭都市は疲弊《ひへい》しきっています。そこへ救いの手をさしのべたのが、シクリッド社」

シクリッド社――。

貴族ではない若者たちがおこした民間企業だ。

運送部、軍事部、人外資源調達部からなり、東域《イースト》に本社がある。

二十年ほど前に空域《ヘブン》支社がアビシニアン家の支援を受けるようになってからは、いくつものパトロンを得ることに成功。いまでは帝国有数の大企業へと成長している。

ルカもまた、パトロンであるブラックケルピィ家のオーダーを受けた西域《ウエスト》支社によって、城郭都市ダーウィーズへと派遣された傭兵だった。

(……そんなに悪い戦況なのか)

ルカは緊張する。

アルスルとチョコの表情もかたくなっていた。

「スロースがいなければ、このアンゲロスとていつ陥落してもおかしくないのです。もっとも……実際に支社と社員たちを管理し、運営しているのは、副支社長のプラティーン・シクリッドという女性ですが」

ヴィクトリアは祖母のように言いつける。

「あの娘には期待しています。アルスル、おまえも彼女をよく見習うのですよ」

「はい」

アルスルはすなおにうなずいたが、ルカはふたたびおどろいていた。

プラティーン・シクリッドは遠目に見たことがある。彼女もまた、メルティングカラーだった。

(元皇女に、そいつを見習えとは……アンゲロス公って、どういう人なんだ?)

一行は、ひときわ色鮮やかな気球に到着する。

城郭都市のなかでただひとつ、スカイブルーに染められた気球だった。バルーンの真下には、ホネガイに似た不思議な形の塔が吊り下げられている。

貝の塔、とよばれているらしい。

立ち止まってじっと塔を見上げたアルスルが、たずねた。

「シクリッド、って?」

「熱帯魚さ。カラフルで気性の荒い」

ルカは耳うちする。

「……ファミリーネームにシクリッドがつくやつは、大物だ」

「シクリッド家?」

「いや、血はつながってない」

アルスルがきょとんとする。ルカは教えた。

「優秀な人材に与えられる称号みたいなもんさ。幹部クラスは、全員がシクリッド姓を名乗ってる。プラティーン・シクリッドも、社員末端まで血縁者はいないはずだ。もちろん、これから会う支社長も……」

そわそわしつつルカが補足しようとしたときだ。

「ミセス!!」

巻き貝そっくりのホールに、歌うような声がこだました。

らせんを描いた階段から、紅茶色の肌をした女が駆け下りてくる。

「申しわけございません、ヴィクトリア様！　あのノロマ《スロー》ったら、また支社長室に鍵をかけたまま眠りこけたらしくて……！」

どぉん、と爆発音がする。

吊り下げられた塔が大きくゆれて、ルカたちは身がまえた。上からなにかの破片がぱらぱらと落ちてくるが、ヴィクトリアは動じない。

「新しい爆薬？」

「えぇ！　本社へ特注したのですけれど、ごく少量の火薬で爆破が可能です。実戦にも使えそうで……あぁ、どうしましょう！　そちらが？」

うなずいたヴィクトリアが、アルスルに女を紹介する。

「これがプラティーン・シクリッド。プラタ、こちらがアルスル＝カリバーン・ブラックケルピィです」

「プラタとおよびくださいませ、マイレディ！」

女はうやうやしく腰を下げた。

実年齢は三十五だという。ところが見事なプロポーションのおかげで、ルカとおない年くらいに見えた。容姿も整っているが、ルカの目はというと、顔より下へすいよせられてしまう。ウエストを締めあげるコルセット風のベストから、大きな胸がこぼれ落ちそうになっているからだ。スリットの入ったスカートからは、引きしまった太ももがのぞいている。

「ごきげんよう、プラタ」

アルスルはじっとプラティーンを見つめる。

——見つめたまま、動かなくなった。

人をとまどわせることもある、アルスル独特の仕草のひとつだ。

「なにか?」

「……きれいな髪」

プラティーンは、磨きたての銀器のように美しい銀髪をしていた。

肩で切りそろえられたストレートヘアを、アルスルはそっと指ですく。淑女らしくない——ややおさない英雄のふる舞いを見て、副支社長はぽかんとした。

「……おどろきます」

なぜかうれしそうに、女はヴィクトリアへと笑いかけた。

「人外類似スコアをもつ人間たちは、雰囲気まで似るものなのですね!」

「おまえもそう思いますか?」

親しげなやりとりだ。

ルカは、二人に信頼関係があることを感じとる。

「こちらへどうぞ、英雄様！」

砂ぼこりが舞う最上階をさして、プラティーンはにっこりと笑った。

5

ヴィクトリアが孤高な野生動物だとすれば。

プラティーンは血統書つきのペットだと、アルスルは思った。

(身だしなみ……ばっちり)

手入れの行き届いた髪と肌。洗練されたシルクの服もよく似合っている。アクセサリーは、すべて白金とプラチナのルチルクォーツのものでそろえられていた。

「キャンディ・アクセサリー?」

アルスルがたずねると、プラタは笑って首をふった。

「すてきでしょう?　あたしの趣味よ」

忌避石《きひせき》——人外《じんがい》よけの石ではない鉱物でできたジュエリーだと聞いて、アルスルは妙に思ってしまう。

「ワシに襲われないのですか?」

「ええ。スロースが守ってくれるもの」

彼女の声には、絶対の信頼があった。

らせん階段をのぼりきるまでの時間は、まるで美術館をまわるようだった。壁や手すりに、絵画や彫刻といった美術品がいくつも飾られていたのだ。

「これも、趣味?」

「ええ!」

すてきでしょう? と、プラティーンはくり返す。

豪華な金の額縁におさめられた油絵はアルスルが知っているくらい高名な画家の作品だったし、彫刻もまた、歴史院に収蔵されているようなものばかりだ。

「帝政派の作品ばかりだけれど……趣味は悪くないわ。ううん、とてもイイ」

チョコレイトが評価する。

「……でもよ」

居心地悪そうにルカがつぶやいた。

「この塔だけ華やかすぎる。まるで貴族じゃないか。戦《いくさ》のさなかだぜ?」

アルスルは天秤《てんびん》の城を思いだす。かつて劇場としても使われていたアビシニアン家の宮殿は、最低限の装飾しかほどこされていなかった。

「いつ、燃えちまうともわからないのに……」

「それでいいのよ」

プラタだった。

批判を聞かれてしまったルカは、ばつが悪そうな顔をする。

「いつ死ぬかわからない、それが人生だもの。なら、あり金はどんどん使わないと！」

経営、経済。

——お金の話がよくわからないアルスルは、ヴィクトリアの助言を思いだす。有能なマネージャーでもあるプラタを見習うため、もっと話を聞こうと思った。

「お金が大切？」

「お金がすべて」

プラタはうっとりと断言する。

最上階についてすぐのところに、鋼鉄の二枚扉があった。ブリキ缶に入った黒いペンキをぶちまけたようなシミがついている。火薬が爆ぜてできた焦げあとだ。取っ手と鍵穴部分だけがきれいに吹き飛んでいる。

プラティーンが指示すると、シクリッド社の傭兵たちがアルスルの背丈とおなじくらいの破城槌《バタリングラム》を抱えてきて、扉を押し破った。

「スロぉース!!」

この塔でいちばんえらい人物をよぶにしては、遠慮がない。

ホールのように広い支社長室は豪華だった。

海と空を思わせる青の壁紙と、真珠《しんじゅ》色で統一された家具がとてもきれいだ。右の壁には、ダイヤの形をした大盾《おおたて》と槍が飾られている。正面には、応接テーブルとソファ。その奥に、アンゲロス湾と気球を見わたせるバルコニーがある。

どくん、と。

腰の左あたりが脈打った。

アルスルはちらりと肩のプチリサを見る。知らん顔をしている白猫だが、ベルトの左に下げたスモールソード——聖剣リサシーブが、不思議な熱を帯びていた。

(なにか、いる)

バルコニーの手すりを見たアルスルは、はっとした。

「鷲《イーグル》！」

白い頭にこげ茶色の胴体をした猛禽類《もうきんるい》。

ハクトウワシだった。やや大きく、布にくるまれた赤ん坊ほどもある。応接机にあった大ビンからクラッカーをとったプラタは、それをバルコニーへ放った。

「気をつけてね、英雄様」

くるくると舞うクラッカーをキャッチしたワシは、すぐそれを丸のみにする。

なるほど。アルスルは注目した。

先がとがったくちばしと脚は、バナナそっくりなイエローだ。

するどい目は、黄金色——クリスタルのグラスへ注がれた貴腐《きふ》ワインのように光っている。

肩から下の胴は、暗褐色。おなじ方向へと生えた羽根は、頭と尾だけが、陽光のようにあたたかそうな白だった。

アルスルは、劇場にある緞帳《どんちょう》を思い浮かべる。たたまれたワシの翼は、その奥でせわしなく舞台の転換が行われているかのように、膨らんだりちぢんだりしていた。羽根の一枚一枚がそよいで、流れている。肩や脚の筋肉が発達しているからだろう、美しいというより威厳に満ちた獣《けもの》だった。

「また、あんなところで眠って……スロース！」

バルコニーを見るなり、プラティーンがため息をつく。

アルスルはおどろいた。

塔の屋根に——男が転がっていた。

体の右半分は軒から落ちかかっている。眠ったまま屋根をすべって、運よくあそこで落下が止まった、という感じだ。さっそうと屋根の瓦《かわら》へのぼったプラティーンは、男に近づくと、ゆりおこす。

——いや、彼はおきていた。

プラタが触れようとしたところで、男の腕が上がった。女が体重をかけて引っぱると、ゆっくりおき上がる。強い風が吹いて、肩までの縮れ毛がゆれた。

（リンゴの赤……）

血のように鮮やかな赤毛だった。

「すごい会社だろ？　メルティングカラーが支社長だぜ？」

小声ではしゃいだルカは、しかし、すぐに背をのばして直立する。

支社長――。

では、やはりあれが。

「……スロース・シクリッド」
四十、くらい。瞳は青く、黄色人種の血を引くルカより肌が白い。部下たちとおなじく戦闘訓練を受けてきたようで、大きくてたくましい人だった。
スロースが空をあおぐ。

そのときだ。ハクトウワシが、動いた。

開始行動――翼と脚をのばしたワシは、羽ばたくと同時に手すりを蹴った。悠然と舞い上がったかと思うと、スロースのもとへ飛ぶ。いちどの羽ばたきだけでワシは男のもとへたどりつき、彼の両肩につかまった。

「……きれい」

背から黒い翼を生やしたような、その姿は。

「天使みたい」

プラタが得意げに笑んだ。

「すてきでしょう?」

立ち上がった支社長は、のろのろと歩きはじめる。

その手足には、格闘技の訓練用重り――リストウェイトとアンクルウェイトがついていた。

おっくうそうに四肢を引きずるスロースは、三回ほど立ち止まり、そのうち一回は、しゃがんで座りこもうとさえした。

「もう、スロース‼」

プラティーンが叫ぶ。迷うような間があってから、ふたたびスロースは歩きだした。応接間まで戻ってくるのに、もう何分か、かかった。

「ようこそ。公爵」

思っていたより優しい声だ。

ヴィクトリアに会釈した男はアルスルを見下ろす。

──それきり、動かなくなった。

スロースは体のいたるところに傷があった。よくわからない傷もあるが、大型の獣に噛まれたり引っかかれたような痕ばかりである。プラタがささやいた。

「レディ・アルスル＝カリバーン・ブラックケルピィ」

「……ようこそ。レディ」

それだけつぶやくと、スロースはアルスルの背後を見つめた。ふり返ったアルスルは、どうしていいかわからなくなる。

赤毛の男は、ルカを凝視していた。

「え？　は？」

ルカがたじろぐ。

スロースがルカに送る視線はまっすぐ——というより、無遠慮だった。

「……スロース、あなた。彼を知っているの?」

プラティーンはルカを一瞥《いちべつ》する。

「ルカ＝リコ・シャ。うちの社員よ。西域《ウエスト》支社所属、いまはレディの護衛官を」

名簿を読むような記憶力に、アルスルは感心する。

スロースはルカを見つめていたが、そこでとつぜん、彼の腹が鳴った。

——空腹、らしい。赤毛の男は何事もなかったかのようにソファへ向かってしまう。

「な、なんなんだよ……?!」

ルカはすっかりうろたえている。

ヴィクトリアは首をふるだけ。プラティーンが謝罪した。

「お許しを、マイレディ! スロースは小さいころからあのとおりで……ひどい無気力症なんです。あなたとおなじ……というと失礼ですけれど、彼も、人外類似スコアをもっているんですよ」

なるほど。アルスルはうなずいたが、プラティーンが教えてくれた分類名は、生まれてはじめて耳にするものだった。

「ミユビナマケモノ科」

「……え?」

どさりと、スロースがソファに沈んだ。

崩れ落ちたと言っていいだろう。

とてもだるいのか、それきり目を閉じてしまう。ソファの背もたれへと飛び移ったワシが、かぎ爪で、あきれたようにスロースのおでこをつついた。

「彼の行動を理解することは、不可能です」

プラティーンはため息をつく。

「なにしろ人類において……おそらくは最初で最後になるという、レアなスコアの持ち主なのですから」

Nテスト。

ひとでないもの《ノンヒューマン》——人外に対応している心理検査だ。

人外動物界のうち、会話がなりたった十二門、総数一万体へのヒアリングデータ四十年分を分類化して、テスト形式にしたものだ。人外の知能を数値化し、さらに——人外とおなじ思考をする人間を特定できるという。

「人外類似スコアとは、特定種の人外に共感できる……もとはといえば、人外研究を発展させられる人間を検出するためのものです。けれど、スロースのスコアほど役に立たないものもありませんわ！　なにしろミユビナマケモノ科の人外たちは、もう絶滅してしまっているのですもの」

おさないスロースが史上はじめてこのスコアをだしたときには、最後のナマケモノ人外が死んでから十年もの月日が流れていたという。

人外類似スコアをもつ子は、人間らしさが欠如しているとされていた。

最大の特徴は、彼らの行動原理がみっつにしぼられること。

糧《かて》の獲得。

身の安全。

種の繁栄。

食べること、身を守ること、最適な時期に子をもうけ、育てること。

これらのことにしか関心をもてない人間を、帝国では人外類似という言葉で説明する。彼らは、教養や礼節といった一般常識が理解できない。喜怒哀楽の感情や表情にも乏しいので、社会参加がむずかしいとされる。

スロースの場合。

動かず、言葉もほとんど発さず、放っておくと風呂にさえ入らなくなるそうだ。手足の重りは、不活発な彼の筋力を維持するためのものだった。

「眠りと食べもの。スロースはそれにしか興味がないの。だから彼の親も、彼をノロマ《スロー》とよんでいたわ……さ、口をあけて！」

スプーンですくったプディングを、プラタはスロースの口へと押しこんだ。

まるで雛《ひな》へ給餌をするようだ。

「……おいおい」

目のやり場に困ったルカが、両手を天へ向ける。

さっき、支社長の印象が思っていたものとちがうとつぶやいたから、がっかりしているのかもしれない。おなじ城郭《じょうかく》都市で育ったという二人は親密だった。

「おどろくでしょう？　スロースはあたしの兄、いいえ、弟みたいなものなんです……ほら、あーんをして、いい子だから！」

カスタードをすくって食べさせてやるプラタと、口を動かすだけのスロースは、きょうだいというより、かいがいしく世話を焼く母親とその息子に見える。

「ミスター・スロース」

ソファに座ったアルスルは、ひじかけ椅子で紅茶を飲んでいるヴィクトリアを見た。

「公爵は、あなたと……あなたの人外に都市の守りを任せているそうですね」

スロースの肩で羽づくろいしていた猛禽類が、頭を上げる。

「あなたの力の秘密は……そのワシ？」

貴腐ワイン色の瞳が、アルスルとプチリサを見すえた。猛禽類の眼光から守ろうとするかのように、聖剣リサシーブが熱を帯びる。

「……あなたの名前は？」

ワシは答えなかった。プラティーンとルカ、ヴィクトリアも注目する。

紅茶を蒸らせるほどの静寂がおりたあとだった。

スロースが身じろいだ。

「ミカエル」

「……天使の名前？」

不思議に思ったアルスルは、ワシの瞳をのぞきこんだ。

「あなたの王は……もしかして」

漆黒《しっこく》の瞳孔《どうこう》が、銀河のようにきらめく。

そのときだった。

バルコニーの外から、ラッパが吹き鳴らされる音がひびきわたった。

シクリッド社の兵士が駆けこんでくる。バルコニーへとでたヴィクトリアが、腰に下げていた望遠鏡をのぞいた。

「来客ですね？」

「公爵閣下、湾岸ポイントデルタに人外戦車です！　第六専用港へ向かっています！」

プラタがぎょっとしてスプーンを落っことした。

「昼に、ですって⁉　狙われるに決まっているじゃない！」

ワシは昼行性だ。ヴィクトリアの横へならんだアルスルも陸を観察する。

「アルスル、見えますか？」

「はい」

眼下に広がる、緑の湾岸。

その上空で、巨大なオオワシの群れが旋回している。

岸辺を見ると、街道のところどころで緑色の煙が上がっていた。

人外よけの煙幕だ。小魚がサンゴ礁《しよう》の陰をぬって天敵から逃れるように、煙のなかを車両がすさまじい勢いで走っていた。虹黒鉄《にじくろがね》の装甲が、まぶしい太陽の光を受けて七色にきらめいている。ヴィクトリアがたずねた。

「戦車の紋章は？」

「花とリボン……コッカァ家のものかと！」

予定されていた貴族の来訪に、アルスルは気を引きしめる。

ノービリス＝ヘパティカ・コッカァ。

そして彼が率いる一大隊だろう。鍵の騎士団と同盟を結んだ兵団——五百名ほどが、城郭都市アンゲロスで合流することになっていた。

目を凝らしたアルスルだが、すぐに首をかしげる。

「大隊……？」

「小隊だろ、どう見ても」

ルカが低い声でつぶやく。その戦車は二両編成だった。

ひとつの車両にのりこめる定員は、人間が三十人、イヌ人外が三十体ほど。あの戦車には、人とイヌが六十ずつくらいしかのっていないのではないか。同意するように、女公爵がつぶやく。

「おのれを過信する指揮官か……仲間を見捨てる卑怯者、か」

アルスルはぞくりとする。遠くからでもわかる。戦車の最後尾――連結金具は、後続車両を無理に切り離したかのごとく大破していた。

「父親とは大ちがい。ですが、見て見ぬふりもできません」

ヴィクトリアは命令する。

「コッカァ家の戦車を援護せよ。赤の気球三機は、単縦陣を組んで出撃します。残りは白と金の気球を中央に、重輪形陣を組みなさい」

「は‼」

敬礼したアビシニアン家の衛兵とシクリッド社の兵士が、瞬時に動く。どちらの兵隊たちも、おたがいを信用しているようだった。

「スロース。ミカエルをだせますか?」

ヴィクトリアが声を張るが、返答はない。

「スロース? スロース!」

プラタがスロースを強くゆする。しかし、男は動かなかった。

こんどこそ眠ったらしい。赤毛の下に見えるまぶたは固く閉じられている。

「おきなさい! もう、スロースったら‼」

「……無理でしょう。徹夜で見張りをさせましたからね」

ヴィクトリアは動じない。早々に決断した彼女は、アルスルへ向き直った。

「鍵の騎士団、団長」

公爵は現実的な人だった。

「おたがいの能力を知ることは、建設的な作戦会議につながります。よって、まずわたくしたちの戦いを見なさい。コッカァ家の戦車が専用港へ入れば、こちらのネコが迎え撃てます」

アルスルはうなずいた。

(アンゲロス公爵の戦い……)

ぴりりと頭が冷える。

同時に、すこし、胸がときめいた。

(……ねこ)

そわそわしそうになる自分を律すると、アルスルはルカとチョコレイトに視線を送る。それだけで、二人は自分がすべきことを理解してくれたようだ。

「クロスボウ、ケルピー犬部隊に固定済み!」

「角の矢もあまるほど」

みなが出口へと向かったときだった。

「見せろ」

男の声がする。

「示せ」

スロースだった。ルカが立ち止まる。

「……なんだって?」

「見せろ、スロース……」

ぶつぶつとつづく声は、独り言だった。

「……示せ、スロース」

赤毛の男はうなだれる。やがて、寝息が聞こえてきた。

「気にしないで！　スロースの口ぐせなの！」

社員たちへ指示をしつつ、プラタが説明する。しかし、ルカは男から目を離せないようだった。

「ルカ？」

「いや……なんでもない」

なにか引っかかるという顔のまま、ルカは支社長に背を向けた。


塔をでたときには、そこら中でラッパが鳴っていた。

それぞれの気球から音の信号を送りあい、やりとりしているのだ。

アルスルたちが赤い気球へ到着すると、気球同士をつないでいたつり橋がいっせいに外された。凧《たこ》についたしっぽそっくりだ。ひらひらと風になびいてから、それぞれの気球へと格納される。

「きゃ……っ」

気球の街がいっせいに動いていた。

チョコが小さな悲鳴をあげる。

つぎの瞬間、視界の下からせり上がってきた赤い気球が、轟音《ごうおん》とともに風を切って上へのぼった。バルーンの真下には、いかめしい要塞が吊り下げられている。外壁には、トレビシェット――大型投石器が十台ほど設置されていた。カタパルト――移動できる中型投石器も配置されていく。アルスルがよく知るバリスタもあった。

戦闘態勢へ移るため、すべての大気球が猛スピードで行きかっていた。

気球と気球は、たがいの建物に生えた木と木がかすりそうなほど近くをすれちがうのに、衝突しない。星を観測するためのアーミラリ天球儀かと思うほど、正確な動きだった。

ヴィクトリアが要塞の号令台に立つ。

「アビィ!!」

よく通る声は、ライオンの雄叫びのようだった。

「アビィ＝グラビィ七七七号《スリーセブン》!!」

「すりーせぶん?」

わけがわからず首をかしげたアルスルに代わり、要塞の兵長が答える。

「のりこんでいます、公爵!」

「では出撃!」

凱歌《がいか》のようなラッパのメロディがひびきわたる。

ヴィクトリアが命じたとおり、みっつの赤い気球が、まっすぐ縦ならびになって動きはじめた。陸地をめざして、どんどん速度をあげていく。

女公爵が古びた長剣を腰へさしたのを見て、アルスルはたずねた。

「あなたも戦うのですか？」

「十年前ならどうにか、というところでしょう。戦場で剣をふりつづけられる歳はとうにすぎました。これは……ただのお守り」

ヴィクトリアはそっと剣をなでる。

老女からこぼれた儚《はかな》さは、しかし、すぐに消えていた。

「トレビシェット部隊」

「フェロモン・キャンディ砲弾、発射します！」

人外から抽出したフェロモンを練りこんだ弾だ。

大型投石器に装塡《そうてん》されていた岩のような物体に、松明《たいまつ》がかざされる。青い炎があがるとともに、甘い異臭が充満した。

「あれでいくらかのワシを惹《ひ》きつけられるのです。残りをカタパルトやバリスタ、紙飛行機からの狙撃で一網打尽にします」

赤い気球は、もう浜辺のすれすれまで下降していた。

巨大な重りが落下する。振り子のようにぐるりと回転したトレビシェットから、フェロモン・キャンディ弾が発射された。青い隕石《いんせき》のような砲弾に当たって、ワシの何体かが燃えながら落ちていく。

青い炎は、そのまま海岸へと着弾した。

爆発はないが、隕石が落ちたかのようなクレーターができあがる。

（すごい……!!）

ワシの半数が軌道を変えた。

フェロモン・キャンディに魅了されたのだろう。人外たちがクレーターの上空で狂ったように旋回するのを見て、兵士のひとりがほくそえんだ。

「ざまあみろ！　永遠にそうしてな！」

燃える砲弾を避けるため、ワシたちの動きはどうしても単純になる。

そこを、カタパルト部隊とバリスタ部隊が射落とした。大きく重く、小まわりがきくわけではない猛禽類はかっこうの的だ。

「ワンサイドマッチ。カモ射ちだぜ！」

ルカがぴゅうと口笛を吹く。

はじめて見る戦い方に、アルスルも汗ばむ手をにぎりしめていた。

「油断は禁物ですよ。フェロモン・キャンディ弾より、オオワシの総数のほうが多いのですから……ましてや」

女公爵がたしなめる。

「……こんなものではありません」

あれのおぞましさは――。

ヴィクトリアの唇がそう動いたときだった。

「公爵、ごらんください！」

兵長が声を張る。専用港まであと数キロという地点に、人外戦車がさしかかっていた。

「なんだ……ワシどもが勝手に落っこちていくぞ⁈」

言われた方角をたしかめたヴィクトリアは、望遠鏡をアルスルへ投げてわたす。

アルスルも急いで陸を確認した。車両を引く十二頭のバルト犬たちが限界まで消耗しているのがわかる。まずいと感じたところで、丸い視野のはしがきらりと光った。

（流れ星？）

まただ。

針のようなものが、陽光を反射してかがやく。

滑空していたオオワシの一体にそれが当たった。人外が硬直する。ゼンマイ式のおもちゃが止まったかのような一瞬のできごとだった。

（……狙撃）

戦車の屋根に、望遠鏡の焦点をしぼる。

（あれだ）

フードつきのマントを着た、射手がいた。

ロングソードより長い得物を両手にかまえている。

（ロングボウ……！）

細くなった三日月のように弧を描く弓。

その弓から放たれた銀色の矢が、彗星《すいせい》のように飛んで、べつのオオワシへ突き刺さった。

人外は一矢を受けただけで身もだえ、大地へと落ちる。

その、威力。

連射速度。

命中率。

いずれも申しぶんない。射手の腕は機械のように精確だった。落ち着いていて、優雅ささえ感じさせる。その人が左利きであること、重心の動きから納得した。

「ミスター・ノービリス」

自身の双眼鏡をのぞいていたルカが、おどろく。

「あの射手が……?! 顔が見えるのか?」

アルスルは首をふる。

「でも、彼」

「根拠は！」

「ダンスを踊ったから」

アルスルをリードする皇子は、筋肉のつき方が左右不均等で、左半身がやや発達していた。

そう説明すると、ルカはぎょっとしてアルスルを見返す。

射手が使う矢には、毒がぬられているようだった。

だが、はじめに見せた強力な矢を使い切ってしまったらしい。弱毒か麻痺《まひ》毒の矢に替えてからは、ワシの動きを完全に止められていない。二体ほどにしつこく追いかけられている。聞いていたより、オオワシはエサと縄張りへの執着心が強かった。アルスルはあせる。

人外戦車の走行速度は——目に見えて遅くなっていた。

「いけませんね」

ヴィクトリアがたんたんと判断する。

「無重力《ゼロ・グラヴィティ》陣へ展開を」

ラッパが吹き鳴らされて、赤い気球が不思議な陣形をとりはじめる。

直後、最後尾を走るバルト犬が足をもつれさせた。それに引きずられる形で、残りの十一頭も減速する。アルスルがあっと声をあげそうになったときだった。

『くっく』

頭へ直接ひびく——女の声がする。

『ぶざま！』

いたずらっぽく吐き捨てられたかと思うと、上から影がさした。

はっとふり返ったアルスルは目を丸くする。

ヴィクトリアの背後に。

レンガ色の大きなアビシニアンがいた。

（足音が、ない……！）

逆三角形の端正な顔だち。すらりと長い手脚としっぽ。背丈は、アルスルとおなじくらいだ。レッド——赤みのある茶色の毛は、短い。アイラインを引いたような目じりが、グリーンの瞳をよりエレガントに見せている。

ヴィクトリアに頬ずりをしたネコは、勝気に笑った。

『飛べないなら、跳べばいいじゃない。そんなこともわからない？』

「え」

ぬるりと、アビシニアン猫が動いた。

軽やかにジャンプしたかと思うと、宙でくるんと体勢を変える。

『よいそっ』

威勢のいい声があがる。アルスルは息をのんだ。

気球のバルーンをトランポリンにして、ネコが人外戦車へと跳躍したからだった。

またたく間にワシとの距離をつめたアビシニアンが、叫んだ。

『うおらっ』

後ろ脚で、敵を蹴りあげる。

音のない衝撃があった。目にもとまらない速さで、猛禽類がふっ飛ばされる。

戦車への猛攻は止まったが、すぐさま大きなワシとネコに重力が戻った。

——落下する。

「危ない!!」

「まさか」

ヴィクトリアがにっと笑う。

同時に、アビシニアンが眼球をぎらりとむいた。

風と重力に身を任せたネコ人外は、失神しかけた敵の翼に狙いを定める。肉球でそっと触れるや、体重をかけるように腰を落とした。射線上に、もう一体のワシがいる。

オオワシごと着地するつもりだ！

「ごらんなさい」

ヴィクトリアが眼下をさす。

そこには——低空へ先まわりしていた、赤い気球のバルーンがあった。

どん、と轟音があがる。

星が落ちたようだった。ぶわりと空気がゆれ、つづいて気球そのものが動く。ぎょっとしたアルスルは、すぐ感動を覚えた。

——風船《バルーン》だ。

「気球《バルーン》が、落下の衝撃を殺してくれる……！」

身ぶるいして砂ぼこりをはらったネコが、立ち上がった。

涼しげになびくひげ。青空へとまっすぐのびるしっぽ。どちらからも、気品と自信がほとばしっている。

「あの子は、七七七体目のアビィ＝グラビィ。アビィ＝グラビィとは、アビシニアン家でもっともアビシニアンらしいネコ人外に与えられる称号です」

アビィは怪我ひとつしていなかった。

ワシと気球がクッションになったとはいえ、あれほどの高所から着地したのに！　はじめてその戦いを目にしたアルスルは、称賛の言葉すら失っていた。

（……ねこ!!!）

オオワシは動かなくなっていた。

脇腹を砕かれ、翼を踏みつぶされ、気球に叩きつけられたのだ。全身が鮮血で染まっている。まきこまれた二体目も瀕死だった。それでも飛ぶつもりか、じたばたと折れた両翼を動かしている。

だが。

ネコの前脚が――ひたりと、ワシの首をなでた。

肉球をぐにぐにと押しつけたアビィ＝グラビィは、恍惚《こうこつ》の笑みを浮かべる。だれの目にも明らかな、勝利宣言だった。

『くっく……あんたの負け！』

頸椎《けいつい》の粉砕される音が、こだました。

6

親愛なる兄、スティーブンへ

この街は滅ぶようです。

北の城壁が破られて十日。すぐアンゲロスへの使者が出発したのに、状況は悪くなるばかりです。考えたくもないけれど——助けを求めるわたしたちの声が公爵のお耳に届いていないのではないかと、恐れています。

近所の人たちとワインセラー横の壕《ごう》に隠れていますが、食糧はもうない。おたがいをはげましあっていた人々にも絶望が広がっています。あの忌《い》まわしい鳥が、昼も夜も歌っているからでしょう。頭がおかしくなりそうです。

きのう、悪夢を見ました。創造主から遣わされた美しい天使が、わたしたち家族をむかえにくる夢です。でも、あの鳥が化けているとしか思えない。だって声がおなじだもの。男とも女ともつかない、気味の悪い声。しかも、あの歌とおなじ韻《いん》を踏んでいるのよ。

戻らぬ
王の子が、戻らぬ
王の歌が、戻らぬ
王の瞳が、戻らぬ
王の……たまごの殻《から》が、戻らぬ

すすり泣きながら。

あの鳥はずっとずっと、この詩をくり返しています。

わたしにはわかります。あの人外《じんがい》は人間をうらんでいます。ほかの眷属《けんぞく》たちが、ただの猛禽《もうきん》類《るい》として人間の腐肉をむさぼり喰うとき、あの鳥だけはそうしないからです。あの人外だけは、人間を生きたまま喰らうのです。昨日、食べものを求めて外へでた子どもが、親の前で丸のみにされるのを見ました。親が泣き叫ぶのを見て、あの人外は嗤《わら》いました。


(※当時の生存者の名が列記されている)


スティーブン、どうか気をつけて。

じき、あの鳥はヴィクトリア様を喰らいに行きます。

からっぽの眼窩《がんか》で空をにらんでいます。

ふたつの目玉を飛ばして、アンゲロスを監視しているのでしょう。

だからお願い。あなたたちはあの方を守ってください。いまのわたしたちとおなじような目にあってなお、くじけずに戦ってきたヴィクトリア様。あの方こそ、空域《ヘブン》の希望なのですから。

――あぁ、これが最後の手紙になるでしょう。

もう兄さんに会えないことが、さびしい。

あなたの妹、ジェシカ

追伸
街を守っていたネコ人外はほとんどがワシにやられて、散り散りになってしまいました。けれど今朝、瓦礫《がれき》の向こう側で子猫の声が聞こえたの。

こんな状況でも生まれていたのよ、新しい命が！

母猫は見かけません。死んでしまったかもしれません。けれど、勇敢なメスのイヌ人外が子猫たちを守っているようです。すきまから見える感じでは、真っ黒なくせ毛で、たれ耳ね。

とても落ち着いているのだけれど、どこのイヌかしら？

〈城郭《じょうかく》 都市バストの避難壕で発見された手紙より〉

7

城郭《じょうかく》都市アンゲロス。

天秤《てんびん》の城、翼の大広間――。


豪奢《ごうしゃ》な大劇場から、すべての客席をとりはらった空間。

それが翼の大広間だった。

緞帳《どんちょう》がかかっていない舞台は掃除こそ行き届いているが、がらんどうで、骨格標本のように寒々しい。広間のまんなかには、大理石の長机がおかれていた。それを、三十脚ほどのひじかけ椅子が囲んでいるだけ。シクリッド社の塔とくらべると、あまりに殺風景である。

「バストの防壁が破られました」

ノービリス＝ヘパティカ・コッカァはすまし顔だった。

彼のとなりでは、城郭都市バストからの使者が立ち尽くしている。帝国の現皇子に仕事をとられてしまったからだろう。

「バストは、われわれがアンゲロスへ到達するまでの中継地でしたから。物資の補給によろうとしたときには、すでにワシどもの襲撃を受けていましたよ」

「それで？　おまえは戦いもせずにここへ？」

ヴィクトリアが冷たくたずねる。

気を悪くしたようにノービリスは声音を下げた。

「アンゲロス公。勝ち目のない戦いをつづけるほど、私は愚かではありません」

「バストを見捨てたというわけ」

「妙なオオワシが群れを率いておりましたのでね……両目のない」

ぴくり、と。

女公爵の手が動いた。

「盲目《もうもく》のサマエール、かと」

アルスルははっとする。ノービリスがほほえんだ。

「公爵から知らされていた特徴とも一致しておりました。私自身の口からこの危機をお伝えするため、撤退を選んだ。それだけのことです。皇帝よりたまわった兵の、五分の四……四百名も残してまいりました」

ものは言いようだな、とルカがつぶやく。

使者から書簡を受けとったヴィクトリアの目は、ライオンのようにするどかった。

「……当時の状況を説明しなさい」

「人ばらいを」

視線をやろうともしない。けれどノービリスは、女公爵の右にいたシクリッド社の副支社長――プラティーンへの軽蔑を隠さなかった。

「大切な情報です。信頼できる者にしか話したくはない」

ヴィクトリアは冷ややかに笑う。

「アビシニアン家がだれを信頼するかなど、客人のおまえが心配することではありませんよ？」

「おや。それこそ、貴女のおごりでは？」

ノービリスも上品に笑った。

「父……皇帝はよく口にします。老いては子に従え、と」

堂々としているが、やはり威圧的な青年だった。

ヴィクトリアは小さく鼻を鳴らしただけだが、アルスルの背後にひかえるチョコレイトやルカ、ヴィクトリアの兵士たち、ノービリスの部下でさえはらはらしている。アンブローズの命令を思いだして、アルスルの胸が重くなった。

（どうすれば……皇子は、わたしと結婚したくなるだろう？）

いや。それよりも。

（どうすれば……わたしは、皇子と結婚したくなるだろう？）

ノービリスの嫌味の矛先が、アルスルへと向く。

「ミス、あなたも。おなじことを言わせるな」

ルカをにらんだ皇子は断言した。

「私はメルティングカラーを好まない。問われていないだけで、彼らが人生のどこかで罪を犯してきたことは明白だからだ」

「そんな」

反論しかけて、アルスルは止まった。

ルカが嫌がるかもしれないと感じて、ふり返る。

ヘーゼルの瞳と目が合った。ルカはおびえてもいなかったし、アルスルを止めようともしない。しかしどういうわけか、アルスルから目をそらしてしまう。

「ものを盗んだことは？」

ノービリスがルカへたずねる。

「死ぬほど人を殴ったり、だれかの家を壊したことは？」

たたみかけるように言うと、皇子は副支社長のこともにらんだ。

「性、薬物、武器……売買してはならないと定められたものを売り買いしたことは？」

プラタはすこし表情を曇らせる。

彼女はいやな過去から距離をとるかのように、一歩、後ろへ下がった。

「……ミスター・ノービリス」

だれも止めないので、アルスルはやっぱり反論する。

「もしかつて、彼らが罪を犯していたとしても。それは貧しさのせいです」

「あなたは正しい。だが、知らなさすぎる……メルティングカラーのほとんどは貧しいのだ」

ノービリスは笑んだ。

「確率でいえば、メルティングカラーだというだけで信用できない」

そして、と。

皇子はアルスルを見すえた。

「英雄ともあろう者が、犯罪を許すのか？」

アルスルは考える。

優れた意見に反論するときは、前提をひっくり返すことが有効だという。弁論家の義父から学んだことを思い返しながら、注意深く答えた。

「罪は法が定めます。でも……その法が正しいとは限りません」

「法を定めたのは貴族だ。あなたは貴族がまちがっていると？　貴族の頂点……皇女だったあなたは、生まれてからずっと、あらゆる贅沢《ぜいたく》をさせてもらってきたというのに？」

皇子となって三年ばかりの青年は、あきれていた。

「あなたは知るまい。クレティーガス二世が皇帝に選出されるまで、子爵の位しかもたないコッカァ家の暮らしがどれほどつつましかったか」

「ミスター。話がずれています」

「あなたは知るまい」

ルカをさしたノービリスは、意地悪く笑った。

「その男が、どんな思いであなたの後ろに立っているのかを」

「……え？」

アルスルはたじろぐ。

（ルカの思い？）

ようやく気づく。信頼している男性の心について、自分がこれまでなにも想像してこなかったことに。

（ルカのほうは……わたしを信頼している？）

想像してみたが、他人の心がわかるはずもない。

（……ルカは、わたしのことをどう思っているのだろう？）

本人へたずねてみようかと考えたときだった。

『皇子さま』

それまでひと言も発さなかったケルピー犬――キャラメリゼが、口を開いた。

『聞いてもいいですか？』

アルスルは目を丸くする。おそるおそる、キャラメリゼがたずねた。

『……あなたのアガーテはどこ？』

「アガーテ？」

ルカとチョコが首をかしげる。

『弾倉のアガーテ』

答えたのは、アビィ＝グラヴィだった。二階のボックス席で前脚を念入りにグルーミングしていたアビシニアン猫はつづける。

『鳥猟犬《ちょうりょうけん》としては出世しなかったけど。成人したノービリス＝ヘパティカが訓練するようになってから、コッカァ家を代表するコッカー犬になったのよ』

グリーンの瞳がきらりと光る。

『おいてきちゃったんでしょ？　戦場に』

アビィはノービリスへ仕返しをするように笑った。

『あの子、イヌにしてはトロいものねぇ！　とっくに死んじゃったんじゃない？』

『やめろよ!!』

大きな声をだしたキャラメリゼは、はっとしてアルスルをふり返る。

『……ごめんなさい。僕のキティ』

アルスルは首をふった。

アガーテは、愛犬家のクレティーガス二世にとても可愛がられていたイヌだ。帝国議会《バーク》が開かれるたび、イオアキム城へも連れてこられていた。キャラメリゼは二十年ほど帝都のイオアキム城で暮らしたので、アガーテとすごすことも多かった。親友のようなものだとアルスルは思っている。

ところが。

「アガーテは死んだ」

いまの飼い主であるノービリスは冷淡だった。

「使役犬の宿命だ。人間の利益は、ときにイヌ人外《じんがい》の命より優先される」

『そんな……！』

「イヌはヒトではない。アガーテは、自ら進んで、私を逃がすための囮《おとり》となったのだが……おまえはそんなことで自分の主人を守れるのか？」

　キャラメリゼが押し黙る。

『……その話、いつまでつづくの？』

　うんざりしたように割りこんだのは、百戦錬磨《ひゃくせんれんま》のアビィ＝グラビィだった。

『あたしたちはサマエールを狩りたいだけ。そうよね、ヴィッキー？』

「ええ、アビィ。話を戻しましょう」

　場のだれよりも冷めた声で、男装の老女はつづけた。

「ノービリス」

「……なにか？」

「アビシニアン家が定めた法で動くアンゲロスにおいて、シクリッド社はビジネスを許されています。両者は契約関係にあり、どちらかが違反した場合は、莫大《ばくだい》な違約金が発生します……もちろん、たかが子爵のコッカァ家には払えないような額です。これまでの実績から考えても、副支社長が契約を破ることはないと判断します。よろしいですか？」

　ノービリスがぐっと言葉をのむ。

　ヴィクトリアはアルスルにも冷めた視線をやった。

「アルスル」

「はい」

「その場かぎりの優しさは、人を傷つけます」

アルスルはどきりとした。

だが、その理由がわからない。

「すべての命に優しくすることはできません……自分が絶対に守りたいというものを、決めておきなさい」

ヴィクトリアは自らの答えを見つけているらしい——。

力強くもどこか一線を引いた老女の言葉は、アルスルの耳に残った。


作戦会議が終わってすぐである。

「ミスター・ノービリス」

アルスルは皇子を回廊でよび止めた。

ノービリスは露骨にめんどうそうな顔をしたが、ふり返る。

「ご用ですか、ミス」

いらだちを感じて、アルスルは言いよどむ。だが、伝えなければと思った。

「ごめんなさい。キャラメリゼが失礼な態度をとって……」

「それだけ?」

「……もうひとつ、謝りたいことが」

アルスルは謝罪した。

「イオアキム城でのことも。あなたを嫌な気分にさせてしまって、ごめんなさい」

「きちんと理解しているのか？」

聞き返されて、アルスルは首をかしげる。

「なにが私を不快にさせたか」

詰問のような口調だが、皇子に怒りは見られない。すくなくとも表面上は。アルスルはよく考える。

（……ルカかもしれない）

前回も、今回も。メルティングカラーの話題でノービリスは機嫌を悪くしている。彼がルカをも嫌っていることは明らかだった。

「あなたが否定するものを、わたしが肯定したから？」

「そうだ」

とりつく島もない。すこしさびしく感じて、アルスルはたずねる。

「共存することはできませんか……？」

「あなたは、おなじあやまちをくり返す女なのか」

あやまち。

ノービリスを不機嫌にさせること？　それとも、ルカをそばにおくことだろうか？　アルスルルは、なにを口にしても皇子を嫌な気もちにさせるような気がした。

（……わたしさえ黙っていれば）

ブラックケルピィ家は安泰だと、義父は言った。

気は進まない、が——。

「あやまちをくり返さないと誓えば……あなたは、わたしと結婚したくなりますか？」

小ばかにするように笑ったノービリスが——ふと、まじめな顔をした。

「父には後ろ盾《だて》がない」

アルスルはノービリスを見つめる。

「偉大だからではなく、くみしやすいという理由で皇帝に選ばれたからだ。反対票がほとんど入らなかったことが、選挙で有利に働いた」

クレティーガス二世の優しい笑顔を思いだしたアルスルは、首をふった。

「そんなことは」

「父としては尊敬するが、皇帝の器ではない。あなたの父を見ていたからよくわかる」

ノービリスがアルスルを見つめ返した。

「わが父の黄金時代は短いだろう。だから私は、後ろ盾がほしいのだ。たとえばそう……偉大なるダーウィーズ公爵のような」

皇子はくすりと笑う。アルスルは不思議だった。

「……なぜ？」

「なぜとは？」

「自分の心を……なぜ、わたしに話すのですか？」

ノービリスは腹立たしそうに首をふった。

「おなじあやまちはくり返さない。政略より愛を選びたがる女は多いものだ……エレインの件でこりた」

なるほど。エレインから聞いている。

婚約を解消する直前、ノービリスとエレインの関係は冷えきっていた。

「私があなたの姉を許すことはない。また私に、愛など期待されても困る。しかし願わくは……妻となる女とは、よい関係でありたいものだ」

アルスルは息をのむ。

ノービリスがアルスルの手をとっていた。

「薔薇《ばら》色の未来を祈って」

そっけなくも、熱っぽくもない。

貴族における完璧な所作で、彼はアルスルの手の甲にキスをした。


その夜。

アルスルは城の窓辺から、にぎやかな空中街——城下街を見下ろしていた。

（凪《なぎ》だから）

つり橋でつながった気球を、無数の領民が行ったりきたりしている。

星空の下、たくさんの街灯に照らされた立体的な街は、まるで雲だった。五分としておなじ形をしていないのだ。ウロコ雲のようにひらべったくならんだかと思えば、積乱雲——綿菓子《コットンキャンディ》のようにまとまったりして、夜空をただよっている。

「……疲れた？」

アルスルははっとする。

いつのまにか、チョコレイトが自分の頭をなでていた。

疲労感はある。長旅だったし、ヴィクトリアやノービリスの言葉について思いをめぐらせていたのも本当だ。しかし、口にしてもなければ、ため息もついていない。

「どうしてわかるの？　チョコだから？」

アルスルが不思議に思ってたずねると、スキンヘッドの女は肩をすくめた。

「なんとなく。そんな気がした」

当たり前のように答えたチョコが、首をかしげたときだった。

二人がいた客間の扉が開かれる。

ルカだった。肩には、白猫プチリサがのっている。彼が変装用のマントをぬぎ捨てると、水蒸気をふくんだ冷たい外気のにおいがした。雲のにおいかもしれない。

「偵察ごくろうさま。どうだった？」

「ばっちりだぜ、姐御《あねご》！」

ルカはどっかとテーブルに座ると、長い足を組んでさっそく報告する。

「アンゲロス公爵……ヴィクトリア・アビシニアンは人気者さ！　悪口を言うやつなんかいやしない！　いたとしても、気が強すぎるとか、たまにはドレスを着ろとか。そんな文句ばっかりで、とにかく慕われてるな。いつ隠居してもおかしくない老婦人なのに……うちのラブリーな英雄とトントンだぜ？」

「ミセス・ヴィクトリアが爵位を継いで何年になると思うの。それだけの器ということだし、支持者も多いはずよ……で？」

ルカはつづける。

「この都市は、ふたつの組織が動かしている。アビシニアン家とシクリッド社だ。ざっくりいうと、アビシニアン家が決めたルールにそって、シクリッド社がとりしまるって感じだな！　アンゲロスは人口だけで見れば小さい都市で、住民は二十万人くらい。うち二万人が、シクリッド社の社員か下請けらしい。軍の上層部にはアビシニアン家がついているが、アンゲロスで警察といえば、シクリッド社の傭兵なんだってよ」

アルスルはおどろいた。

アルスルが生まれ育った帝都イオアキムや、いま暮らしている城郭都市ダーウィーズとは、あまりにちがう。

（メルティングカラーが、貴族の仕事をしている……）

シクリッド社は、特許会社だ。

もとはある貴族の財政を救うため、人外資源の貿易を独占する特許状をわたされた会社である。ところが空域《ヘブン》支社だけは、支社長のスロースがメルティングカラーだったために、おなじメルティングカラーたちが成功を求めて集まってくるようになったという。

「空域《ヘブン》支社はうまいことやったぜ！」

「……どういうこと？」

チョコレイトが答える。

「アンゲロス公に忠誠を誓ったメルティングカラーは、純粋な第五系人と同等にあつかわれる。そしてミセス・ヴィクトリアは、人種を問わず優れた人材を集められるようになった……ということよね」

もちつもたれつ。そんな言葉が浮かぶが、チョコは静かにつけ足した。

「……よその貴族とは考えが合わないでしょう」

なるほど。

アルスルはルカにたずねる。

「スロースとプラティーンのことは？」

「……それがあんまり。あの二人だが、ヴィクトリア教育機関の卒業生だった」

教育機関――。

アルスルはきょとんとする。

「アビシニアン家が金をだして作った、孤児たちの学校さ。卒業生は希望すれば、そのままシクリッド社へ入社できる。スロースはなんどか落第したらしいが、プラティーンは首席で卒業したんで有名だってさ。そろってシクリッド社へ入社後、アンゲロスへ派遣されたのが十年前だと」

すぐ頭角をあらわしたプラティーンは、副支社長にまでのぼりつめたらしい。

ルカがすまなさそうな顔をした。

「わかったのはここまでだ。スロースは滅多に貝の塔の外へもでないとかで……謎が多い。支社長に選ばれた理由はまちがいなく、あのミカエルを従えているからだが」

アルスルは思いだす。

不思議で、とても美しい目をしていた。

「あのワシは……隕星王《いんせいおう》の眷属《けんぞく》？」

いちばん気になっていたことだ。しかし、ルカの返事はあいまいである。

「おそらく、そうらしい」

「根拠は？」

チョコが聞く。ルカはしどろもどろになった。

「襲ってくるオオワシを射ち落として、解体した人外素材屋のおやじが言うには……骨格からなにから、ミカエルと同種の人外としか思えない、って」

「……人外王の眷属同士が、いがみ合っているということ？」

これには、人外研究者でもあるチョコが首をふった。

「そうとも言い切れない。ハクトウワシは喧嘩っ早いの。エサのとり合いなんてよくあるし、それでケガをする個体も多いというわ。ミカエルがアンゲロスを自分の餌場だと考えているとすれば……そこへ群がってくる侵入者を追い払っているだけなのかも」

「けれど」

アルスルは首をかしげる。

「だとしたら、なぜ、ミカエルはスロースにしかなつかないのだろう?」

「シクリッド社が極秘のフェロモン・キャンディを開発したのかもしれないけれど……なら、襲ってくるワシ人外たちも従えられるはず、か」

ひとしきりルカの報告を聞いてから、チョコは整理した。

「隕星王について、もっと詳しく知る必要があるわね。アタシは、アビシニアン家から聞きだしてみる。ルカは、シクリッド社の社員たちから、ミカエルと……スロース・シクリッドのことを探ってきてちょうだい」

「了解!」

三人は立ち上がる。

「じゃ、アタシはシクリッド社と武器庫の点検に行く。プチリサとキャラメリゼを借りるわ。アルスル、あなたはもう休みなさい。ルカ、コヒバ、彼女をたのむわね」

アルスルのおでこにキスをしたチョコレイトは、背にプチリサをのせたキャラメリゼと客間をでていく。コヒバが、扉のそばで門番のように丸くなった。眠る準備をしようとして、アルスルはふと思い立つ。

(二人きり……チャンス)

ウイスキーの瓶をとってきた義足の男に、声をかけた。

「ルカ」

「ん?」

「いま、なにを考えている?」

そうたずねると、ルカは笑って首をかしげる。

「なにって?　どうした?」

いつもの笑顔——だと思う。

でも、それしかわからない。アルスルはチョコを尊敬した。

(チョコのように……見ただけでなんとなく、相手の心がわかったなら)

それはどんなにすばらしいことだろう。

生まれつき人の心がよくわからないアルスルだが、いまルカを——大切な仲間を前にして、自分の鈍感さがもどかしかった。

「……わたしは、ルカがどんな思いでいるかを知らないと。ミスター・ノービリスが」

「あぁ、気にすんなよ」

ルカは豪快にウイスキーをあおる。

「あんたはそのまんまでいいのさ。かわいいご主人さま!」

さわやかに笑うと、彼は窓の外をながめた。

ちょうど、赤い気球が位置を変えているところだ。シャンデリアのようにきらめく城下街が、ゆっくりと海のそばまでおりていく。歓声をあげたルカが、アルスルを手まねきした。バルコニーへとでた二人は、幻想的な光景に見とれてしまう。

「きれーだなぁ！」

「……うん」

もう一口ウイスキーをあおったルカが、にんまりした。

「おれの気もち、知りたい？」

「え？」

「くれよ」

いたずらを考えついた少年のような顔をすると、彼はささやく。

「仕事をがんばったおれに、ごほうびのキス！」

——なるほど。

こういうねだり方もあるのか。首をふりかけたアルスルは、ふと考える。

（ごほうび……）

イヌ人外用パンや、フェロモン・キャンディといっしょ、だろうか？　それらを与えたとき、アルスルの大切なケルピー犬たちはとてもよろこぶ。しっぽをふって、つぎはもっとがんばるよと意気ごんでみせるものだ。

なんとなく納得したアルスルは、うなずいた。

自分から言いだしたはずのルカがえっと声をあげる。

「……い、いいわけ?!」

「すこしなら」

アルスルとルカは、見つめ合う。

ほどなくして——なにかまちがったことを口にしたのではないかという思いが、アルスルを襲った。気まずさを感じて屋内へ逃げようとした、そのときだ。ぐいと手を引かれて、レッドベルベットのカーテンの陰へ連れこまれる。

あっと言う間もなく。

ルカの唇が、アルスルの唇に触れていた。

(う?)

アルスルが思い浮かべていたものとは、まるでちがうキスだった。

はじめは、ツグミがついばむように。だんだん、カラスのごとく大胆になる。その後は——ワシみたいに激しく貪欲《どんよく》だった。

ルカの舌の味を、アルスルははじめて知った。

「……ルカ」

「し」

彼は声のない声をあげる。

静かにしろ、ということらしい。だれにも知られてはいけないからだろうか？　姉たちの言いつけに背いているから、アルスルもおいそれと聞けない。

アルスルは処女である。

恋、をしたこともまだない。

——ので、親密な愛情を向けられることに慣れていなかった。

まして、愛おしむようなキスなんて。心臓が破裂しないよう呼吸を整えることでせいいっぱいだ。逃がさないとばかりに腰を抱きしめられて、アルスルは動けない。

（息、できない）

降参だ、という気もちを伝えるため、ルカの胸板を三回タップする。合図を受けてキスをやめた彼と目が合った。アルスルはおどろいてしまう。

ルカが笑んだからだった。こんなにうれしそうな顔、いちども見たことがない。

（……笑った）

どうしてかわからない。

でも、彼が笑ったなら。アルスルも笑っていいのだろう。

まだ胸がどきどきしていたが、アルスルもほほえんでみせる。小さな笑い声をあげたルカは照れくさそうにつぶやいた。

「ありがとな。つぎはもっとがんばるよ」

ことん、と。

アルスルの心臓が、動いた。
(……ん?)
積み木のキューブがきれいにはまったような。
不思議な心の動きだった。
「う、ん」
とまどいつつ、アルスルはやっとのことでうなずいた。

聖なるかな。

聖なるかな。

8

また、暗闇だ。

(……ちがう。夜だ)

ぼんやりと感じたルカは、夜空を見上げる。

ひときわ明るい光を中心にして、たくさんの星が空をまわっていた。

星々の軌道は、コンパスを引くように正円を描いている。水面に波紋が広がったようだ。そのような光景をはじめて目にしたルカは、首をかしげた。

(まんなかで光っているのは……北極星《ファワーリス》か?)

しかし、ルカの知っている北極星とはちがう気がする。

その星は、妙に青白かったのだ。

ファワーリスではないかもしれないと、ルカは思う。長年、星をながめて旅をしてきた父親が言っていたからだ。ルカたちが暮らすこの星には、歳差がある。太陽や月の引力が惑星の地軸の方向を変化させるこの運動によって、北極星は何千年かおきにべつの星へ移り変わるという。歴史院の予測では、つぎの北極星はベガになるらしい。

「ベガかもしれない」

ルカが口にしたときだった。

夜空のまんなかにあった北極星が、──動いた。

「え?」

視界が暗転する。

つぎの瞬間、照明がついたようにあたりが明るくなった。小さい光が、白い床を丸く照らしている。

「……また、かよ」

楽団ひとつをならばせられるほどの舞台だ。

豪奢《ごうしゃ》なひじかけ椅子に座っていたルカは、顔をしかめる。

目の前には。

やはり、あの双子がかけていた。

「……美しい」

「こと、青春を駆ける乙女の恋は……」

うっとりとため息をついた双子は、読んでいた本を膝においた。

「極上のロマンス、それは？」

「幕間ではぐくまれる」

片方が聞いて、もう片方が答える。

「極上のエンターテインメント、それは？」

「第二幕によって決まる」

ルカはおずおずとたずねた。

「あんたらは……なんの話をしてるんだ？」

二人がそろってルカを見た。

あの、四つの瞳。

——白目がない、宇宙のような目で。

「ブラボー、ルカ！」

「よくやっているぞ、ルカ！」

双子は称賛する。ささやかな拍手を贈られて、ルカはいよいよわけがわからなくなる。

「花嫁の唇を奪った！」

「花嫁の心も奪うつもりか！」

「花嫁って……アルスルは、そんなんじゃないさ」

ルカはぎこちなく首をふる。

子どもっぽい嫉妬《しっと》であることは、自分でもわかっていた。

あの日、アルスルがノービリスを追いかけていくのを知ったルカは、不測の事態に備えられるよう、すこし離れたところから二人を見ていたのだ。なにを話したかはわからない。だが最後に皇子は、アルスルの手にキスをした。

だから、ルカはより大胆にならなければと思ったのだ。

「おれのほうを見てほしかっただけ、で」

——いや。

後ろめたさをごまかすためかもしれない。

皇子の言うとおりだ。少年時代のルカは、数えきれない罪を犯していた。

悪天候や人外《じんがい》が暴れたせいで父が旅から戻れず、たくわえも底をついたとき。ルカは大勢のきょうだいを食わせようとたびたび悪事を働いた。スリ、強盗、武器の密売人、ギャングの用心棒。そうした仕事のさなかに——人を殺してしまったこともある。

自分と家族が生きるためだから。相手も悪人だから。たくさんの言いわけをしながら手を汚してきた。悪に慣れたころには傭兵の道を選んでいたし、養成所では殺人術の訓練も受けている。その技を使ったことも、一回や二回ではなかった。

（こんなおれを……まっすぐ見てほしく、なくて）

美しいキスをすることで。

ルカ自身も美しいのだと、アルスルに思われたかったのかもしれない。

「おれは……」

双子が顔を見合わせる。

鏡をのぞくかのように、そっくりおなじ動きだった。

「……知らないのか？　一幕の終わりでは」

「……知るはずもない！　二幕がはじまるぞ」

彼らもしくは彼女らは興奮していた。

熱に浮かされていて、セリフも芝居がかっている。二人は朗々《ろうろう》と語りはじめた。

「ミカエル。勝利をもたらすもの」

「サマエール。死をもたらすもの」

「どちらを好む？」

「どちらが正しい？」

聞き覚えのある言葉だ。しかし頭に霧がかかったようで、思いだせない。顔をしかめたままのルカを見て、双子はにやりとする。

「おまえは価値のある者か？　ルカ」

「おまえは主役となれる者か？　ルカ」

前回よりもはっきりと、ルカは感じていた。

（そうだよ、こいつら……）

——気味が悪い、のだ。

ぞくりとルカのうなじが粟《あわ》だった。

双子はそれぞれの革靴のつまさきを見つめると、床をタップする。

「多くの者が、この舞台に立った」

「わずかの者が、この舞台で証明した」

あぁ、あぁと双子はうなずきあう。古きよき思い出にひたるように、たがいの瞳をのぞきこんで酔いしれた。

「サイモンソンとルシフェル！」

「あの者たちほど、われわれを熱狂で滾《たぎ》らせたものはなかった！」

「イブンアブドとガブリエル！」

「あの者たちほど、われわれを闘志であふれさせたものはなかった！」

「ウィリアムとウリエル！」

「あの者たちほど、われわれを葛藤《かっとう》で酔わせたものはなかった！」

「ソフィアとアモル！」

「あの者たちほど、われわれを愛憎で震わせたものはなかった！」

「スロースとミカエル！」

ルカは息をのんだ。赤毛の男を思いだす。

「……あいつがなんだ？」

困惑してたずねたときだった。

双子の影が波打った。

その影から——ずるりと、無数の羽根がのびてくる。

（な、んだ？）

巨大な。

黒い翼だった。
五、六枚の翼は女の腕のようにしなったかと思うと、羽ばたく。
猛烈な風がおこった。吹き飛ばされないようルカが床に伏せたときには、まき散らされた漆《しっ》黒《こく》の羽根が、あらゆるものをおおい尽くしていた。

「ルカ！」

「ルカ！」

姿は見えない。双子は、天をあおいで笑っているようだ。

楽しくてしかたがないとばかりに快活で、あまりにも無邪気な笑いだった。

「見せろ!!」

「示せ!!」

照明が落ちたように、視界が暗転する。

寝台でルカが目覚めたのは——夜が明ける直前だった。

ほどなくして。

絹を裂くような女の悲鳴が、空をつんざいた。

「……姐御《あねご》?!」

使者が到着した翌日。アンゲロスは城郭《じょうかく》都市バストをめざして出発した。

それから五日目の早朝である。ぎょっとして跳ねおきたときには、ルカは夢のことなどすっかり忘れていた。女性用の寝室へ押し入ったところで、パジャマ姿のチョコレイトが腰を抜かしているのを発見する。すでに着替えをすませていたアルスルが、窓から身をのりだして外の様子をうかがっていた。

「どうした、姐御?!」

がくがくと震えるチョコは、開け放たれた窓をさす。

ネコガオチタ――。

女の唇がそう動いて、ルカは首をかしげた。アルスルがふり返ったので説明を求める。――しかし。

少女はさっと目をそらしてしまった。

(うお、まただわ)

あの夜。

ちょっぴり――やや情熱的なキスをしてから、ずっとこんな感じだった。

目を合わせない。返事をしない。したとしてもぎこちない。アルスルの変化に気づいているのか、プチリサがじっとりとした目でこちらをにらんでくる。

ルカは頭をかいた。

（……効果アリだったわけ？）

生まれつきルカにそなわっているプレイボーイの勘は、少女が恥ずかしがっていると教えてくる。だが、アルスルのことだ。他の女とおなじ反応をするとは限らない。

（あ、あんたが好きだよ⁈）

声にはださずに告白したものの、嫌われてしまったとすれば立ちなおれない。

気まずい空気が流れかけたときだった。窓の向こうで、奇妙なもの——大きな毛玉が、上から下へと落ちていった。

「え」

「は……⁈」

アルスルとルカはあわてて外を確認する。つぎの瞬間、あまりにも不思議な光景が視界に飛びこんできた。

——大きなネコ、だった。

いや、ネコが空から降ってくる。一体ではない。

「な、なんだぁ⁈」

何十体というアビシニアンが、いちばん上空の気球から落っこちてきていた。

あるネコは、にゃあにゃあと。

あるネコは、無言で。

あるネコは、断末魔のような悲鳴をあげながら。

ことごとく落下していく。ネコたちが好きなポーズをとっているせいだろうか。どこか緊張感に欠ける――もっと言えば、気抜けしてしまうながめだった。

「こ、これが噂の」

チョコがルカの手を借りて立ち上がる。

「アビシニアン降下訓練……！」

「……アンゲロスに降るという、ニャンコ雨、ってか？」

「すごい……!!」

ネコ人外に対して行われているという模擬空中戦がはじまったのだ。上の気球からネコたちが落ちるのに合わせて、下の気球からカラフルなゴム風船がいっせいに飛ばされる。ゲーム形式になっているのか、人外たちは、耳についたイヤリング――リボンとおなじ色の風船だけを攻撃して、破裂させていた。いくつかの気球をバウンドして、最後にはみな、低空の気球へ着地する。

なかには優雅と言えないものもいて、失敗した一、二体が海へ落ちていった。

「えっ?!」

「いや、大丈夫さ、姐御」

一瞬ヒヤリとさせられるが、ネコはあわてない。

海面すれすれでまっすぐのびたかと思うと、狩りをするカツオドリのように飛びこんでしまう。しぶきがほとんど上がらないので、着水訓練も兼ねているようだ。苦手とされる水もなんのその、猫かきで近くのブイへたどりつき、高くジャンプして気球に戻ってくる。

冷静さをとり戻してきたチョコが、つぶやいた。

「……よくよく見ると、キュートね」

「……まぁなぁ」

緊張がやわらいだと感じて、ルカとチョコは主人を見やる。

「今夜か」

「そうね」

アルスルはただ、うなずいた。


男は寝返りをうった。

太陽に照らされた赤毛が、視界を赤く染めている。

その先に海があった。とても遠く——水平線に、黒い島が見える。上空には灰の煙が広がっていた。火山島のひとつだろう。アビシニアン家は、どんなに急いでいるときでも、アンゲロス湾に浮かぶ無人島だけは迂回するよう命じていた。

六災《ろくさい》の王。

その一体に遭遇することを恐れているからだ。

気だるい頭で、男ははじめに浮かんだ言葉を口にする。

「……見せろ」

つぎに浮かぶ言葉は、いつもおなじ。

「……示せ」

なぜ、自分だったのだろう。

その問いは最初からどうでもよかった。

なにを示せばよいのだろう。

その問いも漠然《ばくぜん》としすぎていて、答えられない。

ただ、男は知っていた。問われたということは、自分がそこにいたということだ。

(存在している)

男にとって、自分とは、強く意識しなければ存在しないものだった。

(……わたし……個人……自我……)

男は昔から、自分という感覚がうすかった。

一人称——わたし、ぼく、おれ。

二人称——あなた。

三人称——かれ、かのじょ、あのひと。

そうしたものを文法として理解することはできても、実感できない。彼のなかには、ふたつの区別しかないからだ。

(わたしたち)

そして。

（あの王）

これがはっきりしているのに、なにを恐れることがあるだろう？　人が人を殺すことさえ、彼からすれば自然のなりゆきでしかない。高くなった個体密度を調整するため、弱小個体を捕食する――共食いのプログラムが発動したにすぎないからだ。

「自然淘汰……」

この惑星はデザインされている。

創造主ではない、生命というデザイナーによって。

「増えすぎれば減り……減りすぎれば増える」

全体――。

――わたしたち。

「われわれは……常にちょうどいい数になるよう、設計されている」

獣《けもの》にせよ。人にせよ。

たいていの命は、自らが生きるために殺すべき相手が決まっているものだ。

空域《ヘブン》のワシ人外は、かつて、アンゲロス湾を泳ぐサーモンや小魚の腐肉しか食べなかった。

天敵もなく、豊富な食糧をひとりじめにしたワシたちは、増えつづけた。

「これ以上増えないよう……人が手を打つまで」

人の手でワシは減り、そしていま、ワシの手で人も減りつづけている。

獣は人を。

人は獣を。

永遠に殺していくだろう。

この星が、いつまでも健やかであるために。

（だが）

男は知っていた。その法則から外れる存在もまた、あることを。

「……なにを問う？」

答えとは、ひとつではない。

「……なぜ問う？」

答えとは、人を納得させるための理由であって、ありのままの事実とは限らない。

男には理解できていなかった。

人ではない、あの王が。——なぜ、人に問いかけるのか。

人がだす答えを知りたがるのか、を。

「セラフィム……」

彼がつぶやいたときである。

「スロース」

女の声がした。

「ねぇ、なにを考えているの……？」

温かい呼吸を感じて、目を開く。

「教えて。不安になるから」

プラティーンがしゃがみこんでいた。

男が生きてきて、もっとも長いつきあいになる人間だ。子どものころから自分にいちども危害を加えたことがないという理由で、彼は彼女を親しく感じていた。

しかし、口にしたことはない。

言葉にしたとたん、この感情がねじまがった意味で伝わってしまうことを、彼はよく知っていた。だから、ただ目を閉じる。

外から入ってくる風、うすいレースのカーテンがこすれる音。陽光を浴びる小鳥たちの鳴き声。下から届く社員たちの喧騒。――命の音が、生々しく聞こえてくる。そんな沈黙のあとだった。

プラティーンが、かがんだ。

おたがいの唇が触れそうになるほど、近づく。

彼女は、ときおりそれをするのだった。だが本当に触れたことはない。今日もまた、女は迷うように動かなくなってから、ついには離れた。

「……時間ね」

立ち上がった彼女はミカエルを腕にとまらせる。

「あたしの天使さん……あなたは今夜、地上へおりるのよ」

「これより、バスト奪還作戦を開始する」

ウィル・アビシニアン大佐の宣言を、ルカは、兵隊たちの最前列で聞いていた。

ウィルの制服には、アビシニアン家の者であることを示す太陽と天秤《てんびん》のバッジがくっついている。五十歳の彼は、ヴィクトリアの妹の息子――甥だった。

毛深く肉づきのよい大男で、ベルトに腹の肉がのっかっている。レースよりレスリングが強いタイプだろう。ヴィクトリア率いるアンゲロス正規軍の大佐。軍と鍵の騎士団、シクリッド社の傭兵が集まっているこの第二戦艦の艦長でもある。

「バストが襲われて十日。もはや時間の猶予《ゆうよ》はなく、短期決戦となるだろう。よって本作戦では、スロース・シクリッドを地上におろす。バストに群がるワシ人外どもを、ミカエルに追い払わせるというわけだ」

はじめはルカもアルスルもおどろいた。

(ミカエルは防衛のかなめ……アンゲロスが手薄になる)

兵士たちもそう言いたげな顔だ。

「諸君の疑問はもっともだ。そのためこちらは、投石器部隊もアビシニアン猫部隊もぎりぎりまでださない。諸君は戦艦から、逃走するワシを一体でも多く駆除せよ！」

大佐は公爵の決定を伝えた。

「スロースの護衛は、鍵の騎士団に引き受けてもらう！」

どよめきがおこった。

シクリッド社の傭兵から歓声があがる。

あれこれ手を考えたルカも、この方法がいちばんよいと感じていた。アンゲロス公爵を合理的だと思うが、やはり貴族らしくないとも思う。

(英雄と皇子……貴族に、孤児院出のメルティングカラーを護らせるとはね)

心底おもしろくなさそうな顔をしているのは、ノービリスだ。

高慢な皇子はこの作戦を聞かされたとき、ごねにごねた。まだ納得できないらしく、挑むような声でたずねる。

「支社長を、アンゲロスからださなければよい話では?」

「ミカエルの十字架座《クラックス》……影の攻撃範囲は、半径十キロメートルほどだ。バストの北市街地は、その三倍よりもっとある。さらに、大型投石器も使えない。偵察気球の話では、都市の南半分はもちこたえている。バスト城が落とされていない以上、領民たちも避難しきれていないだろう。街の破壊はできないぞ?」

偵察隊の話では。

バストの北市街は、凄惨《せいさん》な状況らしい。

「空からでもわかる……街中、真っ赤だとさ」

アルスルの横でチョコが首をふる。

想像もしたくない。

(猛禽類《もうきんるい》、だぜ?)

特にタカ目は、腐肉食——死骸《しがい》を好んで食べるものが多いのだそうだ。

「そもそもアンゲロスの艦隊は、空軍。市街戦じゃ力を発揮できん。トランポリンなしでは、アビシニアン猫の力も半減する。なにせ超軽量級だし、ネコはチームでの狩りが得意じゃないからな。だからこそ、イヌ使い部族の力を貸してほしいんだ。スロースとミカエルが自由に動けるようワシ人外を蹴散らして、活路を開いてくれ」

ノービリスが嫌味を吐く。

「バストの対空部隊はなにをしていた！」

「先月の襲撃で、兵隊とソマリ猫をかなり消耗したからな……できる限りの支援はしたが、立てなおせていなかった。しょうがない」

大佐は肩をすくめる。どことなくヴィクトリアと似ていると、ルカは思った。高台の椅子にかけている女公爵は、無言でたそがれの空をながめている。

ウィルが声を張った。

「スロース！」

——ごん、と、重い金属音がする。

みながそちらへ注目した。

スロースだ。

男は、左の肩に虹黒鉄《にじくろがね》の大盾《おおたて》をかついでいた。

食卓ほどもある四角い盾だ。上下左右に頂点のあるひし形——ダイヤのマークそっくりで、まんなかに精巧な十字架が彫刻されている。スロース自身をすっぽりかくしてもまだ余裕があった。右手には、質素な長い槍をにぎっている。支社長室の壁に飾ってあったものだ。

（プライベートはともかく……なかなかどうして！）

重装歩兵だ。

男の赤毛が夕日に照らされて、こうこうときらめく。神々しささえ放つ彼の肩には、ハクトウワシのミカエルがとまっていた。

「……スロース、万歳！」

声援があがった。

それを合図にたくさんの声が集まって、しまいには喝采《かっさい》になる。

「スロース！　スロース!!　スロース!!!」

その名のもとに、人々が一丸となっていくようだった。

興奮の熱気が、ルカにも鳥肌を立たせる。

「シクリッドに栄光あれ!!」

スロースもまた、アルスルとはちがう形の英雄かもしれない。

いまの彼には、空域《ヘブン》支社のエースとよばれるだけの迫力があった。いつもとおなじ様子だが、それすら歴戦の戦士を思わせる。いや、実のところスロースは、資源調達部の都市外勤務についていた時期があった。

（都市外勤務……もって一年、もたなきゃ一日）

シクリッド社の通説だ。

城郭都市の外で野営をしつつ人外を狩って、生体か死骸をもち帰る仕事である。報酬は高いが、死の危険ととなり合わせだ。

「優れた狩人《かりうど》か……」

ルカはちらりと少女を見下ろす。

アルスルもまた、やけに落ち着いていた。――不気味なほど。

(狩りの前はいつも、こうだ)

ヒョウのように息をひそめて、獲物が隙を見せるのをうかがっている。

機をまつことにかけて、アルスルは人なみ外れた能力をもっていた。その集中力と根気には、ルカだけではない、ダーウィーズ中の人がしばしばおどろかされる。

ふいに、ルカとスロースの目が合った。

じっとこちらを見つめたスロースは、アルスルへ視線を切る。

アルスルはにこりともしない。うなずいてみせることすらしなかったが、腰に下げたスモールソードの柄をにぎる。

それから。

キャラメリゼの背に固定してあった――人外革張りの旅行鞄《トランク》をなでた。

9

城郭《じょうかく》都市バスト。
北城下町のワインセラー――。

夜の帳《とばり》がおりるころだった。

その黒くて大きなイヌは、くせ毛のたれ耳を足でかこうとして、いまはそれができないことをつらく思っていた。返り血が固まってしまって、ひどくかゆい。シャンプーをこよなく愛する彼女にとって、不潔はなじみがないものだった。

ふんっ、と鼻を鳴らす。

顔にまとわりついたハエを追い払うためだ。

ハエたちはいっせいに飛び立つが、すぐもとの場所へ戻ってきてしまう。

北の街があの怪鳥に襲われて、人間は都市の南へと逃げていった。逃げられなかった者はほとんどやられたらしい。瓦礫《がれき》ごしに、彼女たちを気にかける人間の女がいて、桶にきれいな水を注いでくれていた。しかし昨日からは、その声も聞かれない。

街は、人と家畜の腐肉であふれかえっていた。

ハエが、山火事の煙のようにもくもくと増えている。

石畳と井戸に血がしみて、網の目状に広がったのだろう。建物や下水道にまで入りこんで、我がもの顔をしている。こんな場所に彼女がとどまっている理由は、ひとつだった。

イヌは、自分の九つの乳をチェックする。

そのうちみっつを——生まれて間もない子猫らが吸っていた。

口にハエが入らないようにしながら、彼女は、三体の小さな毛玉たちを舐《な》めてやっていた。

ネコ人外《じんがい》の子育てなど知らないが、まぁ、きっとイヌ人外とおなじだろう。歯が生えてくるまで、乳をやればよい。あとは、危険な目にあわないよう見張るだけだ。

ほんの一年前に四体の子犬を生んだ彼女は、落ち着いていた。

幸い、乳はよくでている。飢えた子猫たちがひっきりなしに鳴いて、あの連中に気づかれるようなこともない。

まだ、だいじょうぶだ。

腐肉のあるうちなら、連中が生きた獲物に手をださないことを彼女は学んでいた。連中のボスだけは、逃げまわる人間を好んで襲うこともあったが。

まだ、逃げるときではない。

彼女は慎重に判断する。子猫の目が開くには、もう数日かかるだろう。ふんっ、と鼻を鳴らして自分を勇気づけたときだった。

「やめろぉ」

人間の男の声がした。

とても怖がっている声だった。息も切れている。逃げているようだ。姿は見えないが、足音がどたどたとうるさい。あれが彼女のパパかビリーなら、助けに行かなくてはならなかった。

しかし、そうではない。

彼女は子猫をうかがった。

吸った乳で腹を哺乳ビンのように膨らませた毛玉たちは、眠りこけていた。

たまごの黄身と白身みたいにくっついて寝息をたてている。おやすみ、とささやくつもりでそれぞれを舐めた彼女は、丸くなって息を殺した。

ワインセラーの真上を、鳥の形をした大きな影が横切っていく。

『戻らぬ……』

——きた。

連中のボスだ。すぐわかる。

獲物を追いかけまわして遊ぶのは、あれだけだから。

『王の子が戻らぬ……』

ずしんと重い音がする。男とも女ともつかない、異様な声だった。

『王の歌が戻らぬ……』

「やめろぉ」

さっきより苦しそうな声で、男が叫ぶ。

『王の瞳が戻らぬ……』

「サマエールぅ！」

人間とは、赤い水の袋だということを彼女は学んでいた。オーク樽と赤ブドウのタンニンのにおいに集中しようとした、そのとき。

『王の……たまごの殻《から》が』

濡れた異音がして、たれ耳が痙攣《けいれん》する。

命がつぶされた音だった。

白くかがやくかぎ爪を赤く染めたであろうボスは、嗤《わら》った。

今日はよく晴れていたのに、太陽が沈んでもあたりは暗い。月がでていないのだ。新月の空が紫色にきらめきはじめたのを見て、彼女は心をすり減らす。

紫の光が飛びまわっていた。

大きさは地球儀ほど。ハエのようにつかみどころのない動きで、あたりを旋回している。その光がふっと消えた。

両目を眼窩へ戻したのだろう。

なにかを鑑賞するような沈黙が流れたあと、ボス——サマエールは嗤うのをやめた。

『……うらめしい人どもよ』

漆黒《しっこく》の空へ。黒い翼がのばされる。

『聖なるミカエル……なぜ、わがセラフィムのために戦わぬ』

サマエールは歌っていた。

あの哀歌ではない。

『偉大なるミカエル……なぜ、わがケルビムを守ろうとせぬ』

戦歌、だった。

彼女は震えあがる。

無数のオオワシたちが、夜空へと舞い上がっていくからだった。

コウモリの群れが食事へでていくように、恐ろしい奇声をあげて離陸する。サマエールを中心に黒い竜巻《たつまき》がおきたようだった。

『御使いらよ、御使いらよ！』

とても古い人外語でわめきちらしたサマエールは、命じる。

『天秤《てんびん》を受けつぐ者の子、罪人の子孫……ヴィクトリアの軍勢を迎え撃て!!』

ワシたちが咆哮《ほうこう》をあげる。

獣《けもの》の——鬨《とき》の声だ。

星々が吠えたのだと、彼女は思った。

アンゲロス湾の南。
上空——。

太陽が落ちて、城郭都市アンゲロスの灯も落とされた。

昼行性のオオワシたちは夜目がきかないが、光までわからなくなったわけではない。

近づいていることを気どられないよう、夜に溶けこんだ大気球のかたまりは、着々と陸をめざしていた。

「……見えた」

双眼鏡をのぞいたまま、ルカはつぶやく。

陸地にぼんやりと浮かぶ街。

城郭都市バストだ。

ところどころで火事の炎があがっているが、まだ戦意を失ってはいないようだ。

「もちこたえてるな……まってろ、もうすぐだ！」

鍵の騎士団は、二手にわかれていた。

ノービリス＝ヘパティカが率いるコッカー犬部隊と、アルフレッド＝ロマン・ブラックケルピィ——アルスルの親族にあたるイヌ使いが率いるケルピー犬部隊は、さきほど密かに下船した。そのまま陸路で、バストへ侵入する手はずになっている。チョコが率いる後方支援部隊は、彼らの補給と治療を担当する。

アルスルとルカは、貝の塔で待機していた。

ノービリスとアルフレッドが配置についたら、バストの上空へ移動。そのまま、紙飛行機とよばれるワシ人外の羽根と骨で組み立てられた凧《たこ》にのり、スロースとミカエルともども北の市街地へおりる予定だ。

ルカはエントランスをながめる。ランタンの灯りしかない屋外広場で、黒と赤のコントラストが浮かびあがっていた。

防寒マントを着こんだアルスルとスロースが、ならんで座っていた。

うねる黒毛とちぢれた赤毛が、強い風になぶられている。両膝を抱えたアルスルは、フセをしたキャラメリゼとコヒバにもたれていた。腹と膝のあいだには、プチリサがはさまっているだろう。あぐらをかいたスロースは、ぼんやりと遠くをながめている。

(……雰囲気がなぁ)

似ている。

二人とも、北を見ていた。

その方角には、マッチの火ほどの光が灯っている。火山島のひとつが噴火しているらしかった。夜空でまたたく火星のように、赤い光が動いている。

(おれにとってはただの火山だけど……あいつらにはちがって見えるのか)

ふる舞いや、表情、人外使いの力だけじゃない。

常人にはない特別な哲学を、あの二人はもっているように思われた。

最後の打ち合わせをしようと、ルカがプラティーンを探していたときである。

(お?)

塔の上階から声がした。

二人、女だ。どちらも聞き覚えがある。

「どうでしょう。あたしはともかくスロースが……」

「おまえの話をしていますよ、プラタ」

女公爵と副支社長。

ヴィクトリアとプラティーンだ。

密偵の勘が働いたルカは、カーテンの陰にすべりこむ。息をひそめていると、二人が階段をおりてきた。副支社長が公爵を見送るところのようだ。

プラティーンの華奢《きゃしゃ》な肩には、雄々しいハクトウワシがとまっていた。

ルカはごくりとのどを鳴らす。

（……ミカエル）

ヴィクトリアが断言した。

「スロースはもう、これ以上の出世はしないでしょう。隕星王《いんせいおう》を監督するワシ使い……空域《ヘブン》の支社長。この地位が、彼の最適解にちがいないのですから。代わりもいません。スロースにしかできないことです」

「ですが……」

プラティーンの表情が暗くなった。

もめている、らしい。

「スロースの補佐。それがおまえの最適解ですか？　わたくしは、そうは思いません。おまえには可能性があります」

男装の老女はあのきびしく冷えた口調で、副支社長を激励していた。

「わたくしはおまえにいろいろな経験をさせたい。そしておまえは、おのれの力に見合った責任を果たさなければなりません」

プラタはうつむく。

誇り高きヴィクトリアは、副支社長にも誇り高くあることを求めた。

「先駆者になりなさい、プラタ。おまえが、おまえとおなじような生まれの女を率いるのです。そうすれば、おまえより優秀な人材もあらわれるようになるでしょう」

先駆者――。

プラティーンは口のなかでくり返す。

「帝国議会《バーク》の皇帝選挙で、わたくしがクレティーガス二世に票を入れたのは……彼ならば、メルティングカラーの権利に対して一定の理解を示すだろうと判断したからでした」

「ミセスは、なぜあたしたちを優遇してくださるの？」

「大陸で生まれる人間の四分の一……共存すべきです」

当たり前だとばかりにヴィクトリアはつづけた。

「わたくしも若いころは、第五系人だけが繁栄すればよいと考えていました。しかし、人外は肌の色や貧富など関係なく人間を殺します。ならば人間は、真の意味で、手をとり合っていかなければなりません」

「真の意味？」

「……そうね。おたがいを尊敬することだと、わたくしは考えます」

手をとり合う。

アルスルが大切にしている言葉のひとつだ。

一方で、ルカはプラティーンとおなじような顔をしてしまう。ヴィクトリアやアルスルのかかげる理想を叶えることが、いかにむずかしいか。半信半疑だった。

「プラタ。常に目標の上を狙いなさい」

ヴィクトリアは鼓舞《こぶ》する。獅子《しし》のような髪をひるがえすと、老女はのしのしとエントランスへおりていった。

「……お説教ばかりでうんざりしちゃう」

つぶやいた副支社長はカーテンをふり返る。

「そう思わない？　英雄の護衛官さん」

ルカはぎょっとした。カマをかけられたかと動かずにいると、つかつかとやってきたプラタがカーテンをまくった。

「ほらぁ、やっぱり！」

副支社長はにっこりと笑う。かなり美人だった。

「……バレるとは思わなかったっすね」

ルカが両手をあげて無抵抗を示すと、プラタは肩のミカエルをなでた。

「生きものの気配がすると、つついて教えてくれるのよ」

「へぇ？　おれだってことまでわかる？」

「いいえ？」

ほほえんだプラタが、するりと体をよせてきた。ルカは目を丸くする。進んでカーテンの内側へ入ってきた女は、引きしまった太ももでルカの両足をわった。

「ふるいつきたくなるくらい……色男ねぇ」

ぴたりとくっついた副支社長が、耳元でささやく。大きな胸の感触と熱が伝わってきて、ルカはぞくぞくした。

「ルカぁ？」

「な、なんすか」

「あなた、こそこそ嗅ぎまわっているわよね？」

ルカは息をのむ。

「あたしとスロースのこと、調べていたでしょう？」

――やられた。

ルカはくやしい顔を隠さなかった。

「おれをマークさせてた？」

「あなたがシクリッド社の養成所で教わったことは、あたしだって教わっているわ。よそからお客様がいらしたら調べますとも……ましてや、あなたは特別な客でしょう？」

ルカの首にキスをすると、プラタは色っぽく笑った。

「どうせなら、面と向かって聞きなさい」

「は？」

プラタはルカの服をつかむと、ぐいとカーテンの外へ引っぱりだす。

「……どういうつもりだ？」

「お金のにおいがする」

女は片目をつむってみせた。

「あたしはね、あなたのご主人さまにとっても興味があるの！」


プラティーンの私室は、支社長室よりも豪華で派手すぎるほどだった。

金と宝石で装飾された額縁つきの絵が、スカイブルーの壁をおおっている。床には細やかなジャカード織りの絨毯《じゅうたん》が敷きつめられていた。そのカラフルな貝の模様をチョコレイトならほめたかもしれない。

「すてきでしょう？」

そう聞かれたが、ルカは落ち着かなかった。

ごてごてとした飾りつけが、なにかをごまかそうとしているように見えるからだ。

「今回の作戦……あなた、どう思う？」

「どうって？」

「ヴィクトリア様って公平よね」

誇らしげに、それでいて皮肉っぽくプラタは言った。

「安心していいのよ？　ミカエルは……スロースはかならず勝利をもたらす。あなたのかわいい英雄さんは、ちゃんと生きて帰ってくるわ。彼女は、より大きな伝説となり……あたしたちも、より大きなビジネスができる」

「ビジネス？」

「あなたたち、できたばかりの組織よね……人手不足なんじゃなぁい？」

そのとおりだった。

正確には、結成して三ヶ月ほど。

参加を表明している貴族たちですら、アンゲロスへ部隊を派遣できていない。間に合ったのは、ブラックケルピィ家のケルピー犬部隊と、コッカァ家のコッカー犬部隊だけ。しかも後者のほとんどはバストで足止めを食っているか、散り散りになったか、下手をすれば全滅しているかもしれなかった。

たじろいだルカを、プラティーンは見逃さない。

「ねえ、ルカ？　レディ・アルスルは、シクリッド社を召し抱えてくれないかしら？　小さくてかわいい彼女の騎士団には、たくさんの傭兵が必要だと思うの」

「と、おれに言われても……」

「あら！　レディはあなたのことも気に入ってくれたわ。一傭兵でしかなかったあなたは、すばらしい仕事をしている。レディならきっと、ほかの商品だって気に入るはずよ」

商品——。

その言葉は、ルカの胸にほんの小さな傷をつけた。

「よせよ」

「やだ、ルカ」

プラタは笑って手をふる。

「まさかあなた、英雄に恋をしているわけじゃないでしょう?」

一秒だけ、ルカはかたまった。

「やめておきなさい。貴族との恋は……報《むく》われないわ」

女はかわいそうなものを見るような目をしてから、ため息をついた。

「恋だけじゃない。貴族とは、ほどほどの感情でつきあうべきよ」

「アンゲロス公爵とも?」

「もちろん」

プラティーンは人を食ったような笑顔になる。

それが本当の顔であるかのように、彼女は尊大にふる舞った。

「アンゲロス公爵はサマエールに固執《こしつ》している。そこがつけ目だと知ってからは、サマエール討伐を目的とした兵器や兵隊ばかり売ってきたわ」

部屋をぐるりと見まわすと、プラティーンは胸を張るのだった。

「あたしは成功者よ！　これほど贅沢《ぜいたく》な暮らしができるのも、すべてミセス・ヴィクトリアのおかげというわけね」

醜《みにく》い言葉をならべる女に、ルカは嫌気がさす。

「よせよ」

さっきより強い声でさえぎっていた。

「公爵は、アルスルに話していたぜ？　あんたを見習えって」

「なんですって？」

プラティーンが笑顔を消す。

ルカが両手を天へ向けてみせたときだった。

「……おぉ、偉大なるヴィクトリア！」

とつぜんだった。

プラタが役者のように声を張った。

「いつも正しく、より正しくあろうとなさる御方……！　すべては、亡き愛しい者たちに報いるため！」

道化師さながらおどけた女は、即興の詩を朗じてみせた。

「祈りたまえ、祈りたまえ！　さすれば……偉大なるヴィクトリアよ！　あなたは創造主のみもとで、愛する者たちとふたたびまみえるでしょう」

ルカははっとする。

「サマエールに殺された、愛しき夫と娘に……!!」

沈黙がおりる。

ルカの拍手がないことを知ると、プラタは肩をすくめた。

「……とても不思議なの。ヴィクトリア様がなぜあれほど、お強いのか」

うまい言葉が見つからない。

それは、チョコレイトから聞かされた物語だった。年長の貴族なら、知らない者もない。ただ、社交界ではこうも語られているそうだ。

三十年以上も前におきたその悲劇から、アンゲロス公爵はいまも立ちなおれずにいると。人外との戦いに明け暮れるのも、華やかな社交界にでなくなったのも——悲しい老婆が、復讐にとりつかれているだけなのだと。

「お説教は嫌いか?」

「いいえ」

プラタは笑って首をふる。

毒が抜けた女の顔には、やるせなさと人なつこさのようなものが残っていた。

「身のほどを知らない空想だけれど……あの方、きっとあたしを、亡くなったお嬢様と重ねてらっしゃるのね。だからとても優しくて、きびしい」

もし生きていたら。

ヴィクトリアの娘は、プラティーンとおない年になっていたはずだという。

目をかけてもらっているのはたしかね、と女はつぶやいた。

「もったいないくらいうれしいの。でも、ご期待にはそえないわ……生まれも育ちも最悪なのよ？　そのあたしが先駆者なんて！」

どこかで聞いたことがある言いまわしだ。鏡を見つめるような気分になったルカは、公爵がなぜこの女をそばにおくのかわかった気がした。

（……人間くさいんだよな）

賢く、醜く、すなおで、ときおり少女のようにかわいく笑う。

それが彼女の欠点だが、どこか人を信用させてしまう魅力でもあるのだった。本当の彼女の顔がわからなくなって、ルカは聞いた。

「金が大事か」

「金がすべて」

プラタはやはり即答する。

正しくはある。だが、どこかにごまかしもある。

派手な美術品をながめたルカは、たずねた。

「……スロースは？」

ふと、女が目を伏せる。

外から扉がノックされたのは、その直後だった。

ケルピー犬部隊とコッカー犬部隊が配置についたと伝令が入った。

いよいよだ。ルカとプラティーンが塔のエントランスへおりたとき、アルスルとスロースが立ち上がった。

少女は、腰に小剣をさす。

男は、肩に大盾《おおたて》をかつぐ。

だれに教えられたわけでもないのに、戦いのときがきたとわかるらしい。

プラタの肩にとまっていたミカエルが身じろぎした。念入りに体をのばしてから、大きく羽ばたく。ひと飛びでスロースの肩にとまったハクトウワシは、彼のほほに体をよせた。

男のうしろ姿を、プラタは食い入るように見つめる。

「……あたしにもわからないの」

「なにがよ?」

「スロースになにがあったのか」

ルカは首をかしげる。

「スロースは……シクリッド社へ入社してからの二年、都市外勤務についていたわ。あたしは軍事部の経営管理課にいたから、いつもスロースを心配していた。なんたって、彼、あの盾をかまえてつったっているだけなんだもの！　そんなある日、よ」

女は浮かない顔をした。

「彼の部隊が人外に襲われたの」

いちどは、大切なものの喪失を覚悟した顔つきだった。

「全員が死んで……スロースだけが戻ってきた。あのなにも話さないワシを連れてね」

「話さない？」

うなずいたプラタは、盗み見るようにハクトウワシをうかがった。

「ミカエルは、いちども言語を口にしたことがないわ」

意外だった。

うすら寒いものを感じて、ルカは聞く。

「話そうとしない？　そもそも話せないのか？」

「わからない」

二人は顔を見合わせる。残っている可能性をルカは口にした。

「……話してはならない、とか？」

「スロースはなにも教えてくれなかった……いつどこでミカエルと出会ったか。ミカエルはなぜスロースの命令を聞くのか。なぜ、スロースを守ろうとするのか。なにひとつ語ろうとしない。彼もミカエルも……まるで誓約に縛られているかのように」

理由があって、協力している――？

もしそうなら。

（あいつらを縛っているのは……だれだ？）

——見せろ。

——示せ。

言葉にできない予感が、流れ星のように走りかけたときだった。

「バスト上空に入ります！　出撃準備を‼」

シクリッド社の傭兵が叫んだ。

10

ノートから破りとった紙を、縦に折って。

二辺を内側へまた折る。もういちど内側へ折ってから、ひっくり返しておなじことをもう一回。シンプルだが、それで完成だ。

（紙飛行機……！）

ただし、目の前にあるのは——ワシ人外《じんがい》とおなじ大きさの特大紙飛行機だった。

木材パルプではなく麻などの植物で作られた、頑丈な紙。その翼にワシ人外の風切り羽、骨組みの補強に骨をとりつけた、凧《カイト》だ。

「すばらしいフォームだろう？」

人外研究者のゴードン＝リングが力説する。白衣の襟には、アビシニアン家の者であることを示す太陽と天秤《てんびん》のバッジがかがやいていた。

「空を飛びたい……その願いは、人類の夢でありつづけてきた！」

「ゴードン」

ヴィクトリアがたしなめる。

冷徹な彼女の弟とは思えないほど、ゴードンは情熱的な人だった。

「この人外製紙飛行機こそ、ぼくの人生の集大成である！　なぜなら、ワシ人外の飛行を流体力学と空力弾性学において物理的に解明できたからこそ、生産可能になった技術だからさ。われらがアンゲロスでは、人類史および人外史において……あぁ、きみ！　この話に興味あるかな？」

中肉中背のゴードンは、姉とくらべると小さく見えてしまう。

その彼にキスができそうなほど近よられて、アルスルはたじろいだ。

「……すこしなら」

「ワシの羽毛は、目に見えない空気の流れに対し、流線形をたもっている。どの羽根も独自の役割をもっているのだな！　それを極微にいたるまで高度に組み合わせ、適切に連携させていればこそ、完璧な飛行システムとして機能する！」

ゴードンは頭が痛くなりそうな複雑な計算式を暗算してみせたがったが、アルスルはていねいに断った。

ヴィクトリアとともに、プラティーンも見送りにでている。

彼女はスロースの寝ぐせや靴ひもを直してやってから、なんども作戦を話して聞かせ、復唱させていた。

「帰ってくるのよ」

最後にプラタは、スロースの右ほほへキスをした。母親か姉妹のようだ。

だが、本当はどちらでもない。家族のように仲のよい男女を——恋人みたいだと思うのは、へんだろうか。

アルスルが二人を見つめていると、ぽんと背中を叩かれた。

「怖いか？」

ルカだった。ヘーゼルの瞳が細められる。

チャーミングな表情の奥に、いつもより大きめの優しさを感じた。なぜだろうかと考えかけて、彼の目を見られたことに気がつく。あの夜、以来だ。

（あの……大人のキス）

アルスルはどきりとする。

ルカに触れられているところだけ、じんわりと汗ばんだ気がしたからだった。

「へイ、ひさしぶりだなぁ！　ちゃんとおれを見たの！」

「……うん」

アルスルのほほがすこし熱くなる。

アルスルの肌は黒いから、彼は気づいていないだろう。——そうであってほしい。

「ま、安心しなって！」

ルカはウインクを飛ばした。

「なにかあっても、おれが特別なあんたを守るから！」

どうしてだろう。

アルスルはすこし泣きたくなった。

「なぁ、アルスル」

キスしていいか――？

ルカの唇がそう動いたが、アルスルはあわてて首をふった。

一人用の小型三機にアルスル、ルカ、スロースがのりこむ。運搬用の大型紙飛行機に、キャラメリゼとコヒバがのった。ぜんぶで四機の紙飛行機は、虹黒鉄《にじくろがね》のチェーンで直列につながっている。アルスルが紙の座席に座ったとき、ヴィクトリアの背後から、ぬるりとアビシニアン猫があらわれた。

アビィ＝グラビィだ。彼女はすこしプチリサを気にしていたが、普通種のネコだとわかると、アルスルにすりよった。

『あたしたちもすぐおりる。どんとかまえてなさい』

気の強いところもあるが、優しいネコだ。

『べつに、あんたを心配してるんじゃないんだからね？　ヴィッキーが言うから、しかたなくよ、しかたなく』

アビィはそっけなく言ってみせる。

こちらが近づくと離れるのに、後ろを向いて歩きだすとついてくる――そんなひねくれた態度にときめいてしまって、アルスルはアビシニアン猫に抱きついた。ひとしきりにおいを嗅いでから、魅力的なグリーンの瞳をのぞきこむ。あたりが暗いからだろう、黒い瞳孔がまんまるに開いていて、いつもよりあどけなかった。

「どうか無事で」

『あんたも』

よい空の旅を――!

アビシニアン猫はちゃめっ気たっぷりにそう言った。

アルスルは震える。喜びの震えだった。

「気をつけなさい。紙は特別製だし、生体からとれた羽根を使っているからね。風にも雨にも海水にも強いが、火には弱いぞ。なんたって紙なんだから!」

「わかりました」

「機体の操作は流術《りゅうじゅつ》で行う。スロースは流術を使えないから、きみか護衛官のルカが担当してくれ。風速にもよるが、一時間に十キロメートル弱は進むと思ってほしい。二十ノットをこえた観測記録もあるにはあるんだが……ノットはわかる? 一ノットは、一時間に一海里を進む速さだ」

ノットの計算式を呪文のように唱えながら、ゴードンは、杖にしている金の風見鶏――お手製の風速計をにらみつけた。つぎの突風で出発するという。

(……しまった)

やっぱり、もういちど。

ルカとキスをしておけばよかった。

せめてその理由くらい伝えておこう。強い風のなかで、アルスルはふり返った。

「ルカ！」

「なに！」

大声でルカが返事をする。

「いつもありがとう！　どうか幸せで！」

そう叫ぶと、ルカだけでなく、ヴィクトリアとゴードン、シクリッド社の傭兵たちがぽかんとした。あのスロースも顔を上げる。ルカがまごついた。

「え？　なんだよ急に⁉」

「いまのうちに言っておこうと思って！」

命がけの狩りである。

（もし、どちらかしか選べないときがきたら……？）

死ぬつもりなどないが、アルスルはヴィクトリアの言葉を思いだしていた。

（……わたしとスロース、どちらかしか助けられないとすれば？）

迷うまでもない。

アルスルはスロースを生かすだろう。

スロースのほうが、将来、よりたくさんアンゲロス湾の民を救えるだろうから。だからこそ、大切なルカには伝えておかなければ。

「わたしは、命にかえてもスロースを守るから！」

ルカは返事をしなかった。

腰の聖剣リサシーブをにぎりしめる。そのとたん、頭が狩りのことで塗りつぶされていくのがわかった。横のプチリサにつられて、アルスルはぺろりと舌なめずりする。

「……風がきたぞ!!」

ゴードン＝リングが叫ぶ。

つぎの瞬間。

うねる風にのって、紙飛行機が舞い上がった。


城郭《じょうかく》　都市バスト。

北門、そばの雑木林――。

矢のような花火がひとすじ、夜空を走る。

元皇女と、赤毛のメルティングカラーが動いた知らせだ。

「……作戦開始」

ノービリスはうんざりとつぶやいた。

一族のイヌ使いたちが動きだす。だが、走りだしたりはしない。連れている五十体ほどのコッカー犬たちは注意深く空をながめている。および腰のイヌもいて、フェロモン・キャンディで誘導しなければならないほどだった。人外狩りには慣れているはずなのに、あれが上空にあらわれたとたん、こうだ。ノービリスでさえ、悪寒が止まらない。

「まて」

ウィル・アビシニアン大佐がさっと手をあげる。

あれ――紫色の光が近づいてきたからだった。ノービリスは舌打ちした。

「いやな位置にいるものだ……」

紫にかがやくふたつの球が、夜空を旋回していた。

「……ギフト？」

ウィルはうなずいてみせる。

ギフト。

まれに、人外たちがもつ不思議な力のことだ。

なかでも人外王の名を冠するものの能力は、〈大いなる〉ギフトとよばれる。

眷属《けんぞく》にも王と似た力をもつ個体がおり、これは〈ささいなる〉ギフトとよばれていた。

「〈ささいなる衛星《サテライト》〉」

ウィルは夜をにらむ。

「遠隔透視をする能力だ。現存する眷属でこのギフトを使えるのは、サマエールだけ。やつが監視者《ウォッチャー》ともよばれるゆえんだよ」

大佐はうなった。

「天秤の城に残る公文書によると、やつは七百年前のアビシニアン家との戦いで盲目《もうもく》となったが……それからはより広範囲を探るようになったという。瞳……影に映した映像を脳の視神経に直接つなげて、ものを見ているって話だ」

にわかには信じがたい。

しかし光はまさに、敵を探すような動きをしていた。疑り深く、しつこいのだ。

「あの死神はああしてしょっちゅう人間を見にやってくる……オレたちの隙をうかがっているんだろう」

監視者、か。

皮肉なものだとノービリスは思う。帝国の創造主正典——聖書にでてくる天使たちも、創造主からそんな役割を与えられていた。

（人が罪を犯さぬよう……監視する者）

いくらかまった。

紫の光が街の反対側へ向かったのを見はからって、ノービリスたちは動く。

城門から街へ入ってすぐ、凄惨《せいさん》な光景が広がった。

錆《さ》びた赤。

褪《あ》せた赤。

腐れた赤。

そして——ひどいにおいのする、崩れた肉である。

肉だったものの多くは服の残骸をまとっていたが、その下には、骨や脂肪とおなじ色の——

そこでノービリスは目をそらす。食べることで死骸《しがい》を分解——腐敗という食物連鎖を助けているのは、ワシだけではない。

黒い煙のように群れて飛ぶハエを目にして、ノービリスは吐き気に襲われた。自尊心からたえるが、仲間のなかには醜態《しゅうたい》をさらす者もあった。

「……残酷な天使もいたものだ」

嫌味を吐いたところで、ノービリスは口を閉じる。

なにか。

聞こえた。

――声。

『ウィル』

大佐の横を歩くオスのアビシニアンが、立ち止まった。

大きな耳が小きざみに動いている。トランペット号だ。ひどい肥満で、焦げたロールパンそっくりである。顔を背けたくなるほどの醜《みにく》い面相なのだが、たいへん耳がよいようだ。ウィルなどは、このネコの耳をたよりに部隊の行動を決めている。

トランペットは、背を丸めて自分を大きく見せる。それから、しっぽを垂らしてつまさき立ちになった。

「相棒?」

ウィルがたずねる。ルディ――うすいブラウンの下地にブラックのティッキングが入ったネコは、声をしぼりだした。

『……これ以上、進みたくない』

男でも女でもない声が、おなじ韻《いん》を踏んでいた。

(戻、ら、ぬ……？)

戻らぬ
王の子が、戻らぬ
王の歌が、戻らぬ
王の瞳が、戻らぬ
王の……たまごの殻《から》が、戻らぬ

すすり泣きながら。

ずっと、おなじ詩をくり返している。

ときおり人外語らしき言葉がまざって、全体の流れはわからない。しかし通常文はおなじで、なにかが戻らない――治らないことを嘆く歌のようだった。

『サマエールの哀歌』

不細工な顔にあわない神妙な声で、オス猫がつぶやく。

ウィルが補足した。

「空域《ヘブン》の民はそうよぶ。王吟集《おうぎんしゅう》の一巻にあっていいくらい有名な歌だが、翻訳が進んでいない……サマエールは老齢の個体でな。使う言葉も古すぎて、よくわからんのだ」

一万年以上は昔——古代に生まれたとされる人外だという。

六災《ろくさい》の王のうち。

サマエールと同年代に生まれたと考えられているのは、隕星王《いんせいおう》と番狼王《ばんろうおう》のみ。

その他の王たちは、帝国の黎明期《れいめいき》に生まれたやや若い個体だった。アルスルが狩り殺した走《そう》
訃王《ふおう》もまた、この時期に誕生したとされる人外である。

おぞましさを忘れるため、ノービリスはつとめて冷淡に聞いた。

「目標がこちらに気づくまでの距離は？」

大佐はむずかしい顔をする。

「答えられない。あの目があるからな……決まっていない、というべきか」

「では、狙撃地点すら決められないではありませんか！」

ノービリスはロングボウの弓弦をはじく。

（……アガーテ）

自分の相棒がいないことを、くやんだときだった。

閃光《せんこう》が走る。

ぼぉん、という爆音がした。


満天の星の下で。

シクリッド社製の閃光弾が炸裂《さくれつ》する。

火山が噴火したかと思うほどの轟音《ごうおん》があって、巨大なワシたちがいっせいに飛び立った。ひどくあわてふためいていて、上空でたがいにぶつかり落ちるものもいる。

上を下への大騒ぎだ。

(奇襲成功……!)

アルスルが腰を浮かせたとき、赤毛の男が動く。

「……スロース?」

男はふらりと脱力した。

そのまま——頭から落っこちる。

「なっ?!」

ルカが驚愕するが、アルスルは見ていた。スロースは大盾《おおたて》と槍を放さなかった。

「嘘だろ?! あいつは流術が使えないって……!」

そのときだ。

ミカエルが翼を広げた。

かぎ爪でスロースの両肩をわしづかみにしたハクトウワシは、たくましい翼を大きく羽ばたかせる。重力から解放されたかのように、男の落下が止まった。

とん、と。

スロースは、血まみれの集会広場へおり立つ。

天使のように軽やかだった。

もっていた大盾を着地させたときだけ、ごん、という重い金属音がひびく。

すてきでしょう、と、プラタがいれば言っただろう。見とれていたアルスルは、あわててロープの結び目をとく。紙の翼をたたむためだ。抵抗力をなくしたカイトが高度を下げたとき、横からオオワシが飛びかかってきた。

ルカの投げたケルピー人外の牙製ナイフが、オオワシの眉間に突き刺さる。

ありがとうと言うのも後まわしで、アルスルは着陸に集中した。公会堂の青く丸い屋根に飛び移ると、ロープで紙飛行機を固定する。ルカとケルピー犬も着地した。

そのころには、人外たちも態勢を立てなおしていた。

閃光弾に害がないとわかったのだろう。彼らの奇声は、おどろきから怒りのものへと変わっていた。コウモリかムクドリのごとく群れて、星空を滑空している。

その中心で。

紫の光がふたつ、狂ったように明滅していた。

(あれが)

教会の鐘楼《しょうろう》に、ほかとはちがうオオワシがとまっている。

欠けて、ひびの入ったくちばし。

つやを失ってところどころはげた、羽毛。毛引きや自咬をしたらしい。胸は、傷と瘡蓋《かさぶた》だらけだ。肋骨が浮くほど痩せているのが、ここからでもわかった。

明らかに。

年老いている。

その顔が紫の光に照らされたとき、アルスルは総毛だった。

「……髑髏《どくろ》の目」

オオワシには——両目がなかった。

乾いたからっぽの眼窩《がんか》は、逃げだしたくなるほど見る者を不安にさせる。なぜあの人外だけが死神とよばれるのか。アルスルにもわかった気がした。

(ゾンビ、だ)

サマエールの体は、朽ちかけていた。

『ミ、カエル……』

アルスルたちは後ずさる。

男でも女でもない不気味な声が、頭へひびいた。

『なぜ、王のために戦わぬ?』

サマエールは、赤毛の男——その肩にとまるハクトウワシに問うていた。

だが、おなじ眷属であるはずのミカエルは答えない。

『……それも王のためだと?』

うなずくように、ミカエルは両翼をかかげた。

威嚇《いかく》行動——。

ミカエルの頭と尾羽が、黒ずんだ。

スロースから飛び立ったかと思うと、どろりと影に溶ける。これまで普通種のハクトウワシとおなじ姿をしていたミカエルが、クジラほどの大きさに膨らんでいた。サマエールやほかのワシ人外よりも、大きい。

『御使いよ、御使いの長よ……！』

サマエールはよぶ。だが無駄と知ると、翼をかかげて応じていた。

一騎討ちを望む騎士のようだ。二体はほかのワシに目もくれず、相手だけを敵視していた。

アルスルはチョコに聞いたハクトウワシの習性を思いだす。

(喧嘩っ早い……体格と飢えの具合で、支配力が決定される……よって、オスよりも体の大きいメスが優位に立つ)

ワシのメスは、ことさら高い地位を求めて争うという。

ところが体の小さなオスは、おどおどしながら相手の隙をうかがい、エサの切れはしをかすめとることが多い。

(若いオスは……とても腹を空かせていない限り、成鳥には立ち向かわない)

ミカエルはメスかもしれない。そんなことを思ったとき、ミカエルから、黒い星のようなものがほとばしった。

「あれは……？」

羽根だった。

顔や胴に生える丸くて小さな羽毛《スモールフエザー》だ。

不思議なことに、それらは間隔をあけて宙に浮いている。——予定にない行動だ。

ルカも首をかしげた。

「〈ささいなる崩壊星《コラプサー》〉、か？」

豪風とともに飛翔したミカエルが、鐘楼へ突進する。

同時に羽毛も動いた。やっぱりギフトだ。ミカエルは、切り離した羽根の一枚一枚まで操れるらしい。つぎの瞬間、それらが雹《ひょう》のようにサマエールへふりそそいだ。

流れ星《シューティングスター》だった。

間一髪、サマエールがかわす。

鐘楼にあたった羽毛が、白く光った。

ぶ、という音がした直後、鐘と壁に——緻密な道具でそこだけを丸く削りとったようなあとができていた。いれたてのコーヒーに浮かぶ泡に似ている。ルカが叫んだ。

「吸いこまれたんだ……！」

アルスルはあっけにとられる。

手のりサイズの、ブラックホール、だった。

その恐ろしさに気づいたサマエールが奇声をあげる。ふたつの眼球がらんらんと明滅したかと思うと、紫色の閃光を放った。

怪しい二本の光線が、天まで一直線にのびる。

まるで灯台だ！　滑空していたワシ人外にそれが触れたときだった。

前ぶれもなくワシが気絶した。

「え……?!」

一瞬で凍結したかのように、落ちる。

あまりの高所から打ちつけられた人外の体が飛び散って、アルスルはおののいた。その衝撃は、街の家や市場を潰してしまうほどだった。

「あの光はなんだ？　聞いてないぞ……！」

くっついたり離れたりしながら、二本の光線はミカエルを攻撃しつづける。いらだった様子のミカエルが、べつの羽根で応戦した。

羽毛よりも大きくて丈夫な、風切り羽だった。

ほうき星《コメットスター》のようだ。

「……ヘイヘイヘイ?!」

ルカが青くなる。プチリサがバカにした。

『天使が聞いてあきれる……鳥肉どもめ、頭に血がのぼると見さかいがなくなるらしい。まるで闘鶏《とうけい》だ』

「冗談じゃない！　このままじゃ、バストが穴ぼこだらけにされちまう!!」

アルスルもうなずいた。作戦変更だ。

光の点と線の空中戦は激しくなるばかりだった。これでは、上空のアンゲロスもバストへ近づくことができない。

（投石器もアビシニアン猫もおろせない……でも）

アルスルは冷静だった。

（……力の差は、はっきりしてる）

ミカエルはサマエールより二回りは大きくて、機敏だった。

なんども体当たりし、かがやくかぎ爪を突き立てる。サマエールが光線でしつこく追ってもひらりとかわし、その間合いに入っては羽根の弾を容赦なくあびせていく。

サマエールはものの数分で血まみれになっていた。

風切り羽が、その右脚に突き刺さる。

ぶ。

いやな音がして――はげた太ももが欠けた。鮮血が散って、耳をおおいたくなる絶叫が闇をつんざく。

『……御使いらよ！』

一瞬、紫の光線がとぎれた。

ふたつの瞳が。

ぎょろりと、集会広場――その先にいる赤毛の男をにらみつけていた。

『ミカエルの役者を引きずりおろせ!!』

アルスルははっとする。

「……スロース！」

「よせ、アルスル！　危険すぎる！」

『キティ！』

ルカとキャラメリゼが止めたが、アルスルは迷わなかった。

風を蹴って、公会堂から飛びおりる。

空中で——聖剣リサシーブを抜いていた。

11

むかし、むかし。

あるところに、ネコ使いの青年がおりました。

彼はよい領主で、ネコにも民にも愛されていました。

しかし、ある日のこと。

おおきなオオワシに、彼の妻と子が食べられてしまいます。

青年は腹をたてました。オオワシたちを永遠にゆるせないほどでした。

彼は凶暴なオオワシに業を煮やしていた領主たちを集めると、オオワシの王と話をするため、沖にある楽園島へでかけていきました。

「この土地からでていけ。そうすれば、おまえたちを殺さないでやろう」

オオワシの王は答えました。

『われわれはここでしか生きられない』

『われわれはずっとここで生きてきた。おまえたちの、祖母の、祖母の、祖母が生まれるよりも、むかしから』

青年は怒り狂いました。

「では、殺してやる！」

人間とオオワシの戦いは、何ヶ月もつづきました。

青年はたくさんのオオワシを落としました。しかし、オオワシたちも負けていません。

王は不死でした。

また、サマエールという古いオオワシがいて、たくさんの人間を殺してしまいます。王の最後の伴侶《はんりょ》でした。つよく、うつくしく、残忍なワシでした。

青年はサマエールをやっつける方法を考えました。

毒です。

彼は仲間と民、ネコと家畜と草花を気球にのせて、空へ浮かべました。そして、オオワシの王の瞳と翼が届くすべての森に、毒をまいたのです。

毒はサマエールを殺すほどつよくありませんでした。

けれど、土にしみこんで虫を殺しました。

その虫を食べる鳥を殺しました。

その鳥を食べる獣《けもの》を殺しました。

雨で土にしみた毒が川と海へ流れこんで、魚を殺しました。

毒は、オオワシの王の瞳と翼が届くあらゆる土地に広がりました。

毒は、オオワシが口にするあらゆる生きものをよごし、オオワシの王とサマエールをもよごしました。

王とサマエールの瞳は、光を失いました。

王とサマエールの卵は、孵《かえ》らなくなりました。

青年は老人になっていましたが、満足げにこう言います。

「孫娘の、孫娘の、孫娘まで、苦しむがいい！」

彼も毒の病で死にました。

彼はたくさんの人からたたえられました。


〈「始祖アビシニアンとサマエール」『空域《ヘブン》児童文学全集』より抜粋〉


黒い星。

紫の光線。

それらが花火のごとくひっきりなしにあがる。

謝肉祭――カーニヴァルのようだと、アルスルは思った。

なにしろそれらの光と影は、おどろくほどきれいだったのだ。戦うミカエルは、遠くから見つめるぶんには雄々しくて、偉大だった。

頭上に黒い影があらわれる。視界いっぱいにワシのかぎ爪が広がった瞬間、アルスルはにぎっていたスモールソードを薙《な》いだ。

一体を斬り捨てる。すぐ後ろにいた二体目を突いた。

ぐっと手をのばしてスロースの腕をつかんだが、敵の猛攻は終わらない。

三体目が躍りかかってきたところで——スロースが動いた。

大盾《おおたて》で地面をうがつと、赤毛の男は身がまえる。

（わ）

おどろいたことに。

スロースは、正面からワシの攻撃を受けていた。

虹黒鉄《にじくろがね》の盾は硬く、かぎ爪では傷ひとつつかない。受け身で衝撃を殺したスロースは、盾をななめにして人外《じんがい》をいなしたかと思うと、そのまま殴打していた。ワシの頭部が粉砕される。

男は最後に槍で首を突き、とどめを刺した。

ルカのように速くはない。しかし、無駄のない動きだった。

アルスルは感心したが、はっとする。

「見せなければ……」

ぶつぶつと声が聞こえる。

「示さなければ……」

赤毛の奥で、空色の瞳が見開かれていた。

アルスルは息をのむ。彼から意志を感じたのは、はじめてだった。

「……だれに、なにを？」

「あの王、に」

うわごとのようにスロースは言った。

「……心を」

こころ――？

『おひめしゃま！』

ルカとケルピー犬たちも追いつくところだった。

コヒバがワシの一体に体当たりする。キャラメリゼも食らいつくが、自身の三倍はある猛禽《もうきん》類《るい》にふりはらわれそうになった。

「あっぶね！」

ルカがとどめを刺しにいく。左の義足がきらめいた。

仕込みナイフ――聖剣リサシーブとおなじ素材でできた、白銀の刃だ。蹴り上げることで、ルカはワシの頸動脈《けいどうみゃく》を断つ。

「いちど退避するぞ！」

ミカエルの羽根にせよ、サマエールの瞳にあてられて空から降ってくるワシにせよ、大型投石器で攻撃を受けているようなものだった。

「空域《ヘブン》の城郭《じょうかく》都市には、ワシから身を守るための避難壕《ごう》がいくつも作られてる！　バストもそうだ！　近くの壕へ向かうぞ！」

ルカは街の地図をすべて覚えていた。

ひとつめの避難壕は、家が倒壊して埋まっていた。道は瓦礫《がれき》や死体でふさがれている。二歩と離れていない地面に、気絶したオオワシが叩きつけられたこともあった。死であふれかえった街を抜けるあいだ、アルスルはなんどもめまいを覚えた。

ふたつめの壕は、入口にワシたちが群がっていて入れそうになかった。

さらに道中で五体のワシを屠《ほふ》った。

「ここもだめか……！」

みっつめの壕をあきらめたときである。

『……こっちよ』

若い女の声が、頭へひびいた。

「え？」

『ワイナリーの地下……』

アルスルはきょろきょろとあたりをうかがう。だれもいない。

だが、人外の声だった。

（どこかで聞いたような）

街の標識を見上げると、東を示す矢印にブドウと樽のマークが描かれている。そちらを向いたアルスルを、ルカが止めた。

「よせ、罠かもしれない」

『いや』

さえぎったのはキャラメリゼである。彼は、なにかを直感したときのポーズ――両耳をピンと立てていた。アルスルも予感する。

「……キャラメリゼ、コヒバ。赤ワインのにおい、わかる？」

二体は黒い鼻をすれすれまで近づけて石畳を嗅ぎまわったが、すぐにキャラメリゼが駆けだした。

『あっちだ、行こう！』

そのワイン製造所は、避難壕も兼ねていた。

街中でただよっている死臭もハエも、それほど入ってこない。上の建物は半壊していたが、半地下にあるワインセラーは無事だった。

柱に備えつけられていた松明《たいまつ》に、ルカが炎を灯す。

真っ暗だったセラーがぼんやりと照らされた。一人ではとうていもち上げられないような大きな酒樽が、百はある。ずらりとならんだ樽からは、カビた木材と、タンニンのにおいがただよっていた。なんとなく、地下墓地を想像してしまう。

だが、そのいちばん奥で身じろぎをしたのは、ゾンビでもミイラでもなかった。

真っ黒なくせ毛と、たれ耳。けがをしているのか、暖をとっていたのか、ワラの山に半分埋もれるような恰好で伏せている。

炎を反射したつぶらな瞳が、色つきガラスのようにきらきらとかがやいていた。大きさは、ケルピー犬の三分の二くらい。コヒバがしっぽをふる。

『わんちゃんだ！』

「あなたは……」

鳥猟犬《ちょうりょうけん》――コッカースパニエル人外、だ。

キャラメリゼが驚嘆した。

『……アガーテ⁈』

あら、とメス犬は意外そうな声をあげる。

『あなたたちだったの？　ごきげんよう。キャラメリゼ、アルスル＝カリバーン……アンゲロスに行ったのではなかった？』

のんびりした返事だ。駆けよったキャラメリゼが安堵で脱力する。

『……きみこそ、ここでなにをしているんだ！』

黒いメス犬は自分の腹をながめた。

アルスルは息をのむ。もぞもぞと動いていたのは――キツネ色の毛玉だった。子猫だが、それにしては大きい。もう普通種の中型犬くらいある。

バストで繁殖されているネコ人外。

ソマリ猫だった。

（いち、にい……さん！）

三体とも、一心不乱にメス犬の乳を吸っていた。

あまりの愛らしさに、アルスルは一瞬戦場にいることを忘れる。親猫が殺されてしまったらしい。目も開かない子猫たちを放っておけなかったのだと、アガーテは話した。

『おかしいのよ、ネコって』

場にそぐわないやわらかい声で、彼女はつぶやく。

『生まれたばかりでもミャーって鳴くの』

『……そりゃそうだよ』

キャラメリゼがため息をついた。

あいかわらずだ。アガーテはおっとりしていて、たとえるなら、薔薇《ばら》園で詩集を読みふける淑女《しゅくじょ》のようにゆったりと話すイヌだった。

「ヘイ、なごんでる場合じゃないぜ！　ここだって危ないんだ！」

外の様子をうかがっていたルカが注意する。

「逃げなきゃ。アガーテ、聞いて……この街にノービリスがきている」

『……ビリーが？』

メス犬は首をかしげる。

『嘘よ……あのこ、いくじなしなのに』

『ほんとうだ！　皇子さまは、きみが彼を逃がすために囮《おとり》になったと……！』

アガーテは、ふんっ、と鼻を鳴らした。

笑ったのかもしれないし、ハエを追い払っただけかもしれない。

『ビリーらしい嘘ね』

「嘘?」

『囮になんかならない。わたしたち、ケンカしていたの』

彼女はもう一回、ふんっ、と鼻を鳴らす。

――笑った。こんどはそう確信できる音だった。

『ビリーったら、わたしにばかり荷物をもたせるのだもの。ベルトがすれて、耳の毛がからまるのがいやだったの』

アルスルは拍子抜けする。

「……ええと?」

『かわいいビリー……やっと、ゴメンナサイをする気になったのね』

キャラメリゼとおなじだとアルスルは思う。

今年三十二歳になるアガーテは、ノービリスの姉のようにふる舞った。

『キャラメリゼ? この子猫さんたち、運んでくださる?』

『よろこんで!』

キャラメリゼが即答する。

コヒバは幻滅したような目で兄貴分を見やった。笑いをこらえながら、アルスルはソマリの子猫を抱き上げて、布でくるみ、そっとキャラメリゼの背嚢《はいのう》へしまう。

『こんなに汚れたの、はじめて』

メス犬が、血とワインとワラまみれの床から立ち上がった。

アルスルは気づく。黒いアガーテの首と胴には、漆黒《しっこく》の皮ベルトが何本もまかれていた。それらに固定されているのは——たくさんの矢筒、だ。

左右に四本ずつ。合計で八弾倉。

『ビリー。あのこ』

アガーテは、ふんっ、と鼻を鳴らす。

『わたしがいないとだめなの。狩りもできないのよ』

弾倉のアガーテ——。

ノービリスが皇子となる前は、彼女のふたつ名のほうが有名だったことを、アルスルは思いだした。メス犬は歩きだそうとするが、その直後、どんという音とともにセラー全体がゆれる。上の建物にオオワシが落っこちたようだった。

「ミカエル、手こずってるのか⁈」

ルカはスロースに愚痴《ぐち》を飛ばす。

「あんた、飼い主なんだろ？　なんとかしてくれ！」

スロースは答えなかった。アルスルは不思議に思う。あれほどの実力差がありながら。ルカの言うとおり、ミカエルは苦戦しているのだろうか。

（本当に……？）

あの死神。

(サマエールに……とどめを刺せない理由がある?)

六災《ろくさい》の王。

人を滅ぼすほど危険な人外王。

その通り名が示すように、隕星王《いんせいおう》の眷属《けんぞく》たちは、ほかの人外とはくらべものにならないほどの力強さをもっていた。

生態系の最上位に君臨するもの——頂点捕食者だ。

まさしく王者にふさわしい。

しかし。

(……肝心の王は、どうしてる?)

あまりに気配がない。眷属のミカエルとサマエールがこれほど争っているというのに、仲裁すらしない。

(群れない獣だから? 興味もない?)

だが、さきほどのミカエルとサマエールのやりとりはどうだ。

王のために、と。サマエールは言わなかったか。

(……なんだろう)

目には見えない観客の存在を感じたときだった。このセラーにくるまでひと言も話さなかったスロースが、よんだ。

「ルカ」

あまりにはっきりした声なので、アルスルとルカは目を丸くする。

赤毛の男は、よくわからないことを聞いた。

「人外を使わないのか」

「は？」

ルカはキャラメリゼやコヒバと顔を見合わせる。

「こいつらがいるけど？」

本来、ケルピー犬を使役できるのはブラックケルピィ家の者だけだ。

しかしルカは、アルスルのイヌであるキャラメリゼとコヒバに限って、ともに戦うことを許されていた。その働きは、だれしもが認めるところである。

「あぁ、おれ、人外使いの試練は受けてないんだ」

「……ちがう」

スロースは口ごもった。それからアルスルを見下ろす。

迷うように目を伏せた赤毛の男は、やがて、天井をあおいだ。

星空をながめるようだった。

「セラフィム」

言いまちがいだろうかと、アルスルは首をかしげる。スロースは自分の右ほほ——プラタがキスをしていたところに触れてから、おごそかに口を開いた。

「見せろ」

ルカが息をのむ。

「示せ」

スロースはルカを見つめた。

「……この台詞に覚えがないか」

記憶がなかったので、アルスルはルカを見る。ルカは——白くなっていた。

「あんたは……それをどこで？」

明らかにうろたえたルカは、スロースにつめよる。

「ルカ？」

「……オーディションがはじまっている」

赤毛の男はルカに告げた。

「じきよばれる」

「どこへ？」

たずねたのはアルスルだったが、スロースの声は、台本を読み上げているかのように抑揚がなかった。

「セラフィムの舞台に」

そのとき。

——戦いが、止んだ。

空からふりそそいでいた黒い羽根が、消失する。

「……え?」

アルスルは目を疑った。

目の前にある酒樽に——一羽のハクトウワシがとまっていた。

普通種のようだが、瞳は、貴腐《きふ》ワイン色をしている。

「ミ、カエル……?」

いつからそこにいたのだろう?

だって。いまのいままで。サマエールと激闘をくり広げていたのではなかったか。ミカエルは剝製のように動かずこちらを見ていた。

——スロースを、じっと見ていた。

、、、、、、、、、、、、、、、
男が誓約を破っていないか、審判するような目、で。


びり、と。

にぎっていた聖剣リサシーブが、震える。


バリトンの声が頭をつんざいた。

『さがれ!!』

みな反射的に後ろへ跳んだが——アルスルは、前へ走っていた。

スロースと殺気のあいだに割りこんで、彼を押しのけたとき。

紫の光線を、アルスルはもろに浴びていた。

目がくらんで、動けない。

ちかちかと視界がブドウ色に染まった直後、アルスルは悲鳴をあげた。のどからこれほど大きな声がでたのは、はじめてだった。

『……勇敢な乙女よ……男を守るか……』

両目が焼けるように痛む。

アルスルの手から、聖剣リサシーブが落ちた。

杖を失ってしまった――とりかえしのつかない傷を負ってしまったことを、どこか遠くで理解する。男でも女でもない声が、嗤《わら》った。

『漆黒の肌をもつ娘が、盲《めし》いた……！』

ふたつの眼球がセラーに入りこんでいた。

建物の屋根に落ちたのは、サマエールであったらしい。

『ヴィクトリア、見ているか?! この乙女はそなたの娘か？ 孫娘か？』

願いが叶ったとばかりに、朽ちかけたオオワシがわめきちらす。しかしアルスルの耳には、ほとんど入ってきていなかった。

その場に崩れ落ちたアルスルを、だれかが抱きとめる。ルカかもしれない。だがもう、なにもわからない。五感のすべてが失われていく。

『夜……夜！』

がくがくと体が痙攣《けいれん》する。

恐ろしかった。手足が、まったくいうことをきかない。

『美しき乙女に、星の喪《うしな》われた夜を……！』

ハエトリグサが閉じるときのように。

下から、棘《いばら》の形をした影がもち上がったような感じがする。

夜色の緞帳《どんちょう》をおろされたみたいだった。自分の髪、指、服と聖剣リサシーブのかがやきすら、どんどん見えなくなっていく。

『アルスル……!!!』

プチリサの声がしたが、それすら完全にわからなくなった。感触さえなくなって、アルスルはその場にうずくまる。

「ル、カ……！」

とっさに助けを求めたが、無駄だった。

音。

方角。

重力。

――時間。

それらが失われた、人の力がおよばない空間だった。

（完全に……切り離された……）

世界から。

――生、から。

宇宙へ投げこまれたような、未知の違和感だった。夢を見ているときに似ている。あるいは死んだあとにたどりつく世界、かもしれない。

耐えがたい不快感に襲われたアルスルは、息を殺してじっとしていた。

自分が崩れてしまう。

そんな気がして本能的に思考をやめる。

しばらくたった。――たったと感じたが、なにもおこらなかった。

いや。

ぴちゃんと、水のしたたる音がした。

「……う」

目は見えない。

耳も聞こえない。

体さえ動かせない。

――だが。

『ふぇい、ふぁーた』

その声だけは、頭へ直接ひびいた。

めをひらいてごらん――。

ささやかれた気がして、アルスルはうすくまぶたをあける。

（光……？）

ある場所が、うっすらと光っていた。

（……星？）

たったひとつ。ちいさな光が、きらきらとまたたいている。だがその光は、どんどん弱々しくなっていくようだった。

まって！

アルスルはよぶが、ちゃんとこえ　が　でたか　――わからない。

ひかりを
めざしておそるおそる、　あるいて　　いった。

う　　た　が

子守唄が聞こえる。

だれかいる。

二人。

双子だ。

うすい金の髪と瞳。男性のようにりりしくてほっそりしていたが、女の人だと思う。華奢《きゃしゃ》な腕に、とても大きな卵を抱えて座っていた。

人間の子どもくらいあるだろうか。それを愛おしそうになでる手つきや、まなざし、唇をあてるときの息づかいが、お母さん、とよびたくなるようなやわらかさをもっていた。二人はときにおたがいの卵をとりかえっこして、耳をあてていた。

卵が孵るのをまっているのだ。

ときどき、小さな女の子がやってきた。

貴腐ワイン色の瞳をしていて、まだよちよち歩きだ。女の子は双子にまといついては、遊んでくれとせがんだり、食べものをほしがって鳴いたりした。

そんなときは――が、女の子のそばにいた。

――は、女の子の腕から翼を引っぱりだしてやった。その翼で、女の子は空を飛べるようになった。

ときどき、小さな男の子もやってきた。

ときどき、べつの小さな女の子もやってきた。

ときどき、べつの小さな男の子もやってきた。

ときどき、最初の女の子が戻ってくることもあった。

そのたびに——は、子どもたちのそばにいた。

——の瞳と翼はとてもいそがしかったが、心は満ちていた。

なんども、春と夏と秋と冬がめぐった。

なんども。

なんども。

なんども。

しかし、卵は孵らなかった。

ふたつとも。

双子は悲しまなかった。だれも憎まなかった。

ただ、もう子守唄を歌うことはない。

『われわれの卵は孵らなくなった』

『われわれの眠りも近い』

——は、双子を愛していた。

——は、孵らない卵を割ってみた。

卵は奇妙にやわらかくて、双子と——の体がおかしくなってしまったことを教えていた。その殻《から》をそっとどける。

半熟の女の子が入っていた。

まだ、瞳と心臓しかできあがっていない。ぬるりとした黄身にまみれた赤い肌は、腐っていた。途中で胚発生が止まってしまったのだろう。ふたつの卵のうち、かたっぽの女の子には、頭がふたつついていた。きっと、つぎの双子になれたのに。

——は、悲しんだ。

すべてを憎んでも、まだ足りなかった。

ぴちゃんと、水がしたたる。

『ふぇい、ふぁーた』

あの声が。

さっきよりそばで聞こえた。

『やっと……きみをたすけられるときがきた』

激痛は消えない。

それでも、紫色だった視界が、透明になっていくような気がした。消えかけた勇気が膨らむ。

必死に力を入れると、指をほんのすこし動かせた。

ルカではないだれかにキスされる。

飴玉ほどの温かい水が舌にのったとき、肌の感触が戻っていた。

『あいしているよ』

いつまでも——。

ボーイ・ソプラノの声がささやいた、刹那《せつな》。

アルスルは首にかけていたペンダント――秘密の鍵をつまんでいた。

力まかせに金の鎖を引きちぎる。

「……アル、スル？」

アルスルを抱えていたのは、やっぱりルカだ。

返事をする代わりに、アルスルはペンダントを親指の爪ではじいていた。

ピン、と音がして、小さな鍵が宙を舞う。

『あう？』

コヒバが首をひねる。

鍵が、水滴になったからだった。

窓ガラスを伝う雨水のように、空中を流れた水滴はキャラメリゼへ向かっていく。彼が背負ってきた――旅行鞄《トランク》の鍵穴に、吸いこまれた。

「な……」

ルカがうろたえたときだった。

がちんと、錠が外れる。

古めかしい音をたてて開いたトランクから、どっと清水があふれた。

しかし、宙で硬直する。時が止まったかのようだ。アルスルは、自分の内側から湧き水のように力がみなぎるのを感じる。目は、ぼんやりと見えるまでになっていた。

『……それは？』

サマエールの嗤いは止まっていた。

アルスルが立ち上がったからだ。ワシはくり返した。

『……それは？』

リボンのようにのびた何本もの水が、アルスルをとり囲んでいた。

こっちだよ——。

教えるように、水の一本が上を示す。

「……だめだ、よせ‼」

はっとしてルカが怒鳴るが、アルスルはセラーを飛びだしていた。すかさず風を踏んで、瓦礫と化した建物の屋根へ着地する。

そこには、使い古した箒《ほうき》のように汚れたオオワシがいた。

サマエールだった。全身から血を流している。左の翼はほとんどはげかかっているうえに、あらぬ方向へ折れていた。

『人の乙女よ』

息も絶え絶えにオオワシが問う。人外は困惑していた。

『なぜ、わが瞳をものともせぬ……？』

アルスルは自分を守るように動く水を見た。

スモールソードを抜こうとして、地下においてきたことを思いだす。プチリサのこともだ。となると、武器はもう一本しかない。そっと片手をさしだした。

「手を」

するりと。

水の一本が、のびた。

くるくるとまわりながら、アルスルの手のひらへ向かう。二、三度、ためらいがちに後ろへ下がったが、やがて、触れた。

「……おいで」

手を閉じて、引く。

アルスルの手のなかで、水が形を変えた。死神が息をのむ。

(そう)

ヒルト——柄だった。

剣のにぎりだ。アルスルがもう片方の手をそえると、水に色がつく。白い絵筆を筆洗《ひっせん》につけたときのように、広がった。それを合図に、ばらばらに動いていた水がより集まっていく。木の根のようにからんで、脈打った。アルスルはつかんだグリップを、引っぱる。

見えない鞘《さや》から、抜かれるように。

水が、らせんにねじれた刀身へと形を変えていく。

『……一角獣《ユニコーン》の角……?』

この姿でまちがっていないかとばかり水はぎこちなく震えていたが、アルスルがうなずくと動かなくなる。

純白の大剣だった。

斬るのではなく、突くか、打ち払うための刃。

長さは、アルスルの背丈ほど。はじめから硬い素材でできていたように、にぶくかがやいている。剣の切っ先が屋根瓦《がわら》に触れると、かきん、とかわいた音がした。

『……お、ぉ……』

男とも女ともつかない声が、震える。

『……花嫁、ぞ……』

両翼が興奮でもち上がった。アルスルは大剣をかまえる。角と骨でできたそれは、鋼よりもずっと軽い。

「よろしく」

戦えると、わかっていた。

「走る王」

ふたつの眼球が激しく明滅する。死神は叫んでいた。

『呪われしユニコーンの花嫁ぞ……!!』

アルスルは動いた。

体が軽い。紫の光線が走ったが、ダンスのステップを踏むように避けていた。

（あっちが先だ！）

不思議で悲しい幻覚を思いだす。

サマエールの命より、アルスルは、瞳の駆除を優先していた。

（だって、サマエールは）

王の――。

そうした特別な存在を、むやみに狩ってはいけない。それが悲劇につながることもあると、アルスルは身をもって知っていた。迷いを捨てて狙いをしぼる。それを察知したのだろう。瞳はすさまじい速度と動きを駆使して、迎え撃とうとした。

（逃がさない）

アルスルは止まらなかった。

風を踏む。

（飛べないなら、跳べばいい……！）

さらに空中で風を蹴った。それを嘲笑《あざわら》うかのように、瞳はより高く飛翔する。三歩目に地面があったら！　アルスルが強く願ったときだった。

大剣から、コップ一杯ほどの水がこぼれる。

それがちょうど靴の前に落ちたとき、アルスルは直感していた。

必死に三歩目をだして、水のかたまりを蹴る。瞳のひとつとおなじ高さまで駆け上がり、角の刃を引いていた。

渾身《こんしん》の力で、突く。

水を貫いたような手ごたえがあった。

おぞましい絶叫があがる。天使ではなく——悪魔のような声だった。

（……あれ？）

がくんと、アルスルの体からも力が抜けてしまう。

（着地していないのに……）

意識がとぎれそうだった。

大剣をにぎりしめる。そのとたん、走る王は、ばしゃんと音を立てて崩れていた。雨のようにぱたぱたと地面へふりそそいでしまう。命を失ったかのようだった。

視界のすみで、サマエールが逃げていく。

もう飛ぶことができないらしい。オオワシは半身をどろどろの影にしたまま、這うようにバストの城壁をよじのぼり、真夜中の森へと消えていった。そのあとを、ひとつになった瞳が追いかけていく。

地面が迫っていた。アルスルは覚悟する。

（……天国ってあるのかな）

幸せなことに。

痛みがくる前に、意識を失っていた。

12

娘の号泣が。

夫のうめきが。

いまも耳に残っている。

血まみれの若猫――アビィは、倒れて動けなくなっていた。

『わがセラフィム、わがケルビム』

あの死神は。

右のかぎ爪で、わたくしの娘を。

左のかぎ爪で、わたくしの夫を。

大地へ乱暴に押しつけて、磔《はりつけ》にしていた。グロリアと名づけた娘は、昨日、はじめてママと言えたばかり。夫はもともと、アンゲロス湾の田舎貴族だった。剣術にたけた男で、戦場で出会った。自分の命もここまでかとあきらめかけたとき、なんども助け合った人だった。

しかし。

あの死神は。

二人の命を天秤《てんびん》にかけた。
『罪人の子よ……われらを狩ってきた憎き公爵よ。われも、わが王のごとく問おう』
両翼をかかげたオオワシが、嗤《わら》う。
『子と伴侶《はんりょ》』
からっぽの眼窩《がんか》にのぞきこまれた。
『選べ。さすれば、選んだほうの命を助けよう』
究極の問いに、わたくしは理性を失った。
『見せよ』
そんなこと。
『示せ』
できない。選べない。
まばたきすらできずに、わたくしは朽ちかけた死神の顔を見つめていた。
「ヴィクトリア……‼」
なにかを夫が伝えようとしたとき。死神は爪に力をこめた。
娘も。
夫も。
どちらも爆《は》ぜた。
わたくしは声をあげることもできなかった。

『うすのろめ』

白くかがやくかぎ爪を、朱に染めて。

オオワシは嘲笑《ちょうしょう》した。

『遅い……翼がないためか！』

大きく黒い翼を羽ばたかせると、死神は、娘の血と肉にまみれた爪をしゃぶった。夫の血と肉にまみれた爪で、わたくしのほほをなでた。

『女よ……その娘、その孫娘が果てようとも、なお呪わしきアビシニアンの血よ』

男とも女ともわからない声が、ささやいた。

『わがセラフィムの瞳が許しても……わが瞳は許さぬ』

わたくしは理解した。

自分は——人間は、憎まれている。

『もがけ』

死神は飛び立った。

『その心が、腐り果てるまで』


ヴィクトリアは覚醒した。

『ヴィッキー？』

顔の前で、寝そべるアビィのしっぽがゆれている。

気球が移動するあいだ、椅子にかけたままうたた寝をしていたようだ。

『うなされていたわよ……またなの？』

老いた肌にじっとりと汗をかいている。めずらしいことだった。ハンカチをとろうとしたところで、肩と腰に痛みが走る。ヴィクトリアは自嘲《じちょう》した。

「……とうに、老兵は去るべきだというのに」

いつもの悪夢だった。

何年、何十年とたっても、いやな思い出は消えないものである。

立ち上がったアビィがいたわるようにふわふわの体をなすりつけてきた。礼を言ったヴィクトリアは、窓の外をながめる。

（あの日と、おなじ……）

真っ青な空に、黄金色の太陽が昇ろうとしていた。


サマエールが敗走した。

それが大きく味方して、空中のアンゲロス軍とシクリッド社の傭兵、ケルピー犬部隊が、オオワシの残党を蹴散らした。コッカー犬部隊もよく働いたようだ。離散したことがかえって幸いし、バスト城の陥落を阻止していたのだ。

ヴィクトリアが地上へおりたのは、早朝である。

アンゲロス正規軍は、歓喜とともに領民たちからむかえられた。

「ヴィクトリア様……‼」

「ありがとう、ありがとう！」

それどころではないだろうに。すり傷だらけで着のみ着のままの少年から、ヴィクトリアは感謝の花かんむりまでわたされる。

「アンゲロス公爵万歳！　アビシニアン家に栄光あれ！」

「鍵の騎士団も！」

「アルスル＝カリバーンに感謝を！」

鍵の騎士団をたたえる声も多かった。アルスルの英雄譚は空域《ヘブン》にも伝わっていたので、彼女とヴィクトリアの共闘は、傷ついたバストの人々を大いに元気づけたのだ。しかし、勝利に酔ってなどいられない。

『……なんなのこれ！』

人ごみを抜けたとたん、アビィが吐き捨てた。

北の市街地はひどいありさまだった。

ミカエルとサマエールの激闘。人外《じんがい》たちの落下によって、家屋の四割ほどが半壊か全壊したという。ヴィクトリアでさえ、これほど凄惨《せいさん》な戦場に立つのはひさしぶりだった。

『とんだ失態ね！』

アビィはすこぶる不機嫌だ。

ミカエルが勝手な戦いをしたために、出撃できたのはサマエールが逃げたあとだったからである。手負いのオオワシを一体蹴り飛ばしただけで出番が終わってしまったネコは、後ろからついてきたプラティーン──その肩にとまるミカエルに当たりちらした。

『あんたのことだからね⁈ このチキン！』

「……も、申しわけございません！」

プラタがかしこまる。ミカエルは無反応だった。

「課題が浮き彫りになりましたね……ミカエル頼みの戦略を見なおさなければ」

ヴィクトリアは考察する。

しかし、それほど動揺はなかった。スロースが支社長になって八年。そのあいだ、ミカエルとサマエールが対決したことはなかったからだ。

「あなただけに責任を問うつもりはありませんよ、プラタ。ミカエルにとっても、サマエールは特別な個体だったのでしょう」

「と、おっしゃいますと……？」

「殺してはならない相手」

古い伝説にある。

サマエールは、隕星王《いんせいおう》の伴侶であると。

「ほかの理由もあったかもしれませんが……いずれにしても、わたくしたちはミカエルについても、ほとんど無知であることがはっきりしました」

──〈ささいなる崩壊星《コラプサー》〉。

ここ百年でこのギフトを使ったことがある個体は、ミカエルだけだ。しかし、では他の個体がその力を使えないのかというと、よくわかっていない。

およそ七百年前。

アビシニアン家と隕星王が最初で最後の戦いをしてから、大地は毒に汚染され、王の眷属《けんぞく》たちも大きく減った。死んだか、火山島へ身を隠したとも言われている。

(だが……そのために、空域《ヘブン》のギフト研究はひどく遅れた)

ブラックボックス。

未知の力と知りながら——その強大さに目がくらんではいなかったか。

ヴィクトリアがミカエルを盗み見たときである。

「危険すぎるよ」

話を継いだのは、ゴードン＝リングだった。甥のウィルから報告を受けてやってきた弟は、いつもの情熱を見せていなかった。

「ヴィクトリア、相談が」

「なに?」

「……とにかくきてほしい」

幽霊を見たような顔でゴードンは言った。

案内されたワインセラーは、ヴィクトリアも知っていた。

城郭《じょうかく》都市バストではゆびおりのワイナリーだ。腐葉土のようなかおりがする重い口あたりの赤ワインが人気で、貴族であるソマリ家の晩餐会でもいくどとなくだされている。贈り物としてもらうこともあった。だからこそ、ヴィクトリアの心は痛む。

地上にある醸造所は大破していた。

「半地下のセラー……ワインは無事だが、作り手一家は皆殺しだった」

ウィルが力なく説明する。

ヴィクトリアは静かに怒りと闘った。

（……また、守れなかったということね）

腰に下げた古い剣――夫の形見をにぎりしめたときである。

「公爵閣下……」

蚊の鳴くような声によばれて、ヴィクトリアはふり返った。スキンヘッドとピアスが印象的な女――チョコレイト・テリアがいた。

「申しわけございません」

自分の主人が戦況を悪くしたと思っているのだろう。

おのれの心が痛むのは止められぬのに、心を痛めた女を見るとはげましたくなる。自分の矛盾をおかしく思いながら、ヴィクトリアは言った。

「顔を上げなさい」

アルスル＝カリバーンは、天秤の城で精密検査を受けていた。

意識は戻っている。護衛官のルカが有能だったので、外傷もない。彼は、空中で気絶したアルスルを受け止めるという離れ業までしてのけたそうだ。だが忌《い》まわしいことに、アルスルはサマエールの光線を浴びたと報告を受けていた。

（……〈ささいなる天象儀《プラネタリウム》〉……）

天啓《てんけい》のギフト、ともよばれる。

古代史と合わせても、この力を使ったとされる眷属は三体のみ。

ルシフェル、ガブリエル、そしてサマエール。このうち、ルシフェルとガブリエルはもう五百年と目撃されていない。ほかのワシ人外がおなじ力を使ったという記録も、ない。

（あのミカエルでさえ）

生物の意識に介入する能力、と考えられている。

アビシニアン家の日誌によれば、この光を浴びた者の脳は一部またはすべてが萎縮《いしゅく》し、幻覚を見たり死亡することもあるという。

（アルスルの脳には、大きな負荷がかかったはず）

真剣に伝えておくべきだったのだ。死神の恐ろしさを。

（……わたくしに落ち度があった）

ヴィクトリアは自分を責める。しかし、うす暗いセラーに足を踏み入れたとき。視界に飛びこんできたのは、自責の念をも忘れさせるほどの奇妙な光景だった。

湧き水のにおいがする。

(森の湖?)

冷たく澄んだ水のにおいだ。

視線を下げて、プラタが絶句した。ヴィクトリアも息をのむ。

ワインセラーは――水びたしだった。広い地下の半分が、たくさんのワイン樽ごと水没している。

「……これ、は」

ガラスのように透明な水のまんなかで――エメラルドグリーンの空の旅行鞄《トランク》が、ぷかぷかと浮かんでいた。

「……走る王とは、走訃王《そうふおう》の一本角から作られた大剣と聞いていましたが」

「おっしゃるとおりです。しかし……走る王には、使い手の意思によって、その姿かたちを自在に変える力があるのです」

「意思?」

ゴードンがチョコレイトを問いただす。

「その使い手……アルスル=カリバーンが意識を失ったあとも、この兵器はもとに戻らなかったぞ? それをどう説明するね?」

弟は、不快を隠さない目でトランクの後ろをにらむ。

ヴィクトリアはつぶやいた。

「……不吉な」

細くのびた水が――浮き上がっていた。

リボンをふったときそっくりのなめらかな動きで、宙をただよっている。

いくすじも。

いくすじも。

水は、ときおり上へ、、、、と滴ることもあった。

蛇口からでた水を上下さかさまにながめるようだ。

飛んだり跳ねたりする軽やかな動きには、アルスルとはべつの意思があるようにさえ思われる。まるで――見えないだれかが、鼻歌まじりに、大きな水の籠を編んでいるかのようだった。

「……あれもレディが操っていると？」

チョコレイトは、ヴィクトリアたちが納得できる答えをもたなかった。

これまでこんなことはおこらなかったという。アルスルの身に危険が迫ったことと関係しているだろうが、確信はないとも。

「これが天秤の城でおきていたらと思うと、ぞっとする……とても残念だよ、チョコレイト・テリア」

確認するようにゴードンがこちらを見る。

アルスルがスロースをかばったと聞いて、決めたことだ。ヴィクトリアはうなずいた。それを受けたウィルが、さびしげに告げる。

「鍵の騎士団……本作戦をもってきみたちを解任する」

チョコレイトがえっと声をあげた。

「……ダーウィーズへ帰りたまえ」

「そんな、おまちください！」

信じられないという顔で、チョコレイトはみなを見まわす。ゴードンもウィルもプラタも、なにも答えない。答えられないのだろう。

アンゲロス公爵として、ヴィクトリアが話した。

「……アルスル＝カリバーンを戦場にだすべきではありませんでした」

チョコレイトが愕然《がくぜん》とする。

ヴィクトリアは街と水びたしのセラーを見つめた。

「彼女はあまりに未熟です」

「そ、それは……」

「若く、戦《いくさ》を知らず」

なにより。

「おのれを粗末にしすぎる」

チョコレイトが言葉を失った。

「街の惨状も、アルスルの負傷も。最高指揮官たるわたくしの油断がまねいたことです。しかし……おまえたちがきた日、わたくしは彼女に話しましたね」

英雄だというなら。

それを証明しなければならない、と。

チョコレイトが反論した。

「アルスルはサマエールの瞳をひとつ、狩りました！　結果としてサマエールは逃走し、ワシたちを追い払うことができたと……！」

「命と引きかえに？」

チョコレイトはびくりとした。

「スロースにもおなじことができたかもしれませんね。しかも彼の場合は、無傷で……チョコレイト、わたくしが気にかかるのはそこです」

なぜ戦うのかと聞かれて、即答できないのに。

自分をふくめた命の優先順位は、即決してしまう。

ヴィクトリアは苦く思った。

「あの娘は、あまりに純粋なのです。大きな力をもちながら、その使い道やリスクには関心を示さない。人外類似スコアのためでしょうね。ただ狩り、ただ守り、ただ、死ぬ……それは、騎士でも英雄でもありません」

そう。

孤高な。

「……獣《けもの》です」

ヴィクトリアも長く生きている。

人生の半分以上の歳月を、人外との戦いに賭《と》してきた。

内乱を鎮圧したこともある。だからわかる。

「スロースの命を救ってくれたことには感謝します。しかし、そういう人間は長生きできません……こと、人の醜《みにく》さがあらわとなる戦場では」

チョコレイトは沈黙する。この女がアルスルを娘のように可愛がっていることにも、ヴィクトリアは気づいていた。

（……そう。アルスルは……）

昨晩、紙飛行機でたつときのことを思いだす。

ありがとう、幸せにと、アルスルはルカへ告げていた。

感謝とともに別れの言葉が混じっていたからだろう。近くにいたヴィクトリアには、ルカが凍りついたところがよく見えた。

（つくづく……噂とは、ひとり歩きするものだこと）

メルティングカラーの財産狙いが、元皇女に目をつけた――。

ちかごろ、そんな噂を耳にする。だがふたを開けてみればその人物、つまりルカ＝リコ・シャは、誠実な男だった。

（あれは、恋ね）

その瞳はいつもアルスルに釘づけで、だからこそルカは有能なのだろう。

アルスルを守るという任務に、責任感以上のもの――使命感を抱いているようだ。ダーウィーズへ派遣されたほどなら戦闘技術は保証されているし、ルカには優れた密偵に必須とされる才もあった。人に警戒心を抱かせない能力だ。飼い猫のように甘やかな人懐こさがある一方、野良猫のような野性味もあって、それが人を惹《ひ》きつける。

（バドニクスが重用するだけのことはある……傭兵をさせておくのは惜しい。騎士団長となったアルスルには、信頼できる仲間が一人でも多く必要なのだから）

前皇帝ウーゼルはよくこぼしていたものだ。

三番目の娘は不愛想で、なにを考えているのかわからないと。その彼女が言葉にして伝えたくらいだから、アルスルにとっても、ルカは特別な存在なのかもしれない。

（……実る恋かはさておき）

美しい若者たちだが、貴族とそうでない者――身分の壁を越えることは容易ではない。政略や紛争に巻きこまれればひとたまりもないだろう。ゆえに、それらから遠ざかって生きていくほうが、アルスルは幸福になれるように思われた。

（わたくしも甘いこと……）

あの日から、どれほどの涙を流しただろう。

あの日から、どれほどの人外を討っただろう。

あの日から、どれほどの死を悼んできただろう。

（涙も涸れ、死に倦《う》み……それでもわたくしはまだ戦っている）

なぜか？

ヴィクトリアは夫の剣をなでた。

（……あの日を、忘れられないからでしょうね）

もがいている。

あの死神が命じたとおりに、ずっと。

気づいていた。アルスルへの配慮は──ただの老婆心でしかないと。それでもヴィクトリアは、おのれよりも先に若い命が散っていくことを、許せなかった。

「アルスルは戦場に向かない。そう判断しました」

結論だった。

「平和な故郷へ、お戻りなさい」


月も星もない。

黒い海を、ぶあつい闇夜がおおっている。

だが、風は強かった。

人の街から山ひとつこえた場所に、その針葉樹林はあった。

白くかがやくかぎ爪をもった人外たちは、身をよせあって息をひそめていた。

『サマエール……』

一体がよぶ。その声を皮切りに、不満が爆発した。

『死神よ……なんというざまだ!!』

漆黒《しっこく》の森に、猛禽類《もうきんるい》たちの奇声があふれる。

『親が、死んだ！』

『つがうものが、死んだ！』

『雛《ひな》が、死んだ！』

みな口々に訴える。

若い雛が親を失ったあとには、死しかない。

また生涯をおなじつがいですごす彼らにとって、伴侶の死は、繁殖の機会を失うことだった。雛の死とておなじことだ。数百年前にくらべればだいぶマシになったが、このアンゲロス湾において、人外は、生まれにくく育ちにくかった。

『そなたはわれらを導くものではなかったか……！』

『なぜ、われらを追うものとなった……！』

みなの怒りが殺気を放ち、あわや八つ裂きにされようかというところで、死神――サマエールはようやく否定した。

『否、否、否!!』

男でも女でもない声は、かすれている。

どす黒い血が、右の眼窩からとめどなく流れていた。

もとから欠けていたくちばしは、芋虫にかじられた葉のごとく、損なわれてしまった。左の翼は折れている。

激しい痛みと怒りに焼かれる思いで、サマエールはうなった。

『……ミカエルだ』

サマエールに責はない。そうではないか。

『すべてはミカエル！　あの偉大なるものが抗《あらが》ったがゆえ……！』

人外たちはくちばしを閉じる。そのとおりかもしれない。

『ミカエルはずるい……』

親をなくした雛が言う。べつのものも同意した。

『人間に囲まれていながら、一匹たりともよこしはせぬ……！』

『強欲な！』

だれかが口にした。

『ミカエルさえいなければ……！』

場が静まり返る。そう考えたのが自分だけではないと知り、サマエールはほくそえんだ。

『しかし、しかし』

『聖なるものは……ほうら』

壮年のものが、恐れる様子でささやいた。

『あの偉大なるものは……ほかでもない、われらが王の命で人の側についている』

――そうだ。

それこそ彼らが抱える悩みの種だった。

いま、おそらくは眷属でもっとも強く、全盛期をむかえている個体。そのミカエルを、彼らの王は人の子にはべらせている。それほどまでに、かの人の子が、王の興味を引いているということだ。

『サマエールよ……どうすればよい』

『まだ意志があるならば』

『われらを導き給え……!!』

みながうなだれる。仲間の困窮《こんきゅう》によって勢いを得たサマエールは、ささやいた。

毒を。

罪を。

『王との誓約をたがえさせればよい』

そのかすような言葉に、みながおびえて細くなる。

『……あの役者を?』

『殺すのか?』

『殺せぬ!』

『ミカエルを忘れたか?! 呪われしユニコーンの花嫁を忘れたか?!』

サマエールは大げさに首をふってみせる。からっぽの眼窩からどろりと血が散ったが、それさえ祝祭の紙ふぶきのように思われた。

『あの赤き毛の男に……おのずからミカエルを放たせようぞ!』

人ではないものたちが感嘆した。

『おぉ……！』

『しかしどうやって?!』

サマエールは高い声で叫んだ。

『わが瞳には映っているぞ、かの女が！』

ひとつ残った瞳が、怪しい紫色にかがやいた。

『銀の髪、褐色の肌をした』

戦意がふたたび高まっていく。森に満ちていく人外たちの高揚は、やってくる嵐よりも危険と不安をはらんでいた。

『さすれば……赤き毛の男は、セラフィムの役者を辞するだろう!!』

『そうとも！』

『見せておくれ、サマエール！』

みなが願ったとき、サマエールは影に沈んだ。

かと思うと、すぐべつの形になってせり上がってくる。

折れた翼と血まみれの脚から羽毛が消えて、白い男の体に。紫の目玉は空色に。そして頭からは――リンゴのように赤い毛髪が生えていた。

頭を下げた男は、両手をもち上げる。拍手を求めるような仕草だった。

『サマエールに拍手を！　ミカエルに自由を!!』

盛大な歓声がとどろく。
アンコールは鳴りやまなかった。

13

城郭《じょうかく》都市アンゲロス。

アビシニアン猫訓練場、中庭の水場――。

(喜劇《コメディ》だわ)

アルスルによれば、イヌ人外《じんがい》はオスよりメスのほうが気が強いのだという。ネコもそんな感じだが、それにしてもおもしろいとルカは思う。

『知らない人にシャンプーをされるの、いやだわ』

アガーテは手強い相手だった。

『目を閉じているときにお湯をかけられたりしたら……びっくりするもの』

「目をあけていればいい」

『むりよ。石鹸の泡がしみるでしょう』

「なら、湯をかけるときは先に声をかけさせよう。いいな?」

『……知らない人なのよ?　もし失敗したら?』

もう十五分くらい、こんなやりとりがつづいている。

城郭都市バストまでの二週間と、バストで子猫たちを守っていたあいだ。水たまりにさえ入らなかったというアガーテは、かなり汚れていた。細かい砂ぼこりと、人間の返り血。赤ワインが少々。いちばんひどいのは、子猫たちのおとしものだった。近づくと――しっかりにおってくる。鼻をつまみたくなるほどだ。

主人と感動の再会、とは、いくはずもない。アガーテをひとめ見たノービリスは、出会いがしらに水浴びを命じたというわけだった。

「ここはイオアキム城ではない。我慢しなさい」

アガーテは皇子から目をそらす。

『……ビリーが洗ってくれるなら、がまんできるかもしれない』

「断る」

『なら、シャンプーなんてしないわ』

「ふざけるな。その汚いなりで私と歩くつもりか?」

いらいらした皇子が声を低くする。

あのノービリスが手を焼いているようで、ルカは笑いをこらえなければならなかった。クレティーガス二世が甘やかしてきたらしい、皇子とメス犬はどちらもわがままで、自分の意見を変えようとはしない。その点では、姉弟ゲンカに見えなくもない。

「そもそも、アガーテ! おまえが矢筒は重いだの毛がからまるだのと不満を言わなければ、私がおまえをおいていくこともなかったはずだ。そうだな?」

青年の威圧はもはや恫喝《どうかつ》に近い。

『……パパなら』

アガーテはいじけてつぶやいた。

『パパなら、がんばったねって、ほめてくれるもの……よろこんでシャンプーもしてくれる。そう、たとえダンスパーティーの途中でも』

「私は父とちがう」

『なら、パパといたいわ。わたしはパパの子だったのに……ビリーが無理を言って、自分のものにしたんだわ』

メス犬が、鼻の奥からかわいそうな音をだす。

よよと泣いたふりをするアガーテは、なかなかの演技派だった。

ノービリスはその後も説得を試みていたが、きっかり十五分後、ようやく折れた。

城の従者から石鹸とスポンジ、ブラシとコームをひったくると、腹立ちまぎれに上着を投げ捨てる。

「失せたまえ。道化師だとでも思うのか」

基本的にルカを視界へ入れないノービリスは、殺気まじりの目でアルスルをにらんだ。メス犬が、淑女《しゆくじよ》のように腰を低くしてみせる。

『まぁ。アルスル＝カリバーン、ごきげんよう』

「ごきげんよう、アガーテ」

『わたしたちを助けてくれてありがとう。さぁ、ビリーもお礼を』

ノービリスははたと顔を上げる。いちど石鹸とブラシをおくと、きちんと手の泡と水をぬぐってから、アルスルに向き合った。

「ミス・アルスル、礼を」

貴族らしく、胸に手をあてて頭を下げる男性のポーズをとる。

「アガーテの件は感謝しています」

イヌのおかげだろうか。ノービリスはこれまででいちばんすなおだった。

『そう、男の子は紳士でないといけないわ』

「うるさい」

シャツの袖をまくった皇子へ、アルスルが申しでる。

「ミスター」

「まだなにか?」

「……手伝いましょうか。アガーテが嫌じゃなければ」

ルカはおどろいた。だが、すぐに思いなおす。キャラメリゼとコヒバにも、アルスルは月に二回ずつおなじことをしてやっているじゃないか。

ノービリスは首をふって背を向けた。

手際よく石鹸を泡立てるところから、彼がイヌ人外の世話を自分でする貴族だということもわかる。アルスルといっしょだ。いちどシャンプープールにアガーテをつからせたノービリスは、数時間がかりの重労働に手をつけた。当のイヌ人外たちは、これが主人をひとりじめにできる時間だと知っている。

『好きよ、ビリー』

目を閉じたまま、アガーテは気もちよさそうにつぶやいた。

青年は無視を決めこんでいる。メス犬は泡まみれの鼻を、ふんっ、と鳴らした。口についた泡を吹き飛ばしたかったのだろう。

『ここは、ぼくもだよって返すところよ。ねぇ、ビリー？　昔はうんざりするほど言ってくれたわ……好きだよ、アガーテ。どこにも行かないで、アガーテ。怖くておしっこに行けないよ、アガーテ』

「いい加減にしないか！」

ふと、アルスルがほほえんだ。

「……どうした？」

「……どちらも生きていてよかったなって」

ルカは、言わずにはいられなかった。

「あんたもだよ」

だれも見ていなかったら、アルスルを抱きしめている。

しかし。

「ありがとう、ルカ」

いつものように言ったアルスルは、肩を落とした。

ルカは落ちこんでいた。

無理もない。鍵の騎士団が、事実上、クビにされてしまったからだ。

（ダーウィーズのみんなは……ボスはなんて言う？）

バドニクス・ブラックケルピィ。

アルスルに仕える前の、ルカとチョコレイトのボスである。この男は二人を信頼してくれていて、二人もまた彼を尊敬していた。だからこそ、ルカは自分が情けない。バドニクスが娘のように可愛がっているアルスルを、守れていないからだった。

――〈ささいなる天象儀《プラネタリウム》〉。

昨晩、医者から妙な診断名を聞かされた。

最悪の想像もしたルカとチョコだったが、今朝のアルスルはというと、すこしだるそうにしているだけだ。ルカたちは心の底からほっとしたが、反省は山ほどあった。

なぜあのとき、ルカはアルスルを守れなかったのだろう。

あるいは、自分がスロースの盾《たて》になっていれば？　アルスルは自分の身を守ろうとしただろうか。

（なにが護衛官だ……）

罪の意識がわいてきて、まともに声もかけられない。

だが、一方でこうも思う。

（……どうしてだ？）

騎士団の長という立場にありながら、彼女はスロースの命を優先した。それだけじゃない。

アルスルは、ルカでも聖剣リサシーブでもない力——あの、走る王を頼った。

（あの……絶対の力を）

当初からわかっていたことがある。

あの大剣は——アルスルにしか使えなかった。

ほかのだれが触れても反応しないのだ。ただの乾いた角と骨であるだけ。大きすぎるし、虹《にじ》黒鉄《くろがね》ほど重くもないから、武器としてはほとんど役に立たない。しかし、アルスルが触れたときだけ。大剣はあの不思議な水へと姿を変える。

実戦で使われたのははじめてだったが、ルカも認めざるを得なかった。

（……圧倒的だった）

他の人外兵器とはわけがちがう。

騎士団の鍛冶職人長《ブラックスミス》であるチョコも、言っていた。

ただ一人の使い手しかいないという点をのぞけば、あの大剣こそ、自身の最高傑作になるだろうと。

（アビシニアン家だってそう思ってる）

チョコが鍛《きた》えた聖剣リサシーブが走訃王《そうふおう》を討伐したという点に、アビシニアン家は注目していた。だから、おなじ人間が鍛えた走る王もまた、サマエールに対抗しうる人外兵器ではないかと期待されたのだ。

あの大剣があればこそ。鍵の騎士団は、アンゲロス正規軍やシクリッド社との連携を許されたようなものだった。

(わかってるさ、わかってるよ)

それでもとルカは思う。

(アルスル……どうして、おれを頼ってくれなかった?)

それがさびしい。

――かすかな怒りさえ、あった。

昨日までのルカは、その感情を醜《みにく》いと思っていた。自分の無力から目をそらして、責任をアルスルへなすりつけているだけだからだ。――けれど。

ルカはアルスルの背を見つめる。

(いつも、あんたは一人で戦おうとする)

大きな力をもつからか。それとも、恐れをもたないからか。

アルスルを不思議だと感じるのはよくあることだし、その心がわからないこともしょっちゅうだ。だが、ルカはいま、これまで抱いたことのない想いに悩まされていた。

(あんたが好きだよ)

声にはださずに告白する。

（でも、あんたは……おれを信じていないのか？）

ルカは気づいていた。これは、傭兵が護衛対象へ抱く不満ではない。

男が女に、その心を求めるときのものだ。立場と気もちがまぜこぜになっているために、ルカは苦しかった。


城郭都市バスト。

バスト城の門前広場――。

ソマリ家が、アンゲロス軍と鍵の騎士団を招いて、ささやかな祝賀会を開いた。

城の大広間と門前広場に設けられた宴《うたげ》の席には、街の権力者だけでなく領民たちもやってきて、飲めや歌えの大騒ぎとなった。輪になって踊る者たちもたくさんいる。

「たくさんの命が天へ召された」

大佐のウィル・アビシニアンが乾杯のあいさつをした。

「おのれの命があること。そして命をかけてだれかを守った者がいたことを、どうか忘れないでほしい」

広場では薪を四角く組んで、大きな火がたかれた。

細い月と星が昇ったあとも、炎が絶やされることはなかった。

「見て、アルスル」

チョコレイトはずっと、アルスルによりそっていた。

甘いデザートが大好きなアルスルを連れてまわり、その口につぎつぎと菓子を放りこんでいく。アルスルがとりわけ気に入ったのは、ふたつ。

大広間にある、小舟のようなひし形をした、バストカリソン――ブドウの砂糖漬けとアーモンドを練り合わせた焼き菓子。外の広場でふる舞われている、ソマリタルト――サブレ生地にクルミと、生クリームやバター、砂糖とハチミツがぎっしりつまった焼き菓子だ。それらを一口食べるたび、アルスルの笑顔はいきいきとしていく。

ルカもチョコを見習いたいと思う。本当だ。

だが、アルスルを守らなければという思いが強すぎて、緊張が抜けなかった。キャラメリゼとコヒバがついているのに、心配を口にしてしまう。

「……姐御《あねご》、あまり人ごみは」

「あぁ……そうね、ごめんなさい」

「ルカ」

アルスルがつまんだ焼き菓子をさしだす。

ルカに食べさせようとしたのだが、なぜだろう、ルカは断りたくなった。

「おれはいいよ。あんたが楽しんでくれれば」

アルスルはなんどかルカに声をかけてきたが、ルカが護衛に徹していると、そのうちなにも言わなくなった。チョコがルカの肩をこづいてくる。

「……おとなげないことしないで」

宴を見物してから、チョコはコヒバを連れてウィルにあいさつをしにいった。アルスルは大広間の奥へ向かう。ルカは気を引きしめた。ソマリ家の当主――バスト伯爵であるムエザ・ソマリと静かに談笑していたのは、女公爵ヴィクトリア・アビシニアンだった。

「こんばんは」

「こんばんは」

少女と老女はシンプルなあいさつをかわす。

話にくぎりがついたのか、伯爵が立った。老年の男はアルスルにとてもていねいなあいさつをしてから、自分が座っていた椅子を勧めていく。ルカも席を外すか悩んだが、かまわないとばかりにヴィクトリアが一瞥《いちべつ》をくれた。少女は老女のとなりにかける。

「体はよろしいのですか？」

「はい。ご心配をおかけしました」

いくらかしてから、アルスルは自信をなくしたような声でつづけた。

「……ご迷惑も、おかけしてしまいました」

「いいえ」

男装の老女はたんたんと答える。

沈黙がおりるかに見えたが、しばらくしてヴィクトリアがたずねた。

「この空域《ヘブン》で……おまえの答えは見つかりましたか？」

「答え？」

「おまえは皇帝の剣か？」

アルスルは考える。

「……見つかりませんでした。けれど」

お世辞とも思えない無表情で、アルスルはつぶやいた。

「あなたのことは、すてきだと思いました」

ヴィクトリアが怪訝《けげん》そうな顔をする。

「あなたの街を見ました。あなたの戦いを見ました。あなたの部下を見ました。それでわたしは、あなたがなしてきたことのいくつかを、とても尊敬できると感じました」

少女はネコのようにじっと、老女を見る。

バストが解放された、その日。ヴィクトリアは市街地の復興に着手していた。

被害を報告させ、どういった支援ができるかシクリッド社のプラタとも話し合った。金と傭兵とアビシニアン猫をだすことで話がまとまり、そのあとは家や大切な人を失った住民たちをはげますため、バストを歩いてめぐっていた。

それが自分の義務だというように。

（マネできないよな……ほかのだれにも）

アルスルは言葉足らずだったが、それでも伝えた。

「ミセス・ヴィクトリア。わたしは……あなたの剣にならなりたかった」

公爵は目を丸くする。

それから、小さく首をふった。

「……おやめなさい。もう、そう長くはつづきません」

老女は椅子に立てかけている古い剣をなでた。いつもおなじ剣だ。ところどころすりきれた革の鞘《さや》には、男の名前が刻まれている。

「わたくしも……ひとつ思いましたよ」

祖母が孫へ話すように、ヴィクトリアは言った。

「おまえは優しい娘でした」

ルカははっとする。

アルスルが――動かなくなった。

「優しさだけでは解決できないことが、この世界にはあふれています。しかし……その優しさを必要としている者たちが、たくさんいるのかもしれない」

女公爵はこぼすように笑った。

「だれかに優しくすることを、あきらめてはいけません。そのためにも……おまえはわたくしより長生きしなくてはいけませんよ」

アルスルが自分の心臓のあたりをおさえる。胸を打たれたのだろうか。騎士が誓いを立てるかのような、おごそかな空気がただよったときだった。

「ミセス。お話し中ですか?」

ヴィクトリアに声をかけた者がある。

ノービリスだった。ルカは内心、そっとしておいてくれと思ってしまう。

「かまいませんよ」

「では、ミスにうかがっても？」

すこし妙だった。ノービリスは、いつものはりつけたようなほほえみを浮かべていなかったのだ。不愛想、とまでは言わないが、気負いがとれた顔に見える。

「ミス・アルスル……私と踊っていただけますか？」

アルスルは顔を上げる。嫌な予感がした。

「……よろこんで」


皇子のリードは前とちがっていた。

すこし下手になったと感じたのは最初だけで、ただ、ノービリスがアルスルに合わせているのだとルカは気づく。前回のように、無理をさせて完璧なリズムをとらせるのではなく、アルスルのつたないテクニックをカバーするだけ。

そのためだろうか、アルスルもリラックスして踊れていた。

どちらもドレスやスーツではなく、いつもの服——人外使いが狩りにでるときの狩猟服《ハンティングウエア》だったからかもしれない。貴族の洗練された社交ダンスを見る機会などない民衆たちは、うっとりと皇子と英雄をながめては、はやしたてる。

『まぁ。すてきね』

一瞬、ルカはその黒犬がだれかわからなかった。

シャンプーを終えたアガーテだった。

ぎとぎとだった縮れ毛は、漆黒《しっこく》の絹のようだ。しっとりうるんだ瞳に負けないほど、つやつやとかがやいている。首にはダークグレーのレースのリボンが結ばれていて、大輪の花のように華やかだった。ルカは口笛を吹く。キャラメリゼも称賛した。

『きれいだよ、アガーテ！』

「美人じゃん」

『ありがとう。知っているわ』

アガーテは得意げに、ふんっ、と鼻を鳴らす。

メス犬は前回も、宮殿のすみっこで二人のダンスを見ていたそうだ。

『ビリーはアルスル＝カリバーンをお嫁さんにすればいいと思うわ。彼女は優しくて、とても強いのだもの』

ルカはどきりとした。音楽が終わり二人が戻ってくる。護衛へ戻ろうとしたルカに、ノービリスは言い放った。

「外せ」

皇子は大広間に面したテラスを示す。アルスルはルカを見なかった。――ルカのためだろうか。あえてそうしたように見えて、ルカは不安になった。キャラメリゼとアガーテがついていっても、ノービリスはなにも言わない。

『僕たちがいるから平気さ……』

ルカは一人残された。

——いや。そうでもない。

『その耳は飾りか‼』

バリトンの声が吐き捨てた。ルカはおどろいて大声をあげそうになる。

皇子がアルスルの腰に触れているのが我慢ならないらしい。肩のプチリサは、そばの豪華な階段をにらんだ。

「……お、おう」

急き立てられるように二階へ上がったルカは、窓へよる。

夜と、庭に生えた大きなリンゴの木の枝葉が、うまい具合にルカを隠した。声が聞こえるほど近づいたときである。

「どうして？　わたしは失敗したのに」

アルスルがたずねた。

「失敗などと。アンゲロス公爵があなたの騎士団を気に入らなかったというだけのこと。せめて、すべての地域をおとずれてから結論をだすべきでは？」

ノービリスはアルスルに向き合った。

「だから改めて……あなたに結婚を申しこみます」

ルカは殴られたような衝撃を受けた。

アルスルは返事をしない。ノービリスがつづけた。

「気が進まないか？　前にも話したとおり、私とあなたの結婚は、おたがいの家と城郭都市を守るだろう。いまの皇帝はすくなくとも、わが父なのだから」

そんな話をしたことがあったのか。

ルカの頭にどくどくと血がめぐって、熱くなる。耳が聞こえなくなるほどだったが、ノービリスのつぎの提案は、ルカを打ちのめした。

「では、こうしようか」

皇子は平然と言ってのけた。

「私に見えないところでなら、あなたは愛人をもってよい。たとえば……あのメルティングカラーでも」

すべてを許すような声だった。

あの青年からでたとは思えないほどおだやかな声だが、あまりに殺伐としている。ルカが窓から身をのりだしたときだった。ノービリスがアルスルに触れた。アルスルはさっと身を引こうとしたが、皇子はやや強引に少女を抱きよせた。

ルカはここへきたことを後悔する。

アルスルは——ノービリスに口づけされていた。

身をよじった彼女は、やがてあきらめたように力を抜いてしまう。

なぜ、と。聞きたくてしかたがなかったが、ルカはすぐ失望する。アルスルは——ルカがおなじことをしたときも、ただ受け入れてくれたからだった。
耐えられなくなって背を向ける。ルカにとっては、あまりに長い接吻だった。
(貴族)
ルカはようやく自覚した。
(……あいつら)
これは、黒い肌をもつ貴族たちへの——アルスルへの不信感だった。
(あんたが好きだよ)
声にはださずに告白する。
(だけどさ……)
ルカは拒絶した。
「おれとあんたは……ちがうもの、だ」

聖なるかな。
聖なるかな。
聖なるかな。

視界が暗転する。
つぎの瞬間、照明がついたようにあたりが明るくなった。小さい光が、白い床を丸く照らしている。

「……ハイ」

楽団ひとつをならばせられるほどの舞台。

豪奢《ごうしゃ》なひじかけ椅子に座っていたルカは、力なくあいさつする。

目の前には。

やはり、あの双子がかけていた。

「ハイ、ルカ！」

「ハイ、色男！」

あいかわらず気味が悪い。気さくに手をふった双子は、楽しげだった。

「われわれは、注意深くおまえを見てきた」

「われわれは、おまえを気に入りはじめている」

「……そりゃどうも」

おたがいの膝に抱えた本をのぞきながら、双子はひそひそと耳うちをする。どうやら劇場のプログラムから、でてくる役者や物語の結末を予想し合っているようだ。ルカ、花嫁、スロース、ヴィクトリア、ノービリス、ミカエル、サマエール——プラティーン。

そんな言葉が聞こえてくる。

「なぁ」

恐怖をおさえこんだルカは、思いきってたずねた。

「そういえば、あんたたちの名前を聞いてなかったと思うんだ。もしよければ、教えてくれないか?」

ぴたりと。

双子がブロンズ像のように動かなくなった。

ルカの肌が総毛だつ。二人は——天をあおいで大笑いした。

「われわれに、名はない!」

「われわれに、歌はある!」

ぱちんぱちんと両手の指を鳴らして、双子は口ずさんだ。

「サンクトゥス、サンクトゥス、サンクトゥス!」

スイングするようにゆれてみせるが、その歌いだしは、讃美歌のものだった。

「星のごとき瞳をもつ者……多眼。天主の目」

「星のごとく夜をとぶ者……多翼。天主の乗りもの」

ルカはあきれる。

「……変わった歌だ」

しかし、双子はその歌を気に入っているようだ。

最後は立って向かい合うと、たがいの右手と左手をとった。

「われわれは、善でも悪でもない」

「われわれは、ただ、天秤をかざして問う者である」

それはまるで。

創造主の使い——天使だと、ルカは思った。

空いた手で、片方はハーブティーが入ったティーカップを。片方は白ワインが入ったクリスタルグラスをとる。

「さぁ、今宵《こよい》も！」

「問うぞ、ルカ！」

右の双子がたずねた。

「……嘘の言葉があっても、女の心を信じられるか？」

左の双子がたずねる。

「……女に裏切られ、恥をかくのが怖いか？」

ルカの心臓が跳ねた。

アルスルの顔が浮かんでいた。

(おれは)

双子がやってくる。二人は左右から問いかけた。

「おまえにとって……愛とはなんだ？」

14

プラティーンとスロースには悲しい過去がある。

二人の故郷は、旧城郭《じょうかく》都市トフェニス。

プラティーンは孤児だった。親は覚えていない。妹と二人、もの心ついたときにはゴミ捨て場を漁《あさ》っていた。その妹も、病気にかかって五歳で死んだ。ずっと汚いところにいたし、干からびたように小さかったからだと思う。

スロースはいつも親に叩かれていた。彼はゆっくり動くし話すから、バカとか、このうすのろと怒鳴られてばかりだった。たんこぶや火傷だらけの体で、レンガを運ぶ仕事をやらされていた。トフェニスにはそんな子どもばかりだった。

都市はオオワシの襲来に備えることもできないほど貧しく、やがて陥落した。街の崩壊後、孤児たちはグループを作ったが、生き残ったのはスロースとプラティーンだけ。

そうした孤児を見かねて手をさしのべたのが、アビシニアン家だ。

城郭都市アンゲロスにやってきた二人は、ヴィクトリアの支援によってシクリッド社が設立した教育機関で学んだ。

「ヴィクトリア様に感謝すること！」

先生たちの口ぐせだ。

だから、はじめてアンゲロス公爵を見たときは体が震えた。

創造主とはこんな人だろうと思った。熟年の人格者で、公平で、絶対にまちがえない。彼女の前でプラティーンが犯してきたいくつもの罪――嘘、盗み、売春について告白したくなったこともある。

ヴィクトリアのすごいところは、告白なんてしなくても、プラティーンの弱さをわかっていてくれたことだった。トフェニスに限らず、貧しい城郭都市で横行する罪と貧困――孤独という名の悪魔を、公爵はいやというほど見てきた人だった。

（公爵様の役に立ちたい）

心にはじめて、善いことをしたいという願いが生まれた。

ヴィクトリアへの尊敬が、プラティーンを奮い立たせたのはまちがいない。卒業後、彼女は空域《ヘブン》の副支社長にまでのぼりつめた。

だがそれは、弱さを克服できたということではなかった。

むしろひどくなったかもしれない。力をつけるほど、プラティーンの富への憧れもまた、膨れあがっていった。

（金、金、金）

優れた美術品も。凝った装飾品も。

本当はそのよさなんてなにもわかっていない。すばらしいとも思わない。

でも、ないと落ち着かないのだ。

（だってあたし）

ずっと足りないものだらけの人生だった。

そんなことはないと、ヴィクトリアは言う。おまえは努力をたやさず知恵と教養を身につけました、だから自信をもちなさい——ほかの弱き者たちを導きなさい、と。

（いやよ、そんなの！）

めんどうくさい。

第一、スロースから離れるなんて。考えたくもない。

——でもときどき。

「ねぇ？　あたしまちがってる？」

そう思うことも、ある。

「スロース、どう思う？」

言葉がほしい。

抱擁《ほうよう》がほしい。

しかし男は、どちらもくれなかった。

（……あぁ、スロース……!!）

心の底では。

プラティーンは、スロースへの深い愛情を抱いていた。

しかし、口にしたことはない。スロースがそばにいるとプラティーンの心は安らぐ。けれどやはり理解できない言動が多すぎて、不安になることも多かった。

(きっと……彼もわかってる)

スロースは、人外《じんがい》類似スコアをもつ人間のなかでも特に感情の起伏がない。

プラティーンと笑い合うことも、男女の関係になることもできない――彼女が望む幸せを与えられないことを、おそらく彼は知っていた。

だから。

プラティーンの心はもっとすさんでいく。

スロースは兄か弟のような存在だ、そう自分へ嘘をつくことに疲れていた。


いつもの空耳があって、スロースは目を開いた。

ミカエルを確認する。古い魚を食べ終えたハクトウワシは、のんびり羽づくろいをしていた。

バルコニーに傷んだ魚の身が散っている。

彼はふと、あの日のことを思いだした。

そう、こうして散っていた。ともに狩りをする同僚たちや、荷運びや身を守るために連れていた最大種の――肉片が。

海辺の浜に。

夕暮れだった。

一番星がまたたいていて。

なのに、たくさんのオオワシに襲われた。食い殺された。傷ついたスロースが、あの影を踏んだとき――彼はもう、豪奢なひじかけ椅子に座っていた。

ずっと夢に見ていた存在が問うた。

おまえは何者《だれ》だ――？
おまえの心はどこにある――？

そんなものはないと答えかけて、彼は迷った。

（自分、は……スロース？）

いつも彼女がそうよぶから。

自己というものがあるとすれば、彼はスロースかもしれない。

（心、は……？）

それがなにかさえ、はっきりしない。だが、彼女ならいつものように教えてくれるだろう。

彼がほしいもの、彼がすべきこと。そう思ったスロースは、気づいた。彼が自己について考えるとき――かならず一人の女が道しるべとなることに。

（……逆だ）

彼女がいなければ。

（……スロースは存在しない）

彼自身も。

その心も。

そこまで思いだしたとき、腹の虫が鳴った。時計を見る習慣はないが、昼すぎだろう。反射的な食欲を感じたとたん、胸がざわつく。

（食べもの）

それがなぜ――まだ、与えられていないのか。

スロースはぽそりとよんだ。

「……プラティーン？」

いつもなら二人分の食事をもってここへきている。遅れるときは、そう伝えていく。スロースはもういちどミカエルを確認して、大事なことを思いだした。

（……影）

ミカエルは、イヌネコ人外には反応しない。

彼らが影を操れないからだ。外敵を目視するか、その音を聞きつけるか、影が変質するときの違和感をとらえて、ミカエルは警戒する。人外そのものを感知しているわけではないのだ。

たとえば人外がべつの生物に擬態して、縄張りに侵入していたとしても。

（その姿を変化させないのであれば……ミカエルは動かない）

それでうまくいっていたはずだ。

しかし。


見せろ、おまえの心を――。

示せ、おまえの意思を――。


（……あの王は言った）

目を閉じると、スロースはおき上がった。


強い海風が、城のエントランスまで吹きこんでくる。

嵐を予感させる風に髪をなぶられても、アルスルは身じろぎしなかった。

「審判の天秤……か」

双頭のワシを、あおぐ。

ブラックオパールの瞳はオーロラそっくりで、不思議な色合いにかがやいていた。こちらの心を見透かしているかのようだ。アンゲロス公爵に力を認めてもらえなかったことを思いだして、アルスルはうつむいてしまう。

（……また、みんなをがっかりさせた）

明日の夜。鍵の騎士団は、アンゲロスをおりることになっていた。出発の準備も終わり、気球の群れはいま、近くの専用港をめざして西へ進んでいる。

アルスルがふたたびこの都市へやってくるのは、いつになるだろう。とても先かもしれない。

（せめて……よく見ておかなくちゃ）

街へ行こうか。それとも、アビシニアン猫の訓練を見せてもらうべきだろうか。アルスルは迷う。だが、どちらにせよしなければいけないことがあった。

（ルカを探さないと）

いよいよ心が重くなって、アルスルは肩を落とす。

バストでの作戦が終わってからというもの、ルカとは妙にぎくしゃくしていた。避けられることもある。アルスルはとても困っていたが、いつもの彼を思うと、こちらがなにかしてしまったのかもしれない。

（……あのキスだろうか？　でも……）

祝賀会で、ノービリスが二回目のプロポーズをしてくれた。義父との約束は守れそうだとほっとした一方、アルスルの心は、嵐のようにめまぐるしくゆれている。

「結婚……」

頭に浮かぶのは、ルカのことばかりだった。

「……愛人、だっけ」

アルスルは処女である。

恋、をしたことも——そこで、アルスルの心臓がとくんと鳴った。

（……恋かどうかはわからないけれど）

ひとつわかったことがある。

（ノービリスにキスをされても……うれしくはなかった）

また皇子の機嫌をそこねないよう、抗《あらが》わなかっただけ。だがもしかすると、プレイボーイだと言われているルカには気づかれてしまったのかもしれない。

「……そんなにいけないことだった？」

ルカを探しつつ肩の白猫にたずねたが、そっぽを向かれる。なでようとすると、プチリサはアルスルの手をかいくぐって地面へおりてしまった。ご機嫌ななめらしい。そのままどこかへ行ってしまう。アルスルはため息をついた。

（どうすれば伝わるだろう？）

こういうとき、アルスルは困り果ててしまう。おなじ人間であるはずなのに、他者の心はとてもむずかしく考えられたパズルのようで。

（……ルカが大切なのに）

外壁のレンガに頬杖をついたときだった。

城門を見下ろしたアルスルは、つり橋のたもとに人影を見つける。

（あ）

ルカとプラティーンが話しこんでいた。副支社長と護衛官だから、それともおなじ会社の人だからか。二人がよく会っていることをアルスルは知っていた。

(いた、けど……声をかけづらい)

ルカとプラタは、どこか雰囲気が似ているからだ。

メルティングカラーで、美男と美女で、歳も近いかもしれない。二人が話しているだけで、独特の親しさ——仲間意識みたいなものを感じることもある。

ふいに二人が笑った。アルスルは息をのむ。

(笑ってる)

あぁ、やっぱり。

ルカはきれいだと、アルスルは思った。

どういうわけか踵《きびす》を返す。

(……よそう)

(ルカはこのごろ……わたしといても笑わない、し)

傭兵だからしかたなく、アルスルを助けてくれているのかもしれない。——そう考えてしまったとたん、アルスルはみるみる自信を失った。

実の親にさえがっかりされつづけてきたアルスルだ。

騎士団長としての初仕事も失敗している。そういえばあのときも。だったら、あのときだって。ルカはずっとがっかりしていたのではないだろうか?

(わたしを……好きではないかも、しれない)

キスのことだって。

（ルカは……だれとでもキスをする人だった、し）

出会ったばかりのころを思いだしたアルスルは、なんども頭をふった。

城の自室へ戻ると、聖剣リサシーブを腰にさし、剣の形をした走る王も背にかついだ。その上からマントを羽織って、顔を隠す。キャラメリゼとコヒバは目立ってしまうのでおいていこう。チョコ宛てのメモを残して、べつのつり橋から街へ向かう。

青い空は澄んでいた。

だが、南には黒ずんだ雲がたちこめている。

その雲の向こうから——不気味な影の群れが近づいてきていることに、アルスルもまた気づいていなかった。


頭のなかをからっぽにしたくて、たくさん歩いた。

市場、住宅街、酒場や広場、娯楽施設や公園。見られるものは見たと思う。アルスルは散歩が好きだった。なぜか今日は楽しくならなかったけれど。

風がでてきたのは夕方だった。

監視塔からラッパが吹き鳴らされて、アルスルは顔を上げる。

「市民のみなさん！　急いで帰宅してください！　間もなくすべてのつり橋が外されます！」

家からでないようにと、シクリッド社の社員は大声でくり返していた。街の人々があわただしく動きはじめるのを見て、アルスルもそれにならう。

(戻らなきゃ)

城へつながるつり橋へ急いだときだった。

ぐいと腕をつかまれる。ぎょっとふり向いて、息が止まった。

「……ヘイ、見つけた」

ルカだった。すこし息切れしている。

彼と目が合った瞬間、リードを嫌がるイヌのように、アルスルは反対の方向へ体重をかけた。むっと顔をしかめたルカが、アルスルをつかむ手に力を入れる。

「急いでくれ。嵐がくるってよ」

言わないだけだ。彼が怒っていると感じて、アルスルは抗った。自分でもなぜそうしてしまうのか、わからない。ルカが舌打ちした。

「アルスル」

「いやだ」

「なにがだよ」

わからないから。

「言葉にしてくれないと……わたしには、あなたがわからない」

ルカがはじかれたようにふり返る。

「急いでください！　つり橋が外されます！」

ラッパの音がこだまする。

「……おれだって、あんたがわからない」

アルスルははっとした。

つり橋へ向かおうとしていたルカは、とつぜん反対の方向へ歩きだす。

連れていかれたのは大通りの裏――人の気配がない墓地だった。

アンゲロスでは変わった葬儀をしていて、死んだ人の棺を海へ沈める。だから墓地に死者が眠っているわけではない。きれいに剪定された植木と芝生の庭には、虹黒鉄《にじくろがね》でできた十字の碑《ひ》がいくつもたっていた。その陰に、アルスルは連れこまれる。

ルカの唇が、アルスルの唇に触れていた。

はじめはツグミがついばむように。だんだん、カラスのごとく大胆になる。その後は――ワシみたいに激しく貪欲《どんよく》だった。

(……前とちがう)

胸板をタップしてもキスをやめない。それどころか、もっときつく抱きしめられる。

アルスルは怖くなった。

(……けれど)

乱暴でいいから――ずっと触れていてほしい、とも思う。

アルスルは自分の願いを浅ましく感じたが、正すことができなかった。

子猫が母の乳をむさぼるように、なんども口づけをほしがる。そのせいだろうか。ルカからは、どんどん優しさが蒸発していった。

(憎まれている……?)

彼の抱擁は力まかせだった。アルスルを壊そうとするようで、しかし、絶対に放そうとはしない。空腹の獣《けもの》がアルスルを食べたがっているみたいだ。

(……ほしがっている)

ルカの望みを叶えたい。

たとえそれが、アルスルのためにならないことだとしても。

自分の気もちを伝えるため、アルスルは手をのばす。両腕をルカの背にまわして、力をこめたときだった。

ルカが痙攣《けいれん》した。

アルスルのゆがんだ願いが伝わってしまったのだろうか。キスをしたまま、岩のように固まってしまう。二人が離れたのはずいぶんたってからのことだった。

「……嫌なら、そう言ってくれよ」

「……え?」

嫌なことなどひとつもない。だって。

「わたしはあなたが」

「なら、どうして笑ってくれない?」

アルスルは泣きたくなった。ルカが、悲しげに顔をゆがめたからだった。

「あんたはきれいに笑うようになった。本当さ……なのに、おれの前では悲しそうだ」

彼は目を伏せた。

「あんたが好きだよ」

アルスルの心臓が震える。

キスをしたいと思うほど好きなひとから、好きだと言ってもらえたから。

「でも、やっぱり……おれじゃ、あんたをわかれない」

ぽつりとこぼすと、彼は背を向けた。

(ル、カ)

行かないで、と。

そのひと言が口にできない。

いま、彼と自分の心が、とりかえしのつかないほど離れてしまった。そう思えて、アルスルの胸が張り裂けそうになったときだった。

ルカが立ち止まった。アルスルもどきりとする。

暗い墓地を。

銀髪の女が横切った。

女の足どりはふわふわしていた。

酔っているのだろうかと思ってながめていると、墓地の外れにある展望台から、べつのだれかがあらわれる。ルカの顔が険しくなった。

「……スロース、か?」

木々の葉の向こうに見えたのは、たしかに赤毛だった。

なら、あの銀の髪をした女は。

「プラタ……?」

二人とも、なぜこんなところにいるのだろう。貝の塔で一緒に暮らしているのに。

「……変だ」

そこからは、ぴたりと息が合った。決別するような痛みを与えあったばかりなのに、風をまとって足音を消したアルスルとルカは、左右から男女へ近づいていく。

声が聞こえるほどそばまできて、アルスルはうなずいた。

女はやはり、プラティーンだった。

彼女は赤ん坊のように両手をのばす。それを抱きとめたスロースが、抱擁した。見てはいけないものを見てしまった気がして、アルスルは視線を泳がせる。

それは恋人たちの逢引だった。

スロースはプラタにキスをする。額や首、もちろん唇にも愛情深い口づけを贈った。

——なにか、おかしい。

(彼は、あんな風にプラタを愛するだろうか)

スロースが夜空をあおいだ。

「きた」

「え……?」

プラタが不思議そうな声をあげる。

つられて上を見たアルスルとルカも、気がついた。

黒い翼を羽ばたかせたハクトウワシと男が、おりてくる。暗闇でも、リンゴのように赤い髪をしているのがわかって、アルスルはおどろいた。

スロースだった。右手にあのダイヤの大盾《おおたて》をもっている。生垣にひそむルカを見たが、彼も顔を横へふっていた。幸福そうだったプラティーンから血の気が引いていく。

二人のスロースはそっくりだった。

——いや、決定的にちがうところがひとつだけ。

(ミカエルを連れているほうが……本物だ!)

着地したスロースと自分を抱くスロースを見くらべたプラタは、声を震わせた。

「あなただれ?」

アルスルが両手を剣にかけたときだった。

「止まれ」

ミカエルを連れていないほうのスロースが、言った。

アルスルと、一歩でようとしていたスロースが立ち止まる。

突風が吹いて、ちぢれた赤毛がなびいた。どちらのスロースの顔もはっきりと見える。アルスルはおののいた。ルカも凍りつく。

女を抱いている男の、右の眼窩《がんか》は――からっぽだった。

左目が、毒々しい紫に発光している。ひ、とプラタののどがなった。

「ユニコーンの花嫁よ、前へ」

アルスルが隠れる花壇をながめて、彼が言った。見破られているとわかったアルスルは、しかたなく姿を見せる。スロースの顔をしただれかは――男でも女でもない声で嗤《わら》った。

ぴき、と音がする。

卵にひびが入るように、男の背を割って黒いなにかが生えてきた。

女の腕にも見える――両翼だった。

（……天使）

ミカエルを従えているだけのスロースとは、ちがう。

本物の翼だ。人ではないことを隠そうともしない存在を、アルスルは妙に思う。

「……サマエール」

腰の小剣、背の大剣に両手をそえたまま、たずねた。

「なにを考えているの？」

スロースの顔がにたりと笑う。

「花嫁よ……秘密を知りたくはないか？」

「……秘密？」

「ミカエルが人間に仕えるわけ……まやかしの絆の、正体を」

アルスルは困惑する。人外はプラティーンの首をわしづかみにした。みしりと音がして、細い体がきしむ。彼女は悲鳴をあげることすらできなかった。

「プラタ！」

『赤毛の役者よ……問うぞ』

天秤《てんびん》のように両翼を広げると、人外は嗤った。

『この女か？』

からっぽの眼窩がのぞきこむ。

『その秘密か？』

本物のスロースが目を細くした。

『選べ。さすれば、選んだほうの命は助けよう』

サマエールがなぜそれを問うのかわからないために、アルスルの判断が遅れる。

同時に、とまどった。

（……わたしがスロースなら？　どちらを選ぶ？）

まわりとはちがう形でも。二人が愛し合っていることは、わかる。

『見せよ！』

プラティーンが必死に首をふる。

『示せ!!』

見捨ててくれと訴えるように、彼女は抵抗をやめていた。

スロースは動かない。

いや。

「……見せるとき。示すとき……」

強くなってきた風に、ため息がかき消される。

赤毛の男はミカエルをなでた。

「セラフィム……隕星王《いんせいおう》は」

優しいが、悲しげな声でもある。

いちども舞台に上がっていない王について、スロースは断言した。

「遠からず、失われることが決まっている」

15

『ヴィッキー』

レンガ色の体毛が逆立つ。

それを目にした瞬間、ヴィクトリアは立ち上がらなければならないことを直感していた。しかし、老いた体が思考に追いつかない。

ようやく腰を上げたヴィクトリアは、アビシニアン猫の視線を追う。

南から嵐が近づいていた。黒い雲のように見えていたはずのそれが、異様な速さで形を変えている。いつもとおなじ戦《いくさ》の予感しかしなかったが、背を丸めたアビィ＝グラビィは、いつになく緊張していた。

「どうしたのです」

『わからないの？　ヴィッキー』

はりつめた口調だった。

ヴィクトリアはじっと目を凝らしてから、眉をひそめた。

暗い空に、天の川そっくりな光の帯が浮かんでいる。そのすべてが、白くかがやくかぎ爪をもったオオワシたちだった。

文字どおり、星の数ほどもいる。

(なんという数……!)

人外《じんがい》たちは、城郭《じょうかく》都市アンゲロスへ直進していた。

『のまれるわよ、このままじゃ!!』

これほど近づかれてなぜ、警報のラッパが鳴らないのだろう。

いや、それより。

「スロースはなにを」

「公爵閣下!」

執務室に駆けこんできたのは、シクリッド社の社員だった。

「支社長と副支社長がたずねてきませんでしたか?! ミカエルもおりません!」

ヴィクトリアは耳を疑った。


貴腐《きふ》ワイン色の瞳が、ぎろりと動く。

するどい眼光を一身に受けてなお、スロースはくり返した。

「隕星王《いんせいおう》は、もう百年としないうちに眠りにつくことが決まっているという」

「眠り……?」

「滅びだ」

アルスルは城郭都市ダーウィーズで教わったことを思いだす。

Nテストを考案した人外研究者のワイマラナァ姉妹は、人外動物界十二門、一万体の人外へヒアリングを行い、成果を論文にまとめた。

それによれば。

王の名を冠した人外の多くが、やがて眠りにつくという。

休眠するのか、死ぬのか、べつのなにかへ変態するのか。真相はわからない。だが人外王とは、特別な叡智《えいち》――〈大いなる〉ギフトを継いだ人外に贈られる尊称とも言われる。

〈大いなる美女と騎士〉。

〈大いなる黙示文〉。

〈大いなる聖槍《せいそう》〉。

第五合衆大陸でも、さまざまな力が確認されてきた。

（人間にはない……偉大な力）

だが人外にとっても、強大で異質な力であることにはちがいない。人外王は、〈大いなる〉ギフトの負荷にたえるため眠りにつくとワイマラナァ姉妹は仮説を立てている。

配られた台本を読むように、スロースはつづけた。

「この眠りは、永遠というほどに長い。自らの運命を悟った隕星王は、永久《とわ》の退屈をまぎらわすため……夢の物語を探すようになった」

「……夢の物語？」

かすれた声でルカが聞き返す。

スロースは、哀れみとも親しみともとれる視線をルカへ送った。

「人間の殉死者だ」

アルスルは悪寒に襲われる。

「ともに死んでくれる人間を……王は、探しているというの？」

スロースは黙りこむ。

その瞬間、プラタが悲鳴をあげた。

嬲《なぶ》るように、サマエールが女の乳房から腹の肉を引っかいていた。人ではありえない力に裂かれた紅茶色の肌が、血で染まっていく。スロースはふたたび口を開いた。

「……そうではない」

アルスルは気づく。

ミカエルの瞳が、奇妙に変色していた。

まろやかな金色だったはずの瞳が、にごって黒ずんでいる。白目さえない闇色の眼球に、ちりばめられた星のような白い粒が浮かんだり消えたりしていた。

さながら固唾《かたず》をのむように。

「人外は、脳を喰うことで……その記憶を読みとれる」

生物の脳にふくまれる神経組織を多く摂食——消化・吸収した個体ほど、本物と見わけがつかない高度な擬態をする。

人智をこえた人外たちの味覚が、それを可能にする。

「喰われることで、記憶として反芻《はんすう》される……楽しい夢を見せてくれる人間を、隕星王は欲している」

人間の記憶。

「人生という名の物語を」

アルスルは奇妙に感じた。

「獣《けもの》たちの王が……なぜ、そんなことを？」

「あの王はたとえ短い命でも……流れ星のように激しくまたたいて消えていく人間に、興味をもっていた。そしてすでに数十人を選んでいる」

理解できない存在を受け入れた目で、スロースは黒い天空をあおいだ。

「サイモンソン、イブンアブド、ウィリアム、ソフィア……師を裏切った会計士、指導者として戦った商人、芸術の高みへとのぼりつめた詩人、弱き者のために体をささげた娼婦。そしてたくさんの人間たちが、王の目にとまり……」

スロースは肩のミカエルに触れる。

「聖痕を授かった」

ハクトウワシのかぎ爪が、十字架座《クラックス》のようにかがやいた。

「ルシフェル、ガブリエル、ウリエル、アモル……いずれも天使の名をもつ眷属《けんぞく》であり、王が見初めた人間を守護するための十字架《タリスマン》だ」

「……ミカエルも？」

ならば。

スロースも、また。

「あなたも喰われると……？」

「いずれ」

ルカが青ざめる。プラタの顔もはっきりと引きつった。

ところが赤毛の男には、遠い先のことを語るような余裕があった。

「選ばれた人間たちは……たしかに喰われている。だが、みな老人だった。隕星王は選んだ人間の人生に厚みをもたせるため、すぐには殺さず、天寿をまっとうさせる……物語を完結させることにこだわっている」

ミカエルがなぜスロースにだけ従うのか。

その理由が見えた気がして、アルスルはおののいた。

アルスルなら、それを聖痕とはよばない。だってまるで。

「目印《メルクマール》……」

獣のマーキングだから。

（それを無視すれば……どうなる？）

オオカミなら歯をむきだしにして。ヒョウなら上から。襲いかかってくるだろう。正解だというように、スロースはうなずく。

「眷属の下賜《かし》は、王と人間の契約が成立した証」

「契約？」

「隕星王自身と眷属を守るための、誓約」

スロースはプラタを見つめた。

どこか――名残をおしむような目つきだった。

「王が眠りにつく未来を、だれにも話してはならない」

アルスルは総毛だった。

ごん、と音がする。スロースが大盾《おおたて》を手放していた。

すべての秘密を明かしたとばかりに、彼は両手を天へとのばす。

「話せば、遣わされた天使が、その人間を隕星王の巣へ連れ去るだろう……即刻、王が喰うために」

死神がおぞましい嘲笑《ちょうしょう》をあげた。

人の姿をしていた体が、影色になる。解放されたプラタが倒れこんだ。

サマエールがどろりと溶けて、跡形もなく消えた――刹那《せつな》。

『時がきた』

ハスキーな女の声が頭へひびいた。

「……え？」

これまでいちども聞いたことがない声だった。

『スロース』

ミカエルが影に溶けて、膨らむ。

一対の巨大な翼が、天を隠す緞帳《どんちょう》のように広げられた。

『こんな幕切れとは……興ざめだよ』

クジラほどの大きさに戻ったミカエルは、広葉樹の枝くらいもあるかぎ爪で、スロースをわしづかみにしていた。

「……行かないで、スロースッ!!」

血まみれのプラタが叫ぶ。

「プラティーン」

はじめて。

スロースがほほえんだ。

「……どうか幸せで」

赤毛の男は、またたく間に影にのまれた。

オオワシが飛翔《ひしょう》する。ルカでさえ後ろへたたらを踏むほどの突風がおきた。悲しくなるほどあっけなく、ミカエルは夜空の彼方へ消えてしまう。

その直後だった。

どん、という轟音《ごうおん》が、アルスルを震わせた。

空を東西へ裂くような火柱が立ったかと思うと、白い熱気球のひとつが爆発する。

燃える太陽のようだった。丸い気球の半分まで炎が広がったところで、高度が落ちる。アルスルは心臓を貫かれるような衝撃を受けた。

吊り下げられていた市街地が、がらがらと崩れながら落ちていく。

家が、市場が、公園が——大人も、子どもも、ネコも。

最後には、すべて海のもくずとなった。命のひとつひとつが失われていく瞬間がはっきりと見えて、アルスルはわなわなと震える。

「どうして……?!」

小さな光が視界を走った。火の粉ではない。

かがやく爪をもったオオワシが、おどろくほど近くを滑空していた。十、五十、百、それ以上の数の猛禽類《もうきんるい》たちが、流星群のように飛来している。

「……ミカエルがいなくなったから……?!」

空高く舞った一体が、となりの赤い気球めがけて降下する。白い爪でほうき星《コメットスター》のように雲を引きながら、ワシは熱機関塔——高炉に突っこんだ。

閃光《せんこう》が走る。

雷鳴に似た爆音があり、炎のかたまりが要塞を丸のみにしていた。

アルスルがプラタに駆けより、その上からルカがおおいかぶさる。熱い爆風がやってきた。

アルスルは死を覚悟したが、虹黒鉄《にじくろがね》の碑《ひ》が盾になって、三人は無事だった。

「……ルカ」

おき上がったアルスルは、空を警戒する。

「プラタの止血」

ルカが手当をはじめたときには、そこら中、火の海になっていた。

オオワシたちの襲撃は、これまででもっとも激しかった。

いや、過去にもあったかもしれない。しかしミカエルの迎撃が当たり前になりつつあったアンゲロスは、大混乱に陥っていた。

アンゲロス軍は市民を避難させようとしている。だが、シクリッド社はあわてふためいて消火をしようとしていた。それもそのはずだ。市街地のはしまでやってきたアルスルは、戦慄した。

「……貝の塔、が……！」

ホネガイの形をした塔が炎に包まれていた。

ぼん、と爆炎があがる。髪の毛先を焦がすほど熱い風が吹いた。積んであった火薬に引火したのかもしれない。塔が業火にのまれていくのを目にして、ルカも顔をゆがめた。

「そ、んな……」

青い気球が、海へと落っこちていく。

ルカに抱えられたプラティーンが、絶望の吐息をもらした。

彼女が積み上げてきたもの——美術品や装飾品、たくさんの部下と兵器——いろいろな形の成功が、たちどころに焼き消えていく。

「……あたし、なんてことを……」

「あんた、どうしてあんなところにいたんだ⁉」

「お、覚えていないの……！」

プラタは錯乱していた。

「天秤《てんびん》の城で、ミセスとの話し合いを終えてから……塔へ戻ろうとこの気球を中継していた、はずよ……それで……広場の角を曲がったときに」

紫の光を見たという。

「気がついたら墓地にいて……とっくに日が沈んでいたし、不安になったとき、赤毛のだれかがいるのを見つけたの！　スロースだと……スロースしかいないと、思って！」

スロースであってほしかったと。

しゃくりあげながら、プラタは告白した。

（……サマエール）

人の心をよく見ている。

「監視者《ウォッチャー》、か」

人が罪を犯さぬよう監視する者——。

アルスルよりよほど、老いた人外は人間の弱さを見抜いていた。

空を目で追ったアルスルは、近くに天秤の城がきていることを確認する。

ひときわ大きな金色の気球は、人外の猛攻にさらされていた。城壁のところどころにオオワシがたかって、人やイヌネコを殺している。だがほとんどの場所では、バリスタや投石器で応戦していた。

（公爵もチョコも、騎士団のみんなも……あそこで戦っている！）

アルスルの足がすくむ。

それでも戦場へ行かないという選択肢は、なかった。

「ルカ」

「……行くのか」

話す前に返されて、アルスルはふり返った。アルスルをわかれないと言ったはずの彼は、わかっていたとばかり肩をすくめる。

「死ぬかもしれないぜ？」

「うん」

だから、ルカはこなくてもいい——そう伝えようとしたときだった。

やれやれというように、ルカはプラタを抱えなおす。

「おれが先導する。後ろからついてきな」

アルスルはおどろいた。

「あんたがおれを好きじゃなくたって。おれはあんたの護衛をやめないよ……あんたが特別だって言葉は嘘じゃない」

なぜだろう。

うれしいのに、アルスルは声をあげて泣きたくなる。

「……そう」

「というより、見捨てられるもんか！　おれ、姐御《あねご》も騎士団の連中も好きなんだぜ⁈」

腹を立てたように言ったルカは、とんと風を踏む。

墓地から足下の気球にたつアパートメントの屋根まで、ひと飛びで着地した。あいかわらず風を読むのがうまいと、アルスルは感心する。

「急げ！　爆風がくる前に！」

光る風がうずまく空は、気流がはっきりしていて、流速もあった。

アルスルも風使いのはしくれだ。肌と視界——全身で空を感じとる。すばやく跳んで、ルカの横に着地した。上昇気流と下降気流を見わけながら急いで天秤の城へ向かう。

気球同士がすれちがうタイミングを狙って、一行は城へ跳び移った。よく会議を開いていた翼の大広間のテラスである。ガラスを蹴破ってなかへ入ると、走って屋上をめざした。石階段をのぼりきったところで、こげ茶色のケルピー犬が二体、地面に落ちたオオワシと格闘しているのを発見する。

キャラメリゼとコヒバだ！

バリケードの手前にスキンヘッドの女を見つけて、アルスルは叫んだ。

「チョコ‼」

チョコレイトがはっとふり返る。

その肩には、プチリサがエリマキのようにひっついていた。

「無事だったのね?!　あなたたち、いままでどこでなにをしていたの?!」

めずらしくチョコが怒りをあらわにしたときである。

「アガーテ」

落ち着きはらったノービリスの声がした。

空から迫りくるオオワシたちを見すえたまま、彼は口にする。

「スポッター」

リクエスト――イヌネコ人外へのコマンドだった。

だが、観測手《スポッター》、とは変わっている。牧羊犬のケルピー犬を使役するブラックケルピィ家では使われないリクエストだった。

『はい』

コッカー犬のアガーテが返事をする。

ノービリスはロングボウに矢をつがえた。一瞬で狙いを定めると、放つ。その矢が命中する前に、彼はつぎの矢をつがえていた。

一本目の矢が、手前のオオワシの胸に突き刺さる。

ぐっと翼ごと体を丸めた人外が、よろめきながら逃げ去った。

『ファースト。ヒット、八ポイント』

アガーテがスコアを読むようにつぶやく。

ノービリスは二本目の矢を放つと、また矢をつがえた。

『セカンド。ヒット、八ポイント』

オオワシの胸に矢が刺さる。見事な腕前だが、ノービリスが満足する様子はない。

二体のオオワシがべつの方向から迫るのを見て、彼は言った。

「ダブル」

皇子は矢筒から、矢を二本引き抜いた。

一本をにぎったまま、もう一本を弓につがえる。そこからは目にもとまらぬ早業だった。一本目を放った瞬間、二本目をつがえて放つ。予想より早いタイミングで飛んだ二本目はオオワシのどに当たったが、一本目はかわされてしまった。

『サード。ミス……フォース。ヒット、九ポイント』

なるほど。アルスルは感心する。

アガーテはフィールドスコープだった。矢がどこに命中したかを確認する望遠鏡のように、敵に当たった矢の正確な位置を数字で教えてくれる。

それをもとに、ノービリスは照準の誤差を修正しているらしい。

「毒の効きが悪いな」

皇子がこぼすと、アガーテが提案した。

『三番の矢《アロー》を』

「だせ」

コッカー犬はくるりと体を反転させる。

三と書かれた矢筒の上部を鼻で押すと、かちりと音がしてフタが開いた。

矢羽根が赤い銀の矢が、百本以上入っている。

（あの矢は）

見覚えがあった。はじめて彼の戦いを見た日、使っていた矢かもしれない。

アガーテの矢筒から抜いた矢を、ノービリスはゆっくりとつがえる。矢の重さが変わったのだろう。それでもすばやく放った。

さっきの矢をかわしたワシの腹に、それが刺さる。

急所を外したにもかかわらずオオワシが硬直した。かと思うと、真っ逆さまに海へ落ちていく。

『フィフス。ヒット、七ポイント。ご退場』

アガーテが、ふんっ、と鼻を鳴らす。

ノービリスもにやりとした。

「毒はヘビに限る」

チョコがなにかに気づく。

「そうか、あれが……アルカイオスの矢毒」

アルスルも聞いたことがあった。

南域《サウス》には、ヘリコンの森とよばれる豊かな山がある。

泉血王《せんけつおう》というヘビの王が住まう地だ。この女王は、猛毒をもつ無数の眷属を従えている。ところがよほど空腹でない限り、彼女は人外にも人間にも興味を示さなかった。

これを天の恵みとばかりに、山のふもとにある城郭都市クロートスでは、ヘビ人外の毒――神経毒と出血毒を採取してきたという。

このクロートスを治めている貴族こそが、コッカァ家だった。

クロートスはヘビ毒の貿易で栄えた都市だ。数々の毒が調合されているが、特にアルカイオスの矢毒――人外殺傷兵器は有名だ。市場でも、とても高値で取引されている。体重百キロ以下の人外なら、この毒をぬった矢一本で即死させられるという。

毒矢をつがえたノービリスは、まさに猟を楽しむ狩人《かりうど》だった。

気分がのってきたのか、アガーテがいるからか、容赦なくオオワシを落としていく。この場所に群がっていた敵をあらかた狩り尽くしたときだ。

逃げていく最後の一体に、彼は矢を放った。

「……うわぉ」

ルカが脱帽の声をもらす。

銀の矢は、人外の頭に的中していた。

『ヘッドショット。クリティカル、十ポイント。ご退場』

「合計」

『トータルポイント、百二十八。命中率、七十七パーセント。ハイスコア、九位タイ』

計算機だとアルスルは思う。

アガーテはぴしりと胸を張った。自分の動体視力と記憶力、そしてなによりノービリスの活躍が誇らしいにちがいない。青年と彼のコッカー犬は、ぴたりと息が合っていた。

「助かりました、皇子」

チョコレイトは感謝を示す貴族のポーズをとる。ルカがプラティーンを抱えていることに気づいていた彼女は、険しい顔でやってきた。

「なにがあったの?」

プラタの怪我をたしかめながら、声をひそめる。

「……スロースとミカエルは?」

ノービリスが視線をよこす。アルスルとルカは黙りこんだが、説明しなければならない。かいつまんだ話を聞いたチョコは、重いため息をついた。

「いきなりオオワシの大群が押しよせてきたのは、そういうわけね……公爵閣下にお伝えしないと」

「ミセスはどこへ?」

「あそこだ」

ノービリスが弓で宮殿の屋根をさす。

「もっとも……死肉が残っていればだが。サマエールを見つけたとたん、ネコを連れていってしまわれた。指揮官失格だな」

荘厳な劇場の、屋根で。

たくさんのオオワシが、エサを奪い合うようにもみ合っている。

アルスルは走りだしていた。

「ミセス……ヴィクトリア!!」

16

父は厳格な人だった。

公爵の娘だからと、ヴィクトリアを甘やかすことなどなかった。

ヴィクトリアは弟たちよりもきびしい戦闘訓練を受け、高等教育を受けた。創造主への理解と信仰心をつちかうため、二年ほど女子修道院に入れられたこともある。

その父がはじめてヴィクトリアに贈ってくれたもの。

それはネコだった。

「好きな子を選ぶといい」

父に手を引かれ、はじめて猫舎に入った六歳のヴィクトリアは、その冬に生まれたアビシニアン人外《じんがい》の子猫たちを見せてもらった。

丸いクッションのような毛のかたまりが、十体。熱で蒸れた子猫たちはみなおどろくほど乳臭かったが、ヴィクトリアはうれしくてたまらなかった。

一体を抱っこした瞬間は、この子がいちばん愛らしいと思う。しかしつぎの子を抱き上げると、やっぱりこの子がいちばんにちがいないと感じるのだった。

迷ったヴィクトリアは父に相談した。

「どの子がいいと思いますか?」

「どんな子がよい?」

ヴィクトリアは答えた。

「強い子がいい」

「強さにもいろいろあるものだ。どんな強さだ?」

いろいろな強さ——。

ヴィクトリアは、自分の名前にちなむことにした。

「勝利をもたらす子……人外と戦っても、へっちゃらな子がいいわ」

「ではメスにしなさい。負けん気が強くて、冷静だ。それから、なるべく母猫の後ろの乳を吸っている子がよい。そこがいちばん乳の出がよいのだ。兄弟姉妹ゲンカで勝った子猫はほぼ、その乳首をくわえている」

ヴィクトリアは子猫たちを見くらべる。

レンガ色のメスが目を引いた。その子が乳を飲み終えてから、ヴィクトリアはそっとたずねた。

「ねぇ」

満腹で半分眠っていた子猫が、うっすら目を開く。

「おまえ、わたしの親友になってくれる?」

『やだ』

子猫はグリーンの美しい瞳をつぶってしまう。だめか。しかたなく、ヴィクトリアがべつの子猫へ声をかけようとしたとき。

『……どうしても、なら、がまんしてあげてもいいけど……？』

とても愛らしい声がひびいた。


気球が燃える。

街が――命が、燃える。

（また）

ヴィクトリアは膝をついた。青い飾り屋根に、血が滴る。

オオワシの爪がかすったところだ。肩と腕の肉をえぐられている。立っていられないほどのめまいがしたが、意識を失うわけにはいかなかった。

（またなの）

金のバルーンが燃えて、古城が落ちる。

――ヴィクトリアたち姉弟が生まれ育った家だった。

赤のバルーンが燃えて、要塞が落ちる。

――ヴィクトリアたち姉弟とネコ人外たちの遊び場だった。

白のバルーンが燃えて、市街地が落ちる。

——ヴィクトリアたち姉弟とともにあった民が、暮らしていくための場所だった。

(なぜ)

歯を食いしばるが、痛みが増しただけ。

『しっかりしてよ、ヴィッキー!』

ヴィクトリアに深手を負わせたオオワシを、アビィ＝グラビィが蹴り飛ばす。だが、とどめを刺すのに手こずっていた。

『高くて、届かない……ッ!』

ヴィクトリアは苦労して顔を上げる。

(……勝敗は決した)

これほど気球が落とされたのだ。

足場を失ったことで、アビィも、ほかのアビシニアン猫たちも、空中戦にもちこめなくなってきている。反撃の力をそがれていくにつれ、逃げ場もなくなっていった。

『この卑怯者!! おりてきなさいったら!』

アビィがヒステリックに叫ぶが、それを嘲笑《あざわら》うかのようにオオワシは飛翔《ひしょう》する。

ヴィクトリアは前方をにらみつけた。

いちばん目立つ場所——ファサードの真正面にそびえる大天使のブロンズ像に、あの死神がとまっていた。これ見よがしにくるくると、紫の瞳が旋回している。飛ぶための翼も、ついばむためのくちばしも、空を見つめるための瞳さえ片側をなくして。それでも死神は、食い入るようにヴィクトリアをながめていた。

「それほどまで、わたくしの最期が見たいか……!!」

人外は朽ちかけた翼を広げる。

そのとおりだと言わんばかりだった。苦笑をこぼしたヴィクトリアは、足腰に力を入れる。

老いた体から血がふきだした、そのとき。

ぎゃっ、と。

獣《けもの》の悲鳴が頭を打った。

血の気が引いて、ヴィクトリアはふり返る。

「……アビィ?」

着地と同時に倒れこんだメス猫が、もがいていた。

なんども立とうとするが、できない。彼女を中心に血だまりが広がっていくのを見て、ヴィクトリアは驚愕した。

『この……このッ!!』

いうことを聞かない四肢を責めるように、アビィがうめく。

ネコは、腹と脚を大きく引き裂かれていた。

空からオオワシが襲ってくる。ヴィクトリアは力をふりしぼって、自分の剣を引き抜いた。

盾《たて》のようにかまえた瞬間、衝撃がくる。

すごい力にはじき飛ばされた。

受け身をとったが、全身に痛みが走る。ごろごろと屋根を転がって、ようやく止まった。骨折したようだ。左腕と脇腹が麻痺《まひ》していた。ちかちかする視界がはっきりしてきたときである。にぎりしめたままの剣を見て、ヴィクトリアは呆然とした。

——夫の剣が。

芯から、折れていた。

『……ッキー、ヴィッキー！』

遠くでアビィの声がする。

『逃げなさい!!　宮殿に隠れるのよ！』

馬鹿なことを。

ヴィクトリアは体を引きずりながら、自分のネコへ近よった。

耳に、男でも女でもない含み笑いが届く。ハエの羽音にも似た不快な音だ。虫けらのようになぶられるヴィクトリアとアビィを見て、死神は嗤《わら》っていた。

『なにしてんの?!　あたしはいいから、はやく！』

血だまりに座りこんだヴィクトリアは、アビィをなでた。ネコがまんまるに瞳を見開く。彼女がいなくなったあとについて、想像した。

（人生で……この子がいなかった時期など、ほんのわずかだというのに）

大切なネコだ。

病めるときも、健《すこ》やかなるときも。

ヴィクトリアが人生の伴侶《はんりょ》だと信じた男が、いなくなってしまったあとも。

（ずっとそばにいてくれた、この子を……？）

おいていく？

それで？

ひとり生き延びて、また戦うのか。

終わりのない命をもつ、あの呪われた死神と。

（これも選択だと？）

おのれの命か、愛猫の命かと考えかけて、ヴィクトリアは力なく笑った。

（逃げようが逃げまいが……この子は助からないではないか）

反撃がないと知ってオオワシが着地する。勝ち誇った顔と、警戒をといた大股歩きは、食事にありつこうとしている猛禽類《もうきんるい》のものだった。

『ヴィッキー!!』

はじめて。

ヴィクトリアが、すべてを投げだしたくなったときだった。

イヌの吠える声がする。ヴィクトリアの肉をむさぼろうとしていたワシが、びくりとした。

黒いイヌが数頭、駆け上がってくる。その後ろにいた小さいものが、跳躍した。

ヴィクトリアは眉をあげる。

「……騎士《ナイト》のようね」

剣をふりかぶった若い女だった。

彼女は飛び立とうとしたオオワシの背後へ、迫る。

『翼もつ者よ。空を支配したつもりか？』

ヴィクトリアはたしかに。

その、バリトンの声を聞きとった。

『ひれ伏せ』

スモールソード——聖剣リサシーブが閃光《せんこう》を放つ。

その剣を、アルスル＝カリバーンが薙《な》いだ。

人外の首が落ちる。その断面は、あまりにもなめらかだった。

（……速い）

風使いの力ではない。

『おのれより速い獣もいると、知るがいい』

肉食獣の牙のように、アルスルの小剣がかがやいた。


男装の老女も、アビシニアン猫も。

満身創痍《まんしんそうい》だった。

屈強なケルピー犬たちが、アビィ＝グラビィを守るようにとり囲む。動かすのも危険な状態だったので、その場でチョコが止血と縫合をはじめた。アビィから離れようとしないヴィクトリアへ、弟のゴードンが駆けよる。

公爵は糸が切れた舞台人形のように崩れた。

「しっかり！　きみが死んだら、ぼくたちはどうすればいいんだ……！」

半泣きで手当をする弟にヴィクトリアが聞く。

「ウィルは……？」

「……第二戦艦は、落ちたよ」

領民を避難させていたウィル大佐の気球は、爆炎にまきこまれて全焼したという。要塞もろとも海の底へ消えてしまったそうだ。

空を警戒していたルカとノービリスは、耳をすませる。

どこからかネコの鳴き声が聞こえていた。なぁお、なぁおと、親か友をよぶようなさびしげな声が、ずっとひびいている。あの、焼きすぎたハンバーグステーキみたいなオスだ。

「トランペット号だ……あいつは、ウィルに命じられて城に残っていたから」

ヴィクトリアが唇を噛む。

涙のように血が流れるのが見えて、ルカは目をそらした。かわりにめまぐるしく視線を動かす。サマエールは、アルスルがあらわれたとたん姿を消していた。

（くそ、どこかで見てやがるくせによ……！）

その刹那《せつな》だった。

遠くで爆音があった。

気球がまたひとつ破裂して、燃えあがる。だがもはや、場にいるだれもが残酷な光景に麻痺していた。ぼうとそちらを見るだけで、眉ひとつ動かせない。隕石のように焼け落ちたバルーンは、じゅうじゅうといやな音をたてながら海へ沈んでいく。ときおり街の高炉や工場で小さな爆発がおきては、まだ生き残っていたであろう人々の命をも、根こそぎ消し去っていくのだった。

心が波のような絶望にのまれていくのを、ルカは自覚した。

（……ここまでなのか？）

ひざまずいたアルスルが公爵の血をぬぐってやったときである。

「……わたくし、は……」

老女がうめいた。

「……わたくしは……！」

呪うように。

ヴィクトリアは吐き捨てていた。

「この世界が憎い……ッ!!」

アルスルがはっとする。

獅子《しし》のような髪をふり乱した公爵は、声をからして吠えた。

「流されるままでは……たちどころにすべてを奪われてしまう！　そんな世界が、昔からずっと憎かった!!」

ルカは顔をゆがめる。チョコとゴードンも呆然としていた。

「ミセス・ヴィクトリア……」

アルスルがよぶ。

しかし、ヴィクトリアの悲憤は止まらない。

「ただ、生み、育みたいと望んでいるだけなのに……平和とはなぜこんなにも脆《もろ》いの？　わたくしの一生をかけても……まだ足りないのですか、創造主よ‼」

「いけない！　ヴィクトリア、姉さん！」

折れた腕で空をかきむしる姉を見て、ゴードンがうろたえる。

「戦ってきた……あらゆる手を使って……なのにまたこぼれ落ちていく……ッ」

空域《ヘブン》の希望だと。

そう讃えられてきた公爵の心が、絶望に染まるのを。

全員が目の当たりにしたときだった。

「ヴィクトリア」

静かな声がある。

アルスルが――傷ついたヴィクトリアの手をとっていた。

「あなたが戦う姿を、人々はずっと見てきました」

アルスルはいたわるように老いた手をなでる。不思議な力に満ちた目で、少女は老女を見つめた。

「あなたはアンゲロスの希望です。だから、あなただけは……あきらめちゃだめ」

ヴィクトリアが苦しげに笑う。

老女は力なく、砕けた剣の柄をにぎった。

「……もう、わたくしの剣は折れてしまったのに？」

その心さえ。

いま、折れようとしている。

自嘲《じちょう》気味に鼻を鳴らした公爵を見つめて、アルスルは目を伏せる。それからじっと、水平線をながめた。

「……わたしがいます」

アルスルは言った。

「わたしが、あなたの剣になります」

ルカは息をのんだ。チョコもゴードンも、ノービリスもはっとする。

ヴィクトリアは空をにらんでいるだけだった。その手をにぎる手に力をこめて、アルスルはつづけた。

「わたしには……人の心がよくわかりません」

アルスルは困ったようにほほえんだ。

「他人に他人がわかるはずもない……それでもやっぱり、人はむずかしい。わたしが思いがけないところで、だれかが怒ったり、悲しんだりします」

アルスルにそこまで言わせているのは、きっと自分だろう。

ルカははじめて、アルスルもルカをわかろうとしてくれたこと。それができずに苦しんでいたのかもしれないことに気がついた。

「わたしでは、力の使いかたをまちがうこともあるかもしれない……でも、あなたはいつもかならず、民のために戦っていました」

騎士が誓いを立てるように、アルスルは片膝を立てた。

「あなたのために戦えたなら……きっとわたしでも、人の心によりそえます」

ともに戦う、と。

ただそれだけであるはずなのに。

「あなたと、あなたの大切なものを守る剣として。どうか、わたしを使ってください」

一生でたったいちどだけめぐりあえた、奇跡のように。

アルスルの言葉は、ルカの心へしみていた。

(……ここが戦場だからだ)

優しさなど消え、嘘と殺し合いばかりがあふれてしまう場所で。

一瞬でたくさんの命が失われていくなかで、それでもアルスルは、平和なときとおなじように人をはげます。戦おうと――生きようと、声をかけることができる。

(こんな、敵だらけの悪夢みたいな場所でよ)

絶望に襲われたとき。

あらゆるものが憎く思えることがある。

孤独に襲われたとき。

自分を攻撃する者たちが正しいように思われて、自分自身が憎くなることもある。

ものを深く考えないルカでさえ。他人や自分——すべてをひとまとめにして、世界、と名前をつけてから、激しく憎んだことがあった。

(この世界が憎い……か)

背負っている責任の重さがちがうことは、知っている。

それでもルカは、ヴィクトリアの怒りと無力感がよくわかった。ゆえに——アルスルの言葉がどれほどヴィクトリアの心を慰めるかも、わかる。

ヴィクトリアは目を閉じた。

その眦《まなじり》から——ひとすじの涙が伝っていた。

老女は少女の手を、かすかににぎり返す。二人のあいだで、言葉ではない約束が交わされるのを、みな息ができないほどおごそかな様子で見守っていた。

(おれ)

ルカは思う。

(やっぱり)

アルスルが好きだ。

暗い穴の底から、引っぱりあげてくれるような力強さ。人の弱さを受け入れてくれる優しさと温かさに、どうしようもなく惹《ひ》かれる。

（この女のために……おれは、なにができる？）

――見せたい。

――示したい。

たとえこの心が届かなくても。

アルスルの心が手に入らなくても。

ルカが思いを新たにしたとき、女公爵もまた心を改めたようにつぶやいた。

「剣が折れても……戦いを止めることは許されない、か」

過酷な道だ。

それでも。

「民がまだ生きているというのに……あきらめるには早すぎましたね」

その過酷な運命を歩いてきたからこそ、この老女は強いのだった。

「……感謝します。アルスル」

激しい感情を洗い落とされた公爵が、冷静にたずねる。

「なにか手だてがあるのですか？」

アルスルは即答した。

「スロースを連れ戻します」

一同がはっとする。ヴィクトリアも目を細めた。

「彼とミカエルが戻れば、オオワシたちも逃げていくはずだから」

「そんなことができると？」

「紙飛行機を貸してください」

ゴードンがぎょっとする。

「なんだって?!」

「ミカエルが飛んでいった方角は覚えています。星もでていました。一時間ほど前に、北極星も見えたから……」

「その射線上にある無人島を、ひとつずつ見てまわるのですか？」

アルスルは首をふる。

「スロースの話が本当なら……ミカエルが向かった先には、隕星王がいます。人外王ほど大きな力をもつ存在に近づけば、わたしの剣が反応します」

アルスルは二本の剣に触れる。

のどを鳴らすように、聖剣リサシーブがわなないた。

鼻をこすりつけるように、走る王もゆらめく。

「……おまえ」

猛獣をなだめるかのごとく小剣と大剣をなでたアルスルに、公爵が聞いた。

「かの王と、スロースを取引するつもりですか？」

「はい」

みなごくりと唾をのむ。唖然としたルカとチョコは顔を見合わせた。

――あいかわらず、とんでもないことを思いつく主人だ。

「これほどまわりくどいことをしてでも、人間と関わろうとしている王です。交渉の余地はあると思います。ミカエルも言っていたし」

「ミカエル？」

「こんな幕切れは興ざめだと」

ルカも、スロースが連れ去られた瞬間を思いだす。

「人間のようだと思いました。あるいは……それが自然のことわりかも」

アルスルは考えこんだ。

「スロースが、まだ赤くないリンゴだとすれば」

「リンゴ？」

「……青い果実か」

つぶやいたのはゴードンだった。

「熟れていない果実は……たいてい葉とおなじ色で、渋い味がする。これは植物たちの生存戦略だ。未熟な種が育つまで、食べられないようにするためのね。種が熟した瞬間、果肉は甘みを増して、食欲を誘う赤やオレンジなんかに変色する……アルスル＝カリバーン、きみが言いたいのはそういうことだろ？」

アルスルはうなずいた。

「渋い実をあわてて食べるのではなく、熟すまでまつことができる人外王だとすれば……スロースを食べることもまってくれるかもしれません」

「……そう簡単に話が運ぶでしょうか?」

疑いをぬぐいきれない公爵を見て、ルカもチョコレイトを確認する。人外研究者である彼女がどうにかうなずいたとき、また、爆音がおこった。

外周で交戦していた気球が炎上する。

みな体を強ばらせたが、アルスルだけはじっと空を見すえていた。

「ほかに手がない」

自軍の勝利を確信したかのようなオオワシの咆哮《ほうこう》が、夜の闇をつんざく。疲れきったため息をついたヴィクトリアは、新しい剣に命じていた。

「では、お行きなさい」

「はい」

「わたくしたちはなるべく岸に近づいて、民を陸へ逃がせるか試します。ですが、長くはもたないでしょう……くやしいことですが、あなたに命運を託します」

アルスルはすばやく立ち上がった。

その視線がいちばんに自分へ向いたとき、ルカの胸がよろこびで震える。

「ルカ、準備」

アルスルはためらわなかった。

だから、ルカもためらわない。

「おう！」

「チョコとアルフレッド＝ロマンおよびケルピー犬部隊、ノービリス＝ヘパティカとコッカー犬部隊は、アビシニアン猫たちの補佐を」

「アルスル！」

ヴィクトリアがよんだ。

「生きて戻るのですよ。手伝ってもらわなければならないことが山ほどあります」

うなずいたアルスルは、ゴードンとともに宮殿へ向かっていく。

「……英雄、か」

そうつぶやいた女公爵を、ルカは思わず見つめた。

「英雄には……剣だけではなく盾がいる」

ルカへ視線を切ったヴィクトリアは、あのきびしい声で命令した。

「護衛官。彼女を守りなさい」

「……は！」

返事をしたルカは、特別な女を追いかけた。

夜も深まるころだった。

サマエールは、残った瞳をせわしなく動かしていた。

『呪われしユニコーンの花嫁……』

まだ、あがくようだ。

ヴィクトリアが折れた。スロースが折れた。

アビシニアン家の血も。古ぼけた風船の街も。今夜、絶えるとわかっているのに、あの乙女だけは折れない。それどころかなにか悪だくみをしている。

サマエールは不愉快だった。

人の心を熟知しているサマエールだが、思うように動かない者はまれにいる。ヴィクトリアでありスロースだったが、あの乙女は二人よりしぶといようだ。いま彼女はいくらかの人間を連れて、オオワシの羽根を飾りつけた紙にのりこんでいる。

『……愚かな』

人が、翼をもつなど。

腸が煮えくり返りそうになる。

わが王まで汚されると感じたサマエールは命じた。

『御使いらよ』

数は減ってきたが、まだ八十ほど残っている眷属《けんぞく》が声をあげる。

『人の翼をもぎとれ！』

近くにいたワシたちは心得たとばかりに飛翔した。サマエールはくつくつと嗤う。

だが死神は、おのれの心をも理解していた。

おのれでとどめを刺せないほど、サマエールは乙女を恐れていた。

『……あの力』

肉食の獣は、たがいの縄張りへ入らないものだ。

獲物の奪い合い――争いになるからだ。

よってオオワシたちも、人喰い一角獣《ユニコーン》の縄張りである西の地を侵すことはなかった。かの王と戦えば、多くの眷属が失われることもわかっていた。

その一角獣を屠《ほふ》った乙女である。

しかし彼女は、説明できないべつの力をもっているように思われた。

不可解なことに、心折れたかに見えたヴィクトリアが配下どもに采配している。息を吹き返したかのごとくだった。おかしいことばかりだ。

『このままでは』

――わが王の心まで。

動かしてしまうかもしれない。

サマエールは王を深く愛していたが、そのすべてを理解しているわけではない。

こと、おのれが憎んでやまない人間に王が惹かれていることも。不満でしかたなかった。だからこそ死神は、より残酷に人を苦しめてやりたくなる。

サマエールは叫んでいた。

『花嫁を殺せ。海へささげよ!!』

強い風が吹く。

アルスルとルカをのせたふたつの紙飛行機が、飛び立った。

今回は、虹黒鉄《にじくろがね》のチェーンがついていない。こちらから引き返さない限りは帰還できない凧《たこ》が、高度をあげる。

花嫁を殺せ――。

海へささげよ――!!

男でも女でもない声がアルスルの頭をつんざいた。

「させるかよ！　アルスル、操縦に集中しろ！」

アルスルの上を進む紙飛行機から、ルカが声を張る。

十体ほどのオオワシが追ってきていた。ルカが大型のクロスボウをかまえた直後、オオワシがアルスルに襲いかかる。――しかし、凍りついたように動かなくなるや、海へ落ちていった。

おどろいたアルスルの上で、ルカがすっとんきょうな歓声をあげる。

ワシたちの後ろに、みっつめの紙飛行機が見えていた。

「急ぎなさい！」

ノービリスとアガーテだった。

「沖までエスコートしよう！」

「でも……！」

矢をつがえたノービリスはオオワシを射る。流術《りゅうじゅつ》を使えない皇子は、のっている紙飛行機に虹黒鉄のチェーンがつながれているのを示して、叫んだ。

「言っておくが、人外王になど近づきたくもない！　その前に狩り尽くすぞ！」

負けじとルカが放ったクロスボウの矢が、人外に当たる。

こちらには城郭《じょうかく》都市ダーウィーズで開発された即効性の麻酔薬がぬってあった。めまいにもだえるオオワシを、アルスルのスモールソードが斬りふせたときである。

水平線の闇に、ぽつんと赤い光が見えた。

（……火山！）

遭難した旅人を導く星のように。

溶岩の炎が、ちらちらとまたたいているのだった。

灯台を見つけたような気もちで、アルスルが前方を凝視した瞬間だった。

どん、と轟音《ごうおん》があった。

空が夕暮れのように明るくなって、アルスルはうろたえる。

いくつかの気球が爆発したようだ。炎が燃え盛っている。アルスルがいる位置からだと――

天秤《てんびん》の城が見つからない。

「ヴィクトリア……?!」

上に気をとられて、下から迫る気配への反応が遅れる。

すぐそこに黒いかたまりを見つけたときには、もう避けきれなかった。

オオワシが渾身《こんしん》の体当たりをする。ばきんという音とともに、紙飛行機の骨組みがへし折られていた。だれよりも軽いアルスルの体が、空へ投げだされる。

(しまった)

海へささげよ。

海へささげよ。

死神の声が、耳の奥で反響する。

その声に命じられたかのように激しい風が吹いた。操縦士を失った紙飛行機が天高く吹き飛ばされる。ぎょっとして凍りついたとき、後方でおなじように凍りついているノービリスと目が合った。迷っているひまはなかった。

アルスルは肩にしがみつく白猫をつかんでいた。

『友よ、なにをする⁈』

力ずくでプチリサをむしりとる。すばやく体を反転させると、ノービリスに向かって投げつけていた。すぐ後ろにいたアガーテが、とっさに口でネコをキャッチする。

『ビリー‼　彼女を助けて!』

コッカー犬が懇願するも、皇子は動くことができないようだった。助かる道を探して天地を見まわしたアルスルは、震えあがる。

あまりに高い空。

あまりに深い海。

すべてをのみこむような――夜の闇。

嵐のために月は雲でおおわれていて、見つけることはできなかった。暗闇のなか、震える手で大剣をつかんだときだった。

「アルスル‼」

紙飛行機の翼をたたんだルカが、命綱を手に飛びおりる。

アルスルは言葉を失った。

風を蹴った彼は、アルスルをつかんで抱きよせていた。入れかわりに突撃してきた三体が、あっという間にルカの紙飛行機をこま切れにしてしまう。アルスルを恐れたかのように踵《きびす》を返したかと思うと、こんどはノービリスへ襲いかかった。その様子を観測したらしい。虹黒鉄のチェーンがしなって、皇子の紙飛行機が赤い気球へたぐられる。

『アルスル＝カリバーン！』

アガーテのよぶ声が、みるみる遠ざかっていった。

「ちくしょう」

ルカがくやしげに笑う。その顔には、怒りも恐怖もない。

「おれにも翼があったらな……‼」

どうして、と。

アルスルは思った。

（死んでしまう、のに）

アルスルは大剣をにぎりしめる。ねじれた刃が変化して、リボンのように細い水が二人をとりまいた。しかし、眼下に広がる海とくらべれば――小鳥の涙ほどにもすくない。これだけの水で、どうすれば二人の命を救えるというのだろう？

水と風を踏んで着地できたとしても、足場がない。さっき見えた火山は遠くて、泳いでたどりつくこともできなかった。

「ルカ」

ごめん、と。そう伝える前に抱きしめられる。

「あんたが好きだよ、アルスル」

これほど強い力で抱きしめられたのは、はじめてだった。アルスルの心が、生まれてからいちども与えられなかった種類の幸福で満たされていく。

（……神さま、もしいるなら）

アルスルは感謝した。

（わたしを……この人に会わせてくれてありがとう）

アルスルの命よりも大切ななにかと、めぐりあえた気がして。

ひとつぶだけ、よろこびの涙がこぼれる。

ルカが目を丸くしたが、容赦なく海が迫っていた。言葉では間に合わないとわかったアルスルは、ルカを抱きしめ返す。

（わたしも、あなたが好きだ）

強く想ったときだった。

――宙の、なにもない場所で。

影が膨れあがった。その中心から、ずるりと、無数の羽根がのびてくる。


巨大な。

黒い翼だった。


猛烈な風がおこった。

天へと吹き飛ばされたアルスルとルカは、目を見はる。まき散らされた漆黒《しっこく》の羽根が、空と海面をおおい尽くしていた。

何枚もの翼は、女の腕のごとく、しなる。

カーテンか緞帳《どんちょう》そっくりのそれが二人を包みこんだ。

まるで、花のつぼみのように。

翼は丸く閉じていった。

17

『聖なるかな』

『聖なるかな』

『聖なるかな』


男でも女でもない声が、頭へ直接ひびいてくる。

だが、サマエールのものではなかった。

ひとつではない。

十から百へ。百から千へ。

無数の声が鳥肌のように広がっていく。

夢を見ているように頭がぼんやりしていたが、ややあって、ルカの左足に痛みが走った。義足のソケット――切断面の古傷がずきずきする。

あたりは真っ暗だった。

声が大きく反響しているから、とても広い場所だと感じる。

（ここは……？）

ルカが身じろいだとき、とつぜん、照明がついたように視界が明るくなった。

小さい光が、白い床を丸く照らしている。

楽団ひとつをならばせられるほどの舞台に、ルカは倒れていた。光に目がくらんで、顔をおおう。もう一方の手であたりを探っていると、硬いものに触れた。

豪奢《ごうしゃ》なひじかけ椅子だった。

（これ……）

純白にぬられた木材。シャンパンゴールドにきらめくベルベットが張られたクッションは、イオアキムの宮殿にあったものと――そっくり、で。

「……いつもの椅子、か？」

悪寒が走った。座りこんだまま後ずさりして、ルカは異変に気づく。

義足が壊れていた。痛いはずだ。強い力が加わったのか、足部が折れている。ソケットも支持部もがたがたに曲がっていた。

（なんだ？　どうなってる？）

流れ星が走るように、大切なことを思いだした。

「……アルスル？」

ルカは暗闇を見まわす。

「アルスル！　どこだ?!」

大声をあげて特別な女をよんだとき。

ヒムの合唱がやんだ。冷や汗がにじむほどの不気味な静寂が、満ちていく。

『……きたな、ルカ』

あの声がした。

『……まっていたぞ、ルカ』

いまのいままで忘れていた記憶が、鮮明によみがえる。

(ま……さか)

あの夢。

あの双子。

あの瞳と翼、は。

(こいつらが、そう、なのか……?)

スロースの言葉が、ルカのなかで一本の糸のようにつながっていく。

(どうしておれが)

震えが止まらなくなっていた。混乱と——逃げだしたくなるほどの恐怖をごまかすために、ルカは言い返した。

「……約束なんかしてない！　あんたらが、勝手におれをよんだんだ……！」

暗闇から、くつくつと笑う声がひびく。

つぎの瞬間。

闇から、影がいっせいに引いた。

幕が上がるように明るくなったかと思うと、はしから照明が灯っていく。右から左へ、左から右へ。ランプと燭台《しょくだい》につぎつぎと火が入った。

「客席……?!」

ルカはぎょっとして身がまえた。天井がまぶしいほどかがやいたからだ。星をちりばめたかのように豪奢なクリスタルのシャンデリアだった。

そこは。

荘厳な劇場だった。

深紅のベルベットが敷きつめられた床の上に、数百という座席がぎっしりならんでいる。ドーム型の天井には、たくさんの天使が描かれていた。鳥籠の骨組みのように等間隔でたつ金の装飾柱は、太い杉の木のようだ。その間に、何枚ものベルベットのカーテンがわたされている。二階、三階、四階、五階の奥には、ゆったりとしたボックス席が見えるのだった。

『ようこそ、われわれの許《もと》へ』

『ようこそ、われわれの舞台へ』

ルカは息をのむ。

劇場の建築様式は人間が作ったもののようになじみ深かったが、ところどころ奇妙だった。通路や座席に、布張りの本がうずたかく積まれているのだ。観客席のまんなかには、おそらく貴賓席《きひんせき》だろう、張りだした空間がある。

古びた望遠鏡。

重そうな天象儀と地球儀。

振り子時計や、よくわからない機械もおかれていた。博物館のようだが、すきまにはやはりたくさんの本が積まれているので、図書館にも見える。その手前にある白い大理石製の円卓を、おなじ椅子がふたつ、はさんでいた。

そこに、人の形をしたなにかが座っている。

「……あんたたち、が」

双子だった。

中性的で、象牙《ぞうげ》のように白い肌。オールバックの髪はシャンパンゴールド。金のボタンがついたブラウンのフォーマルジャケット。白目のない、星のような瞳まで。なにもかも夢で見たままだが、そのために、ルカはかつてないほどの恐怖を感じた。

「隕星王《いんせいおう》……」

いや、ひとつちがう。

若くもなければ老いてもいない二人は、しかし——長く病を患《わずら》っている人のように青白く、痩せているのだった。えらそうに足を組んでいるが、何気ない仕草にも儚《はかな》さがある。

「ここはどこだ」

たずねてから、その質問には意味がないかもしれないと思った。

ルカには人外《じんがい》の王がなぜ人の姿をしているのかがわからなかったし、この場所もまた違和感しかないからだ。ルカは言いなおした。

「ここは、なんだ？」

いつものように双子は応じる。

『ここはどこか？』

『岩石地帯のクレーターだ。火山島にある……われわれの巣』

『ここはなんだ？』

『影だ。人の子を招くときは影で飾ることにしている……われわれの翼』

「……影？」

双子がぱちんと指を鳴らす。

そのとたん、天井から黒い風切り羽が落ちてきた。だが、ヤシの葉くらいに大きい。くるくるとまわりながら、ルカの目の前へ流れてくる。床に触れるかというところで影に溶けた。そして、べつの形をとる。

おなじ容積の――本になっていた。

ルカはおそるおそる本の装丁をなでる。さらりとした絹の感触があった。

表紙をめくってみると、古い紙からカビのにおいもする――が、そう感じただけかもしれない。だれかの昔話を聞いただけのような、うすっぺらいにおいに思えた。

警戒を解かないルカを見て、双子はくすりと笑う。

『影は、影だ』

『影は、われわれの記憶でしかない』

記憶――?

「……この場所が、本当にあるっていうのか?」

『あった』

『かつて』

双子はうっとりとうなずいた。

片方が劇場を見まわす。もう片方が、あそこだと指さした。

そちらをうかがったルカは、息をのむ。

ボックス席の手すりに、人の形をしたなにかが腰かけていたからだ。

男にも女にも見える。若くもなければ老いてもいない。双子とおなじ白い肌と金の巻毛をしていたが、服装はずっと古かった。一枚布の上から、ベルベットのマントを羽織っただけだ。

その背には、天使のような黒い翼が生えている。

ルカは戦慄した。

よく目を凝らすと――劇場のいたるところに、人影があった。

『ウリエルだ。ウィリアムという詩人を任せた』

『ウリエルめ。ウィリアムの詩にかぶれて、人の舞台芸術をもち帰った』

『われわれも、演劇を愛するようになり』

『われわれは、あとに建てられたこの劇場を愛した』

ルカは思う。

（……こいつら、は）

人間を愛したことがあるのではないかと。人間の毒によって命をむしばまれたという獣《けもの》の王は、しかし、瞳に怒りも悲しみも宿してはいなかった。

「あんたは人間を憎んでいないのか」

『なぜだ？』

『どの命にも、いつか眠りはおとずれる』

他人事のような口調に、ルカはすこし腹を立てた。

「でもサマエールは……!!」

あぁ、あぁ、と双子はうなずきあった。

『愚かな死神』

『哀れな伴侶《はんりょ》』

二人はふと、ルカを見てほほえんだ。

『あれは、おのれだけをわれわれの瞳に映していたい』

『あれは、おのれだけでわれわれの心を満たしていたい』

まるで自分のことを言い当てられたような気がして、ルカははっとした。双子はだれを責めるでもなく、おだやかに笑う。

『疑い。あれの本質だ』

『最愛の者さえ。あれは信じられない』

用心深い伴侶から興味を失ったかのように、よっつの瞳がこちらを見た。

『さぁ、ルカ』

『今宵《こよい》の主役はおまえだ』

双子がそろって指を鳴らしたときだった。

ルカが座りこんでいた舞台の、上手《かみて》と下手《しもて》が照らされる。ルカは目を丸くした。

「……スロース、か……?!」

下手のそでに赤毛の男が倒れていた。

空色の瞳は開いている。ずっとこちらを見ていたようだ。ルカが手をのばそうとすると、天井にある吊物装置——ぶどう棚とよばれる格子の一本から、人の形をしたなにかが降ってきた。舞台へ叩きつけられるようにして、ルカはとりおさえられる。

「な?!」

黒い翼を生やした天使だった。

やはり金髪で中性的だが、やや体格がよい。とても古い時代の鎧《よろい》をまとったその者の瞳は、貴腐《きふ》ワイン色にかがやいていた。

「ミカ、エル……?」

無理やり上手を向かされたルカは、総毛だつ。

「……アルスル」

舞台には、葬式のように手を組まされた少女が眠っていた。

ウリエルだろうか。

頭へ直接ひびく声が、歌う。

王はかく語りき——。

よっつの瞳が、星のように激しくまたたいた。

『〈大いなる天象儀《プラネタリウム》〉……！』

『この瞳に映した生命の意識を、完全に支配する……！』

冷や汗が流れて、ルカの背を伝っていく。

『トランス、神がかり、恍惚《こうこつ》と忘我……さまざまな言葉で説明されてきた』

『天啓《てんけい》……天主の声だとたたえられた時代もあった』

しかし、と。

双子は悩ましげに眉間をおさえてみせる。

『かなしいことだ。いまやわれわれに、このギフトを使いこなす力は残っていない』

『さびしいことだ。いまやわれわれは、天主にも必要とされていない』

「そう、なのか……？」

うなずいた二人は、自身を鶏がらであるかのように卑下した。

『できるとすれば……空域で眠る、人の子の脳をのぞくくらい』

『もう一万年と、われわれのコレクションに加えるべき者を品評している』

——一万年?

ルカは違和感を覚える。

そうとも、と、双子は叫んだ。

『われわれをアビシニアンの子が痛めつける前から!』

『われわれが眠りにつくことは決まっていた!』

双子は、星の寿命を語るかのような、途方もない時間について話していた。二人が不死とよばれるほど長く生きてきたことを、ルカは思いだす。

『港湾労働者として育ち、人の欲望をもたぬまま獣のように生きてきたおまえは……まさに、深みのある思想書!』

『スロース!』

『ルカ!』

『貧民街で野良猫のように育ち、英雄とよばれる貴族の娘に恋をしたおまえは……まさに、極上のロマンス小説!』

芝居がかった身ぶりで双子は語る。ルカは感情的になった。

(品さだめだって?)

それは。

理不尽への怒り、だった。

（あれだけ人が殺されているのに？）

サマエールの執念によって、オオワシたちまで死んでいるのに。自分だけの楽しみにふけり眷属《けんぞく》を統べようともしない王に、ルカは憤りをぶつけた。

「あんたたちは身勝手だ！」

口にして、しまったと思う。

『人の子にはそう映る』

だが。

『獣には道理などない、い、い、い、い』

双子は笑うだけだった。

その存在に、人の理屈が通じないことを。ルカは思い知らされた気がした。理解できないものを目にしたとき――人が、それを狂気とよぶことも。

『さぁ、舞いおりろ！　ラファエル！』

『さぁ、目覚めよ！　獣の花嫁！』

二人が手を叩く。ふわ、とゆるやかな風がおこった。

ドーム型の天井に吊り下げられたシャンデリアから、花びらのようにおりてきた者があった。

ゆったりと羽ばたいて、アルスルのそばへ着地する。

（ラファエル？）

伏し目がちの瞳はくすんだ金色。金髪だが、栗色に近い。

ミカエルやウリエルとくらべると、線が細かった。身にまとっている服も、砂漠をこえてきた旅人のようにすりきれている。

ラファエルは、寝かされたアルスルの前でひざまずいた。

「……やめてくれ！」

舞台に押さえつけられたまま、ルカは叫んだ。

「おれを喰いたいならそうすりゃいい！　でも、そいつは……彼女はだめだ！」

なぜと問いたげに、宇宙のような瞳がのぞきこんでくる。

「アルスルは特別なんだ！　おれなんかより、ずっと、ずっと……!!」

ルカはメルティングカラーで、彼女は黒色人種だから？

ルカが護衛官で、彼女が英雄だから？

それもある。だがきっと、ルカが惹《ひ》かれたのはそこじゃない。

「……世界を変える女だから」

『……世界？』

双子がそれぞれ左右へ首をかしげる。

ルカは笑って吐き捨てた。

「おれの世界はせまいんだ！　おれと、おれのまわりにいる連中や、住みついてる城郭《じょうかく》都市さ。そんなもんだろ？　アルスルはおれの世界を……おれを変えた女だ！」

相手が人ではないことも忘れて、ルカは訴えた。

「いいわけばっかりで、楽な道へ流されてきただけのおれを……あいつがなんてよぶか知ってるか？　信頼できる友人、だぜ？　かわいいご主人さまにそうよばれたら、本当に自分がそうなれるんじゃないかって期待しちまうよ！」

期待。

——希望、だ。

（そう……あいつがいたから、おれはがんばれた）

ひとはだ脱ぎたくなるのだ。金や遊びにつながらないことでも、進んでやってやりたくなる。命がかかった危険な仕事だって、クールにこなしてみせたかった。いまでは、楽しむことさえできている。

（あいつがいなかったら……おれはとっくに死んでいた）

酒におぼれていたかもしれない。野良猫よろしく路地裏でくたばっていたかもしれない。無茶をやって、荒野で人外に喰われていたかもしれない。そうならずにすんだのは、彼女が、あの黒猫のような目でじっとルカを見つめていたからだ。

——いつもありがとう、ルカ——。

そう言ってくれるときのアルスルの笑顔が、ルカは大好きだった。

彼女に見られているときくらい。

善い人間でありたい。

その気もちが、ルカをここまで連れてきたのだ。いま自分が、好きな女の幸せを願えるほどまっとうな心で生きていることを、ルカは誇らしく思った。

「たのむ……!!」

はいつくばって懇願する。

「この世界から……おれから、アルスルを奪わないでくれ！」

双子は顔を見合わせた。

それから、ラファエルへ目配せする。ルカは身をよじって暴れたが、ラファエルは眠るアルスルの額に、ひとさし指を押しあてた。

とても静かに。

アルスルのまぶたが開く。

少女はぼうと宙をながめていたが、やがて赤ん坊のような目でラファエルを見つめた。

「……だれ？」

「アルスル!!」

ルカがよぶと、アルスルは目を丸くする。ゆっくりと上体をおこした彼女は、不思議そうに劇場を見まわした。最後に、とりおさえられたルカと目が合う。

「……ルカ？」

双子がほほえんだ。

貴賓席を向いたアルスルが動かなくなる。

ルカは奇怪なものを見た。双子の後ろで、半透明の影が明滅している。

黒い花のつぼみかブラックホールのようにも見えるそれは、絶えず蠢《うごめ》いていた。ホールの天井に届くほどの大きさだ。

（翼……？）

閉じた翼の奥で、なにかがきらめく。ルカは悪寒に襲われた。

――瞳、だ。

羽毛におおわれた頭が、ふたつ。

ぴたりとくっついてアルスルを凝視している。

『……女よ』

『……問うぞ』

ルカは耳を疑った。

翼の王は、ルカではなく――アルスルに問うていた。

『おまえとルカ』

双頭がたずねた。

『どちらか一方の命を助けよう』

『もう一方の命をささげるなら』

ルカの息が止まった。かかげられた天秤《てんびん》のように、一対の翼が広がる。

『見せろ』

『示せ』

客席のはしからはしへ届くほど大きな翼を見上げたアルスルは、逃げられないことを悟ったらしい。考えるようなそぶりを見せた。迷うな、自分を選べ——そう叫ぼうとしたルカののどを、ミカエルが押さえつける。

動けないルカを見つめて。少女はにっこりと笑った。

いつも、ルカがキスをしたくなる笑顔だった。おだやかに動いたアルスルは、腰の聖剣リサシーブを抜くと、両の逆手でにぎりしめた。

「ルカ」

祈るように。

少女は刃を胸へあてる。

「どうか幸せで」

ばきんと、ルカの血が凍った気がした。

アルスルは——自分の剣で、自分を突いていた。

リサシーブの牙が、鞘《さや》へおさめられるように吸いこまれていく。

肉と心臓と骨を裂いて、血濡れた剣先が少女の背から生えてきた。赤い片翼が生えるようだった。白いブラウスがみるみる赤くなっていくのを、ルカはただながめていた。

けほ、とひとつ咳をして。

少女が倒れこむ。

客席の照明が落ちたかと思うと、ルカとアルスルだけがライトアップされた。観客のささやきすら消えたとき、ミカエルが離れる。

「……アルスル?」

無意識に、ルカは立ち上がろうとした。

左の義足が折れていることを忘れていたから、派手に転んで、顔を打つ。立てないとわかったので、アルスルのところまで這っていった。

血まみれの女を抱きおこす。

刺さった剣を抜こうとは思わなかった。抜いた瞬間、血といっしょに彼女の命まで流れていってしまうことくらい、わかっていた。

——るか。

声のない声がよぶ。

どんな望みでも叶えてやるつもりで、ルカはうなずいた。

——。

もう、声にすらならない。

それでもルカにはちゃんと届いた。

アルスルの唇がつづったのは、愛の告白を意味する言葉だった。

抱きしめれば壊れてしまうと感じて、ルカは彼女の手をにぎりしめる。血だらけの唇へキスをした。だが、アルスルが笑ってくれることはない。
少女は息絶えていた。
「……して」
たずねる。
「どうして、アルスルなんだ……」
涙すらあふれない絶望があることを、ルカは知った。
「……なぜ、おれに問わない」
『なぜ？』
『なぜ？』
くり返した声が、そろって吠えた。
『おまえは、いま、まさに問われるから!!』
劇場がびりびりと震える。ルカは、闇でかがやく星の瞳をにらみつけた。
『女が死んだ！』
『おまえを慕う女が、その心を証明するように命を絶った！』
最後の問いだ――！
ふたつの声が叫んだ。
『この女に、おまえは永遠の愛を誓えるか?!』
静寂がおりる。

ルカは呆然とした。
「……なんだよ、それ」
まだ温かい体から熱を逃がさないように、死んだ少女をかき抱く。
「人外王がなぜ、そんなことを知りたがる……?!」
双頭がつぶやいた。
『……スロースが冬とすれば、ルカ、おまえは春だ』
『春がくるからこそ、獣は……冬を耐えられる』
どこか色を失った声が、そよ風のごとくささやいた。
『そんな夢を……再生の眠りを』
『われわれは求めている』
滅びをまつ存在の、声は。
宇宙から聞こえてくるかのように遠かった。
(……永遠の愛……?)
ルカは自分へたずねる。

──ずる、と。
リサシーブの牙が、せり上がった。

18

天秤《てんびん》の城——。
城郭《じょうかく》都市アンゲロス。

かすかに空が白んできた。

(夜明けが近い……)

望遠鏡をのぞいたまま、チョコレイト・テリアは身がまえる。

空は不気味なほど静かだった。

真夜中を最後に、ワシたちの襲撃はやんでいた。人外《じんがい》とはいえ、夜どおしの戦いで疲れたようだ。岸の岩場で翼を休めていたり、気球にとまって眠っているものもあった。

(逃がしてくれる気は……なさそうね)

翼のない人間を嘲笑《あざわら》っているのかもしれない。

昼行性の猛禽類《もうきんるい》たちは、夜だというのに圧勝していた。サマエールという司令塔がいるからだろう。

浮力を維持するため、天秤の城は熱機関塔をよっつ備えている。

その高炉をひとつ破壊されたときは、チョコレイトも死を確信した。

ヴィクトリアの判断で、城は燃える塔を破棄。鎮火には成功したが、陸へ近づくことはできそうにない。人外たちはもしかしたら、都市の資源が尽きて、海へと落下するのをまっているのかもしれなかった。事実、高炉をひとつなくした天秤の城は、すこしずつ高度を落としている。

「……まずいわ」

アンゲロスは気球の三分の一を失っていた。

あたりを見まわせば、負傷者と避難してきた女、子どもばかり。

天秤の城で帰還の準備をしていた鍵の騎士団――ケルピー犬部隊とコッカー犬部隊はほぼ生き残っていたが、いつものように巡回へでていたアビシニアン家とネコたちの犠牲者が目立った。それでも、シクリッド社ほどではない。貝の塔を失ったシクリッド社は、社員の半分が行方不明だった。プラティーンもまた、重傷だ。

(日が昇れば、こんどこそ総攻撃がはじまる)

つぎは――もたないだろう。

(アルスル、ルカ……！)

チョコレイトは両手を結ぶ。

戻ったノービリスから聞いていた。二人の紙飛行機が破壊されたこと。海へと落ちていく二人を——人外のものらしき黒い影が、のみこんだことも。チョコが創造主に二人の無事を祈ったときだった。

きゃいんと、イヌの悲鳴があがった。見れば、黒い鼻をおさえこむようにしてコヒバが丸くなっている。飛びすさった白い影が、城壁の瓦礫《がれき》へと逃げこんだ。

「プチリサ……?」

チョコレイトが近よると、コヒバは訴える。

『あ、あいつがコヒバのお鼻を引っかいた……! 痛いのぉ!』

糸のように細い傷から血がにじんでいる。普通種のネコがイヌ人外に傷をつけたとすれば、とんでもない力をだしたものだ。

「あなたが怖がらせたのね、コヒバ。そうでしょう?」

『なにもしてないもん! あいつがヘンテコだったから心配してあげたのに!』

「ヘンテコ?」

首をかしげたチョコレイトは、白猫を見やる。

瓦礫のすきまで——プチリサが全身の毛を逆立てていた。

「どうしたの、プチリサ」

バリトンの声は返ってこない。それどころか、牙をむいている。

いつもの理性も知性も感じられない凶暴さで、ネコはヘビのような威嚇《いかく》音をたてた。

様子がおかしい。

「……リサシーブ？」

白い獣《けもの》は、わなわなと震えていた。

『……牙、牙……』

「きば？」

『……友よ。わが牙、で……！』

このネコが、友とよぶのはただひとり。

チョコレイトは緊張する。しぶい声で彼はうなった。

『哀れな友よ……わが牙をもってても、おまえの呪いは解けぬのに』


どくん、と。

死んだはずの心臓が、跳ねる。

「……え」

ちがう。

力強い鼓動は、アルスルの裂けた心臓からおこったのではなかった。

なら、彼女を貫いている聖剣リサシーブが？　それもちがう。白銀のスモールソードは、あのプチリサがそばにいてはじめて、おそろしいほどどするどい剣となる。

どくん、と。

ルカの腕のなかで、また、少女の死んだ血管が脈打った。

「な、んだ……？」

血濡れた小剣が、動く。

見えないだれかが引っぱるようにせり上がった。

すさまじい力がかかる。目にもとまらぬ速さで抜けた剣は、そのまま、矢のように貴賓席《きひんせき》へと飛んでいた。

折り重なるように密着していた双頭が、すばやく離れる。双子と双子、頭と頭、そのあいだをすり抜けた聖剣リサシーブは、だれもいない最奥の観客席へと突き刺さっていた。

ルカは呆然とする。

腕に抱えたアルスルが、動いたのだ。

正しくは――その血、が。

体から流れていったはずの大量の血液が、時間を巻き戻すかのごとく引いていく。アルスルのブラウスが白に戻るにつれ、細い赤リボンのように浮かびあがった。

しゅるしゅると、胸の傷へ吸いこまれる。

『……醜《みにく》いと感じるか？』

『……美しいと感じるか？』

双頭が嗤《わら》う。

おのれより狂ったものを見つけて、恍惚《こうこつ》とするようだった。

『ひとつたしかなのは、われわれがつけいる余地などないということだ』

流れきった血が、アルスルの心臓へ帰っていく。

『花嫁はもう……骨の髄まで呪われている』

ルカは絶句した。

血がすべて戻ったかと思うと、傷口から、水があふれたからだった。

リボンをふったように舞い上がり、熱いガラスかキャンディみたいにねじれていく。やがて、あの形にまとまった。

角の大剣だった。

「……走る王……」

透明の剣が、純白に染まった。

痛々しく裂けていた傷がひとりでに閉じる。肉が、すこしだけ盛り上がった。何年も前からあった古傷のように、アルスルの肌の色になじんでいく。ルカは色を失った。

「……知っていて、アルスルを試した、のか……？」

双頭はうっとりと震える。

『一角獣《ユニコーン》が、人の娘を伴侶《はんりよ》にむかえようとした物語は……空域《ヘブン》の人間たちが夢に見るほど広まった』

『一角獣が、伴侶とした人の娘に狩り殺された物語は……古典的でありながら斬新で、われわれの目にもとまった』

強い怒りを感じて、ルカは声を荒らげた。

「あんたら‼」

『われわれは、おまえのファンだ』

『われわれは、花嫁がおまえにふさわしい心の持ち主かを知りたかった』

王はうれしそうだった。きれいにふさがった少女の傷を見て、ルカは六災《ろくさい》の王とよばれる人外たちをかつてないほど気味悪く思った。

純白の大剣が、よりそうようにアルスルのとなりへおりてくる。

ただの武器とおなじように動かなくなったとき。

とくん、と。

少女自身の心臓が鳴る。

刹那《せつな》──アルスルが息を吹き返した。

その瞳がふたたび開かれたとき、恐怖と言葉にできないほどの歓喜で、ルカは顔をゆがめる。壊してしまいそうなほど強く、彼女を抱きしめていた。

「……ルカ?」

小さな声でよばれる。

安堵の涙がにじんで、ルカはより強く抱擁《ほうよう》した。

ぱちぱちと拍手がある。人の形をしたほうの双子だった。

二人は立ち上がって大きく手を叩く。すると、周囲にいた天使たちもつづいた。拍手は鳥肌のように広がって、最後には劇場中から喝采《かっさい》があがっていた。

『ブラボー!! おまえたちはすばらしい……!』

『アンコール!! おまえたちの結末が楽しみでならない……!』

舞台がゆれるほどの大声で、双頭が称賛する。

もはや、ルカはなにも言えなかった。

『おまえは主役にふさわしい、ルカ』

『おまえは受けとることができる……ルカ』

黒いつぼみのようだった双頭と翼が、溶けた。煙のように宙をただよいながら、双子の背に集まっていく。

右の双子の右肩甲骨《けんこうこつ》に、三枚。

左の双子の左肩甲骨に、三枚。

おたがいの手をとった片翼の双子は、まさに双頭のワシだった。

『誓約だ。われわれが滅ぶ未来をだれにも話すな』

『契約だ。その誓いを守る限り……われわれは力を与えよう』

――力?

双子はルカたちの後ろを示す。ふり返ったルカの鼓動が、速くなった。

くすんだ金の瞳、栗色に近い金髪の天使がたたずんでいた。

『ラファエルをとれ』

『ラファエルを従えよ』

ごくりと唾をのんだルカは、とっさに嫌悪する。

（冗談じゃない……！）

いずれ人外王に喰われる未来なんて。断ろうとしたルカは――しかし、思った。

（力）

それがあれば。

（翼）

それがあれば。

（……守れたんじゃないのか？）

アルスルが、サマエールに襲われたとき。紙飛行機から落ちたときも。

（……守れるんじゃないか？）

腕のなかの少女が、子猫のような目でルカを見つめている。

まだ夢を見ているかのごとくぼんやりとしている彼女は、ことさら無垢で――無防備に思えるのだった。

（こいつを）

災いから。あの、呪われた大剣からも。

（守れるのなら）

――必要だ。

ルカはラファエルを見上げる。伏した目からは、感情が読めなかった。

「ルカ」

アルスルがよぶ。

「あなたは、あなたのままでいい……」

よく事情をのみこめていない様子の少女は、それでも、ルカが一生のうちで二度とないような決断を迫られていることに気づいていた。

ルカは一瞬ためらう。自分の判断が正しいのかどうか、わからない。

だが、ただひとつ願うのは。

（……守りたい）

特別な女を守るためには、ルカ自身が特別なものになる覚悟――誠意と、儀式と、代償が必要だった。


ルカは震える手をのばす。

――ラファエルが、それを受けた。


天使の体が影色に染まる。

どろりと溶けたとたん、翼をもつ猛禽類――ハクトウワシへ変化していた。

普通種の大きさになったラファエルは、ルカの肩にとまる。ミカエルよりひとまわり小さい。どこか頼りないようだが、ミカエルにはないものもあった。

「……なんだ？」

その不思議なくちばしは、体温よりも温かかった。

熱いくらいだ。ルカがラファエルに触れてみたくなったとき、ぱちんと指の鳴る音がする。

王が宣言した。

『これでおまえは』

いいいいいいいい
『われわれのものだ』

貫くような視線を注がれてルカは総毛だつ。

つい、と大きな羽根が流れてきた。一枚ではない。落ち葉のようにはらはらと舞って、ひところへ向かっていく。舞台の下手《しもて》だ。アルスルがつぶやいた。

「……スロース？」

倒れたままのスロースが、視線をゆらりと動かした。

風切り羽が赤毛の男をとり囲む。いちど影に溶けて、球になった。黒い星のようだ。直感して、ルカは青ざめた。

「まってくれ……!!」

ぶ、と音がする。

スロースの右膝から下が——消失していた。しかめられた男の顔が、赤毛に隠れて見えなくなる。遅れて、鮮血がふきだした。

『人の子は舞台の味がする』

『メルティングカラーの子はいつも異なる味がする』

双子は、ぶあつい本で顔の下半分を隠した。──なにかを咀嚼《そしやく》するように、その口元が動いている。立ち上がろうとしたアルスルがよろめいた。

「お願い。彼を殺さないで」

手を貸したルカにつかまりながら、少女は言った。

「スロースを必要としている人たちがいます。あなたが許すなら……彼とミカエルをアンゲロスへ返してほしい」

返答はなかった。

見えないはずの瞳で劇場の天井をながめてから、双子は赤毛の男を見すえる。

『スロース。われわれはおまえのファンでもある』

『スロース。なぜ誓約を破った?』

痛みに耐えているのだろう。スロースの顔を汗が伝った。

「……プラティーン」

赤毛の男はつぶやいた。

「スロースを存在させる……スロースに心を与える女だ……だから、生かそうと思った」

『それだ! われわれと出会った日さえ、感情を示さなかったおまえが!』

『それだ! おまえは幼なじみをもやりすごすと思っていた!』

双子は大げさに両手をあげる。寡黙なスロースから言葉を引きだそうとするように、なんどもあおってみせた。

　スロースは動かない。

　だが、空色の瞳をこちらへ向けた。

「……アルスル＝カリバーン・ブラックケルピィ」

　アルスルが目を丸くする。

「似ているところもあると思った……ふつうではないと、獣のようだと言われながらもそれを認識できず、自分を他者へ似せることもしないままに、今日《こんにち》までできた……その彼女が、親しい男の幸せを願うなら……」

　あおむけに転がった男は、ほほえんだ。

「自分もまた、親しい女の幸せを願うことはできると思った」

　その言葉を。

　ルカは、プラティーンに伝えてやりたかった。

　はじめてスロースの心を知れた気がしたが、しかし、彼もまたみるみる血に染まっていく。あのままでは死んでしまうだろう。満足そうに笑った双子は、会話を終えるように椅子へ沈んだ。

『花嫁よ。スロースを許そう』

『ルカよ。ラファエルを使え』

　アルスルがきょとんとする。わけがわからず、ルカは肩のハクトウワシをうかがった。

「……あんた、なんとかしてくれんの？」

ハクトウワシは両翼をのばす。

ミカエルよりややのんびりしていた。飛翔《ひしょう》したラファエルは、スロースの腹にぽんとおりる。

どこかコミカルな動きだったが、ルカは緊張した。

ラファエルが、男の右膝にくちばしを近づけたからだった。血まみれの肉をついばむかに見えたハクトウワシは、しかし、そのくちばしを切断面にあてただけだった。

『ラファエル。癒しをもたらすもの』

『戦いを好まず……眷属《けんぞく》の翼をつくろうもの』

ルカとアルスルは言葉を失う。

スロースの出血が止まった。あっという間に肉が乾いて、かさぶたになっていく。痛みが消えたらしい。顔を苦しそうにゆがめていたスロースが、どっと脱力した。

『戻るがいい』

『おまえたちの巣へ』

あっけなく帰還を許されて、ルカは拍子抜けする。

「……いいの？」

アルスルがたずねた。ワイングラスとティーカップをとった双子は、答える。

『海原でおまえたちを拾ったのは、ルカがわれわれのものになるかもしれなかったからだ』

『スロースも助けよう。その男もまた、われわれのものだからだ』

『問題は』

『その点ではない』

アルスルは首をかしげる。双子が、眉根をよせたからだった。

『二度もか』

『二度だぞ』

その声が低くなる。

『伴侶の分際で……サマエール』

『オスの分際で……王の食事を邪魔した』

なんとなく。

ルカは理解する。

(……女王、だわ)

ぶつぶつと双子はつぶやいた。

『伴侶と称えられ、ミカエルに見逃されていながら……』

『伴侶と尊ばれ、花嫁にまで見逃されていながら……』

ルカの全身から一気に汗がふきだす。

興じていた娯楽に水をさされて、二人はひどく気を悪くしていた。いや、ただの娯楽——慰めではない。この滅びゆく王は、人間には理解しがたいまでの情熱と時間をかけて、終末にそなえているのだった。

王の不興を買ったものがどうなるか。ルカは、死神の末路を想像する。

『ミカエル。聞こえるか。聞こえるか』

『花嫁。聞こえるか』

鎧《よろい》をまとった天使とアルスルが、顔を上げる。

宇宙のような瞳を白と黒に明滅させながら、王は命じていた。

『死神を狩ってよい』

『死神をうち祓え』

獣だ、と。

ルカは実感する。

たとえ伴侶とされた個体でも。自然のことわりに反する——メスの獲物を横どりしようとするオスを、王は裁くようだ。

天使の姿をしていたミカエルが、影色に染まった。

普通種のハクトウワシへと変化した人外は、ラファエルを押しのけるようにしてスロースの肩へとまる。十字架に見える白くてするどいかぎ爪が、ぎらりと光った。うれしそうだと感じるのは気のせいだろうか。視線を切ったルカは、苦笑いする。

(怖い女が……ここにも一人)

ルカにつかまる花嫁もまた、漆黒《しっこく》の瞳をかがやかせていた。

19

水平線が、光る。

朝だった。

空は海のごとく青いのに。

雲と海は、血のごとく赤かった。

不思議な色彩を帯びた天へ、いま、炎よりもまぶしく、黄金よりもまばゆいものが昇ってくる。

太陽だった。

これほど美しい朝焼けは、ひさしぶりだ。

見張り台に立つヴィクトリアの胸に、さまざまな思いが去来する。人生のほとんどを空の上ですごしてきた者にとって、太陽は、親よりもそばにあって当然のものだった。そのきびしくもあたたかい光を浴びるのも——今日が最後になるのだろうか?

「ヴィクトリア様……」

簡易寝台に寝かされていたプラティーンが、よぶ。

「……あたしと、シクリッド社の志願者で敵の目をひきつけます……その隙に、ヴィクトリア様と子どもたちだけでもお逃げになるべきです……」

聞こえているが、ヴィクトリアはふり返りもしなかった。

折れた剣を腰に下げて。

ただ、あの娘が戻るよう祈ったときである。だれかが叫んだ。

「公爵閣下……ごらんください！」

ぽつん、と。

太陽のすみに黒点があらわれていた。

風景画のキャンバスへ、まちがえて黒い絵の具がついた筆をのせてしまったような。不自然な黒だった。

生き残った人々が、空をさす。みなつぎつぎに立ち上がっていた。

朝日とともにあらわれたそれを、祝福できる者などない。死の予兆――死神の力のひとつだと受け止めたのは、プラティーンも同様だった。

「ヴィクトリア様……！」

怪我でおき上がることもできない女は、声をしぼりだした。

「お逃げくださいませ……あなただけでも!!」

「プラタ」

折れた腕とあばら骨の痛みをこらえて、ヴィクトリアはたんたんと答えた。

「おのれの行いを悔いるなら。生きて誠意を示しなさい」

鼓舞《こぶ》する。

(くるならば……くるがいい)

ヴィクトリアが空をにらみつけたときだった。

黒点から。

——夜が、広がった。

二人はぎょっと体をこわばらせる。

「なに……?!」

暗幕がおりるように、闇は四方八方へと広がった。あたりはどんどん暗くなる。天秤《てんびん》の城
——いや、アンゲロス全体が太陽から切り離されていく。

闇があたりをおおい尽くしたとき、うろたえるような声が、頭へひびいた。

『……セラ、フィム……』

男でも女でもない声だった。

人間たちは困惑する。いたるところから、けたたましい奇声があがっていた。

アンゲロスにとどまっていたオオワシたちだ。錯乱《さくらん》とよべるほど人外《じんがい》の騒ぎが大きくなったとき。

——空が動いた。

最初にあらわれた黒点が、膨れあがる。

花のつぼみそっくりに閉じていたそれが、開いた。女の腕のようにしなったかと思うと、猛烈な風がおこる。

「……鳥？」

巨大な、いくつもの黒い翼だった。

『……ケルビム……！』

恐れおののく声が、上位にある天使の名を連呼していた。

月のない夜空に星が流れる。

ひとすじ、ふたすじ、みすじ――よすじ。

光が走ったが、消えずに空でかがやきつづけていた。妙だ。ときおりその光が月齢のように満ち欠けするのだ。まばたきをする目のようだと感じて、はっとする。ヴィクトリアに生まれた予感が、確信へと変わっていった。

――多眼。

――多翼。

まさか。

あれが。

「……隕星《いんせい》、王《おう》」

ヴィクトリアは後ずさる。打ちのめされるような威圧と畏怖に人々も体をすくませていたが、それはオオワシたちとて例外ではなかった。

『わが君……』

ひれ伏すように首を垂れた人外たちは、ただちに唱えた。

『わが王……』

『聖なるかな……！』

『聖なるかな……!!』

『聖なるかな……!!!』

讃美歌の通常文だ。ヴィクトリアの眼下にある気球のバルーンへ、影があらわれる。噴水のように浮き上がると、朽ちかけたオオワシへと姿を変えた。

サマエールだった。

舞台か証言台へ立ったかのようだ。

しかし、死神の弁明を聞くこともなく、四つの瞳はまたたいた。

『大いなる御使い』

ふたつの声が歌いだす。

『聖なるミカエルよ……魔なる者の謀《はかりごと》に勝利せよ』

死神が痙攣《けいれん》した。

鐘の音のように夜空へひびきわたる歌は、ヒムではなかった。

悲しげな旋律で、古語が多い。ヴィクトリアですら辛うじて意味がわかるほど古い歌だったが、眷属《けんぞく》の人外たちは凍りついていた。

――天主よ、かの者へ命じたまえ――。

――天軍の総帥《そうすい》よ――。

――生を奪わんと、この空を徘徊《はいかい》する魔なる者たちを退けよ――。

ふたつの声が美しく調和する。

神々しいハーモニーは、人の心をも激しく震わせるのだった。

『……セラフィム、よ……』

死神がよぶ。

人ではないものの王は、答えなかった。

――哀れみたまえ、哀れみたまえ、哀れみたまえ――。

――かくあらんことを――。

ふたつの声が、そう歌い終えたときだった。

はじめにあらわれた黒点から、白い光のかたまりが飛びだしてくる。星が生まれるようだった。海へ落ちるかと思いきや、空中で減速する。

（あれは）

背から翼を生やしたなにかが、ふたつ。

天使のようだった。プラティーンがかすれた声でつぶやく。

「スロース……?」

片方は、鮮やかな赤毛の男である。

片方も、男のようだ。腕になにか抱えている。

ハクトウワシにわしづかみにされた二人が、気球のひとつへおり立った。鍵の騎士団がざわめく。側塔の張り出しから身をのりだしたチョコレイトが叫んだ。

ルカよ、ルカだわ——そんな声がこだまする。

それでヴィクトリアは、赤毛でないほうの男がルカだと気づいた。遅れて駆けつけたノービリス＝ヘパティカが、彼女の言葉を裏づけるように固まってしまう。

ヴィクトリアの心が、昂《たかぶ》った。

「……戻りましたか」

ミカエルを従えたスロース。

見知らぬハクトウワシの翼を借りた、ルカ。

そして。

ルカに抱きかかえられた、アルスル＝カリバーンだった。

三人の帰還とともに、漆黒《しっこく》の闇がせり上がる。焼かれるほどの陽光に包まれて、ヴィクトリアたちの目がくらんだ。幕が上がるように、翼と瞳が引いてゆく。

『わがセラフィム、わが王よ！』

天体のように流れる光へ、サマエールが請うた。

『ゆかれるな……!!』

かれた声でサマエールは叫びつづけている。

だが、制止など意味をもたなかった。太陽や彗星《すいせい》を止められないのとおなじこと。大いなる存在は、黒点へと戻っていく。

『祈りを』

『祝福を』

ただ、ふたつの声は言い残した。

『メルティングカラーの息子たちよ、幸あれ』

ひとつ残った瞳が、アルスルとルカの頭上でまたたく。

『雄弁は銀。沈黙は金』

太陽とおなじ黄金色にかがやくと、瞳は細くなった。笑うようだった。

『英雄よ……天主の加護あれ』

王が去った刹那《せつな》。

赤毛の男についていたハクトウワシが飛翔《ひしょう》した。アンゲロスの方々から歓声があがる。

貴腐《きふ》ワイン色の瞳をしたミカエルだった。

崩れるように座りこんだスロースから飛び立つと、影色に染まる。クジラのように膨張するやいなや、サマエールへと襲いかかっていた。死神はすかさず影へ沈もうとしたが、ミカエルのかがやくかぎ爪が、これを踏みつけて防ぐ。

サマエールが悲鳴をあげた。

『御使いよ、わがもとへ！　御使いたちよ！』

死神の声は無視された。

――王の意志に逆らってまで、ミカエルにたてつくものなどいはしない。

ルカも動いた。

気球から気球へ、両肩をつかんでいるハクトウワシの翼を借りて飛んだかと思うと、アルスルを抱えて跳躍した。見れば左の義足が破損しているのに、一本足で器用に跳ねながら、死神との距離を詰めていく。少女が声を張った。

「リサシーブ!!」

ヴィクトリアは目を丸くする。

おのれのすぐとなりに、あの白猫――プチリサがいた。

『わかっている！』

バリトンの声が吠えた。

遠目にもわかるほど、アルスルの小剣がきらめく。残ったサマエールの瞳が紫色の光線を放つが、ルカたちへ直撃するかに見えた光が――ぐにゃりと曲がった。

ルカの肩にとまるハクトウワシが、身ぶるいした。

『ほう。光を重力でねじまげた……〈ささいなる崩壊星《コラプサー》〉か』

白猫がつぶやく。

『……ラファエル……?!』

死神が愕然とした。

その隙を、アルスルは見逃さない。

ルカから跳んだ彼女は、風のような速さで瞳を一刀両断していた。絶叫がアンゲロスの人々を襲う。頭を貫かれるほどの衝撃だったが、長くはつづかなかった。

ミカエルがサマエールの翼に嚙みつく。

『やめよ……ミカエル!!』

かぎ爪で死神の胴を押さえつけたまま。

ミカエルは、折れていないほうの翼を引きちぎっていた。

どす黒い血が飛び散って、白い気球を汚していく。瞳と翼をすべて失い、声をあげることさえできなくなった死神が、朦朧《もうろう》と顔を上げたとき。

その眼前に。

アルスルが立っていた。

『……やめよ』

からっぽの眼窩《がんか》が訴える。

だが、少女は迷いなく――剣をふり上げていた。

一万年と生きた命が絶たれるのを。

ヴィクトリアは目をそらさずに見つめていた。

首を落とされて、死神が動かなくなる。

一部始終を見守っていたオオワシたちが――一体、また一体と舞い上がった。人外たちはどこへともなく飛び去っていく。

最後の一体がカモメほどに小さくなるまで、離れたとき。

生き残った人々が喝采《かっさい》した。

社員たちに担がれて、プラタが城の門前までおりていく。おなじように運ばれてきた支社長をむかえるためだろう。

スロースは、右膝から下を失っているようだった。

それでも、子どものように飛びついた副支社長を抱きとめる。彼にしてはめずらしく、のろのろと腕を動かしてプラタをさすった。男女の抱擁《ほうよう》、というほど熱っぽくはないが、再会を喜ぶ家族のように温かい。熱いものがこみあげたのか、プラタが泣きじゃくっている。

ヴィクトリアの心はというと、自分でも意外なほど静かだった。

爽快《そうかい》でもなければ、憤懣《ふんまん》やるかたないわけでもない。

ただ。

（……終わった）

そう感じる。ヴィクトリアは折れた剣をなでた。かついでいた荷物のひとつをおろせたような気分を味わいながら、だれへともなく話しかける。

「……彼女は証明しましたね」

『無論だ』

バリトンの声が答える。

期待していたわけではなかったが、思いのほかあっさりと返事があった。

『あの娘は、英雄となるために生まれてきたのだから』

ヴィクトリアは横目に見やる。

決まっている未来を語るかのように。

白猫は、自信に満ちていた。

20

帝都イオアキム。

イオアキム城――。

アルスルが宮殿の廊下へでたときだった。

今夜の護衛官をつとめるルカはぴゅうと口笛を吹いた。

「イカすぜ、団長！」

アルスルはうなずいた。自分でもそう思う。

「軽い、ゆったり、走れそう」

新しい人外《じんがい》素材製甲冑《かっちゅう》――プレートアーマーと、ワシ人外の翼をつなぎ合わせた防護マント――ラメラーアーマーは、とても動きやすかった。

総重量、五キログラム。細身のアルスルにぴたりと合っている。全身の可動域にほとんど制限がないので、鎧《よろい》をまとっているとは思えないほどなめらかに動けた。

「ドレスもイイけどさ、鎧もあんたらしいじゃん！」

ルカは、拍手をするように左の義足で床をタップする。

その右肩には、白猫プチリサがのっていた。

左肩には、ハクトウワシのラファエルがとまっている。

賓客《ひんきゃく》の護衛官が着るネイビーブルーの正装と、人外革の肩当てに短剣というささやかな武装をした彼は、いつになくクールでチャーミングに見えるのだった。きっと、アルスルの心が変わったからだろう。

「……すてきだ」

「なにがよ？」

ルカが首をかしげる。アルスルは迷うが、表情にでないぶんの気もちを、ちゃんとルカへ伝えた。

「今日も、ルカはきれい」

ルカがぽかんとした。恥ずかしくなったアルスルは、先を急ぐ。

「……行こう。あいさつしないと」

鍵の騎士団の代表として、皇帝クレティーガス二世の誕生日セレモニーに出席することが、アルスルの役目だ。

ところが。

その日のイオアキム城は——ぎこちなさでいっぱいだった。

およそ一年ぶりに帝都をおとずれたアルスルは、キャラメリゼとコヒバ、ルカを連れて入場する。黒水晶《モリオン》の晶洞《しょうどう》は静かだった。いつもは華やかな宴《うたげ》を謳歌《おうか》する貴族たちが、息苦しそうな顔をしている。その理由を知るルカは、にんまりとした。

「葬式か？　皇帝の誕生日だってのになぁ！」

それぞれの顔色をうかがいながらも、貴族たちの興味と関心は、ある一点に集中しているのだった。人々の視線を追って、アルスルは顔をほころばせる。

「……もういらしてる」

大広間の左。

窓辺の席に、大きくてエレガントな老女がかけていた。

足元には、美しいアビシニアン猫が横たわっている。首には、スペシャル・ワーキングキャットであることを示すクリスタルのメダルがかかっていた。

老女もネコも、すっかり回復したようだ。

皇帝へのあいさつより先に、アルスルはそちらへ向かう。

「ごきげんよう。ヴィクトリア」

「ごきげんよう。アルスル＝カリバーン」

二人があいさつを交わしただけで、広間の空気がざわりとゆれた。

アビイ＝グラヴィが挑発的に笑う。

『ばぁっかみたい！』

「……こういう場所で年少者と年長者が親しげにすると、マナー違反になるのでしたね。忘れていました」

なるほど。よび捨てがまずかったようだ。

カーテシーのポーズをとってから、アルスルは言いなおした。

「申しわけございません……マイレディ・ヴィクトリア」

「貴女も。社交界に慣れてきたようでなにより」

公式の舞踏会なのに、ヴィクトリアは今夜も男装だ。

シルクのジャケットとズボン、牛革のブーツは、ひとめで貴族とわかる漆黒《しっこく》。赤と金の糸で、太陽と天秤《てんびん》の刺繍《ししゅう》がところせましと入れられている。彼女にしては派手な衣装だ。特に、オオワシの羽根飾りが見事な大きいつばつき帽子は、とても似合っていた。

「すてきな帽子」

「扇子《せんす》のかわり……相手に、しわだらけの顔を見せずにすみます」

パーティー嫌いというのは本当らしい。それでもクレティーガス二世たっての招待で、二十年ぶりに舞踏会へ出席したという。

「どうして、気が変わったのですか？」

「戦場が落ち着きましたからね……貴女のおかげで」

ヴィクトリアは外を見やる。

イオアキム城の上空には、無数の気球が停泊していた。前よりひとまわり小さくなってしまったが、炎でライトアップされた空中街が夜空に浮かんでいる。

城郭《じょうかく》都市アンゲロスだった。

大陸を横断して、西域《ウエスト》の帝都までやってきたのである。

「たまには陸もよいものです。空域《ヘブン》をでたことがない領民がほとんどだったので……みな大いに観光を楽しんでいますよ」

ヴィクトリアは言うが、それだけが理由ではないだろう。

鍵の騎士団――クレティーガス二世が作らせた人外討伐組織が、いかに優れているか。アンゲロス公爵の口から貴族たちへ語ってほしいと、皇帝は願ってきたという。

(わたしたちのために……きてくれた)

アルスルは感謝する。

だが、貴族たちのとまどいは大きいようだ。

厳格なアンゲロス公爵の来場は、心を引きしめさせるような緊張を与え、あるいは――享楽にふけりたい心に水をさすのだった。

その自覚があるのか、ヴィクトリアもちっとも楽しそうではない。

「帝国議会《バーク》より疲れる場所だこと……うれしくもないのに笑わなければならないときなど、空へ飛んで帰りたくなります」

「ヴィクトリア様！」

紅茶色の肌をした女が、さっそうと奥の談話室からやってきた。

「まぁ！　おひさしぶりです、レディ・アルスル！」

プラティーン・シクリッドだった。

シックなグレーのナイトドレスが、とてもきれいで色っぽい。白金とプラチナのルチルクォーツのアクセサリーがよく合っている。肩から反対側の腰へは、貴族の随行者であることを示す金と赤のサッシュがかかっていた。彼女は忠誠を誓うように腰を落とす。

「ごきげんよう、プラタ」

「その甲冑とマント、お似合いですわ！　ねぇ、ヴィクトリア様、すてきでしょう？　マイレディ、弊社の資源はいかがかしら？」

「完璧」

アルスルの鎧とマントは、シクリッド社の資源調達部から贈られた希少な素材と、チョコレイト、アンゲロスのゴードン＝リングが協力して完成させたものだった。名前はまだない。だが、長く使っていきたいとアルスルは思っている。公爵が聞いた。

「商談はできましたか？　プラタ」

「もちろんですわ！　西域《ウエスト》の貴族を紹介していただけるなんて……このチャンス、かならずものにしてみせます！」

妖艶《ようえん》にほほえむプラタは、前よりもっとしたたかだ。

公爵には、シクリッド社の副支社長を帝都に連れてくるという目的もあったらしい。成果を報告したプラタは、アルスルの後ろにいるルカへもウインクした。

「ハイ、ルカ」

「ハイ。スロースは元気か?」

プラタはうんざりしたように肩をすくめる。

「いつもと一緒よ！　ええ、足が一本なくても！　こんなにきれいな街へきたのに、ずっと部屋で寝ているの。困っちゃうわ」

やはり母か姉のようだ。——長年連れそった夫婦にも見える。

アルスルたちが談笑していると、ホールの奥から青年と黒いイヌがやってきた。

「アンゲロス公爵、ようこそおいでくださいました」

ノービリス＝ヘパティカ・コッカァとアガーテだった。

アンゲロス公爵への礼儀を守ったノービリスは、ルカに一瞥《いちべつ》をくれる。

「……ご苦労」

ルカが息をのむ。

それを黙殺した皇子は、アルスルにもていねいなあいさつをした。

「ごきげんよう。ミスター・ノービリス」

「ノービリスでけっこうです。レディ・アルスル……皇帝があなたと話したいと」

アルスルはうなずいた。よばれる気はしていたので、立ち上がる。

「よろこんで。ノービリス」

アルスルはキャラメリゼについてきてくれるよう頼んでから、硬い顔をしているルカをふり返った。

「ルカ、ここで公爵の護衛を」

「……けどよ」

「すこし話すだけ」

騎士団の今後のこと。そして、きっとノービリスとの結婚話だ。

だから迷うこともない。

ルカへ笑いかけると、アルスルは皇子についていった。


「あの日、なにがあったのです？」

プラティーンがべつの貴族との商談へ向かったところで、アンゲロス公爵がたずねた。はたからすれば、世間話がはじまったようにしか見えないだろう。

「なんの話で」

「あの王は、おまえたちになにかを約束させたのでは？」

つばつき帽子の下から、ヴィクトリアの片目がちらりとのぞく。

「沈黙は金」

ルカは、アルスルの無表情をうらやましく思う。

ラファエルを見つめたヴィクトリアは、皮肉っぽくほほえんだ。

「スロースは語らずじまい……プラタまで、怪我の痛みしか覚えていないと言い張るのですよ。おまえたち四人のほか、真相を知る者もないのに」

どこか愚痴《ぐち》っぽいヴィクトリアの言葉に、ルカは苦笑いする。

「……おれの口からは、なにも」

この場で追求するつもりがないのか、それとも答えを得られないと知っていたのか。ヴィクトリアはすこし沈黙しただけで話を変えた。

「スロースは失脚しました」

ルカははっとする。

「シクリッド社の判断です。先のサマエール襲撃の責任を問われて、スロースは副支社長へ降格……後任を送ると提案がありましたが、わたくしの判断で、プラティーンを支社長に就けることにしました」

プラタ本人が志願したからだという。

アンゲロスの復興はおどろくほどの速さで進んでいた。空域《ヘブン》支社の資金調達能力は、アビシニアン家にもシクリッド社の本社にも高く評価されている。スロースを右腕とした彼女は、アンゲロスの再建に力を尽くしているそうだ。

「そうですか……」

「おまえは？　あの娘とはうまくいっているの？」

ルカはいよいようろたえてしまう。おまけに視線も泳いでしまった。肩をすくめた女公爵を押しのけるように、アビィが一喝する。

『しっかりしてよね！　あんたがそれじゃ、あの子が困るんだから！』

「わぁかってるよ……！」

自分が逃げだしてしまわないよう、ルカはあえて口にした。

「……今夜、プロポーズするつもりです」

公爵とアビシニアン猫が目を見開く。べつの貴族とネコ人外なら、ルカを死刑にするかもしれない。それほど危険な告白だったが、顔を見合わせたヴィクトリアとアビィは、にやりとしただけだった。

「見ものですね」

『うまくやんなさいよ』

アルスルとキャラメリゼが戻ったのは、円舞曲《ワルツ》の演奏がはじまるころだった。

気もそぞろだったルカは意外に思う。アルスルが、やけにすっきりとした顔をしていたからだ。機嫌がよいかもしれない。そばへくるなり、彼女は手をだした。

「踊ろうか、ルカ」

予想外の誘いだった。ルカは仰天する。

「……おれと?!」

「うん」

「その鎧で?!」

「そう」

この数年。アルスルが舞踏会で恥をかかないよう、ダンスの練習にもつきあっていたルカである。自慢じゃないが、アルスルをリードできる技量はあった。問題は――。

ルカはあわてて首をふる。

(貴族から白い目で見られることが、どれほどのもんよ!)

惚《ほ》れている女から誘われた。

ここで応えなきゃ、男じゃない。

「もちろん!」

笑ってうなずいたルカは、白猫とハクトウワシをケルピー犬たちの頭へのせる。

アルスルがルカの腕をとった。身長も体格も差がありすぎるし、肌の色や服の階級だってちがう。けれど。

(やってやる! おれのご主人さまのために……!)

アルスルが、この場にいる女全員から羨まれるくらいに。

胸を張ったルカは、堂々とアルスルをエスコートする。広いボールルームへでると、音楽とまわりのカップルに合わせて踊りはじめた。

警告されることこそなかったが、どっと笑いがおこる。

メルティングカラーのルカを笑いものにしようとする者が、半分。甲冑を着た女が踊るのを見て、本当に笑いだしてしまった者が半分だ。しかし貴族たちはやがて、その笑顔をひっこめる。

アルスルはきれいだった。

何気ない仕草がしなやかなのだが、それだけじゃない。

(……くそ、やっぱりかわいいよ)

声をあげない。歯も見せない。

それでも、あまりにも愛らしい笑顔だった。こんなに美しい女がいるものだろうか。

アルスルは黒曜石《こくようせき》のように真っ黒な目でじっと見つめてくる。ルカは参ってしまいそうだった、足をもつれさせてはいけないと、必死でこらえた。

楽曲の派手な部分がすぎて、余韻《よいん》のようなメロディに変わったときだった。

ふと、アルスルがつぶやいた。

「ノービリスとの結婚」

どきりとする。

「断った。好きな人がいるから、と」

正直すぎる言葉を聞いて、ルカはつんのめりそうになった。

「こ、皇帝と皇子は納得したのか……?!」

「うん。すくなくともノービリスは」

二人にしか聞こえない声で、アルスルは言った。

「わたしといると、命がいくつあっても足りないし……自分は護衛官でもないからと」

あいかわらず冷淡だ。

けれど、もしかしたら彼なりの虚勢なのかもしれない。さっき、はじめてノービリスから敵意のない言葉をかけられたルカは、皇子が身を引いたようにも感じるのだった。

「……ヴィクトリアが」

アルスルはつづける。

「交換条件をだしているんだって。クレティーガス二世に」

「交換条件?」

「アンゲロス正規軍は、鍵の騎士団と正式に連盟を結ぶ……その代わり、アンゲロス公爵は騎士団長……わたしを自分の騎士に任命したいって」

ルカは息をのんだ。

第五系人帝国において。

騎士とは、創造主と、主人とする貴族に忠誠を誓った戦士である。

「ヘイヘイ、それって……ミセスが、皇帝からあんたを奪ったたってこと?!」

アルスルはうれしそうに笑う。ルカは小さく口笛を吹いた。

それはまさしく。

ヴィクトリアの剣、だ。

「わたしから願ったことだけど。叶うとは思わなかった。お義父さまもきっと了解してくれるはず」

「ミスター・アンブローズが?」

「コッカァ家より、アビシニアン家……クロートス子爵よりアンゲロス公爵のほうが、帝国議会での発言力が強いから」

前へ進んでいる。

着々と。

（すごいな）

すこしずつ、アルスルを認める者が増えている。だがそれは努力や運だけで得たものではないことを、ルカは知っていた。

（……こいつはあと何回、命をかければいい……？）

ルカのために。

アルスルが命をかけた日のことは、一生忘れられないだろう。

愛しい女の命がとても儚《はかな》く感じられたルカは、思わず彼女を抱きよせていた。貴族の一部から怒声そっくりのざわめきがおきたが、どうでもいい。

「……ルカ？」

「あんたが好きだよ」

ステップをとりながら、ささやく。アルスルがそっとルカを見上げた。

――見せろ。

――示せ。

自分へそう命じたルカは、正しい文法で宣言する。

「おれ、あなたを愛しています」

ほろりと。

漆黒の瞳から涙がこぼれていた。

その涙すらきれいで、ルカまで泣きそうになる。

「えっと……ブラックケルピィ家のしきたりとか、あるだろうから……おれと法的に結婚してくれってんじゃないんだ。ただ、そんくらいのつもりであんたの盾《たて》になるよって、意気ごみなんだけどさ!」

しどろもどろでとりつくろったルカは、しかし、きちんと伝える。

「いつかかならず、誓わせてくれ」

アルスル=カリバーン・ブラックケルピィに。

「永遠の愛を」

アルスルはうなずいた。

なんども。

なんども。

もうダンスなどやめて、このまま彼女を寝室へ連れていってしまおうか。そんな欲望に負けそうになったとき、ルカと、外野にいるプチリサの目がばちりと合う。

——調子にのるな、まだ早い——。

とげとげしい眼光が刺さってくるようで、ルカはうなった。

「……なぁ、アルスル」

欲望を忘れるために、プレゼントの話をしよう。

「あんたへ歌を作ったんだ」

「歌？」

小夜曲《セレネイド》――。

夜、家の外から恋人のために奏でる曲だ。

ルカが生まれた城郭都市では、プロポーズのとき、男が女へ歌曲を贈るしきたりがある。金持ちも貧乏人もみんなそうだ。荘厳な弦楽四重奏じゃなくていい。うまくいくかは、曲のできより情熱にかかっているからだ。

春にさえずる小鳥のようにどきどきしながら、ルカはつづけた。

「短い曲さ。プチリサから何回もダメだしをもらって……歌詞もある。タイトルは、あんたにつけてほしいんだ」

鼻歌のように口ずさんでみせると、アルスルがまごついた。

「わたし……音痴」

「知ってるさ。けど、歌なら絶対なくさない」

そばにいる。

かならず守る。

そんな想いをこめた歌だと、話す前に。

「……〈義足のワシ使い〉……」

アルスルがつぶやいた。

「タイトル」

「最後まで歌ってないぜ？」

ルカが聞き返したときだった。

すこし背伸びをしたアルスルが、ルカの唇を奪う。貴族たちから世界の終わりのような悲鳴がおきたが、彼女は気にしないようだった。

「……この歌と、今日のキスが」

女にいちども触れたことがない少年のごとく、ルカの胸が高鳴る。

「いつか未来で、吟遊詩人に語られるかもしれないね」

いたずらっぽく英雄は笑った。

終

○鉄の森（夜）

深い森。満天の星。

王配と人狼《じんろう》が倒木に座っている。

王配「鎧《よろい》すがたの英雄と王宮で踊った夜のことは、忘れようもない！　おれはもうメロメロだったよ！　永遠の愛を誓い、ベッドにおし倒したあいつの体へ、キスの雨を降らせたのは……なんとその二年後だったが」

立ち上がった王配、義足でリズムをとりながら歌う。

王配「かわいい人よ、
星がまたたく夜は、思いだしてくれ
あんたのためにウインクするよ、この瞳で
あんたが楽しい夢を見られるように

愛しい人よ、
星がざわめく夜は、よんでくれ
あんたのために飛んでいくよ、この翼で
あんたが悲しい夢を見ないように

儚《はかな》い人よ、
星が見えない夜は、聞いてくれ
あんたのために歌うよ、このくちばしで
あんたがぐっすり眠れるように

英雄よ、
星が流れる夜は、キスしてくれ
あんたのために戦うよ、このかぎ爪で
あんたが人のままでいられるように」

人狼が地面に寝そべる。

人狼「永遠の愛なんて、あるもんか」
王配「あるさ！　愛を永遠にするのは、おれ自身なんだ。おれたちの心は絶えず変わっていくし、歳もとっていくけど」
王配、肩のワシをなでて笑う。
王配「いつだって彼女はおれの特別だからな！　そうだろ？」

〈「義足のワシ使い」『戯曲・黒くない王配』より抜粋〉

パワフルなシリーズに寄せて

乾石智子

びっくり！

鈴森琴は、デビュー当時から、人の度肝を抜くのがうまかった。〈忘却城〉三部作では、死霊術（！）で発展した王国を描き、前作『皇女アルスルと角の王』と本作『騎士団長アルスルと翼の王』では、世界の広さとともに、人の心の深い場所にまどろんでいる暗部まで臆することなく語る。その結果、読者の対象をごく若い世代に限っていたファンタジイ小説を完全に脱却した、とも言えるだろう。

本シリーズは、〈忘却城〉と同一世界にある、まったく別の帝国を舞台にしている。〈忘却城〉は中華風であったのに対して、この〈アルスル〉シリーズは、欧州風の世界観を持っている。あらすじは、周囲の期待に添えない少女が、少しずつ成長しながら、人に害を及ぼす人外《じんがい》王を倒していき、ついには帝国皇帝に登りつめる、というものらしい。

作品の冒頭に掲げられた地図を見れば、本シリーズの世界の全体像が把握できる。第五合衆大陸には、六つの地域があり、それぞれ城塞都市を抱えて繁栄している。

びっくりのひとつめ。出てくる城塞都市が大変ユニークで、読みどころの一つになっている。前作では、「鍵の城」なる、ダイヤル式錠の組み合わせによって幾態にも城の様相を変化させるという、壮大なメカニックで読者を圧倒した。今作では、巨大な無数のバルーンに、建物や塔やまるまる一つの町を、吊り下げた空中都市を創造してみせた。

ふたつめは、人類より優れた能力を持つ、「人外」と呼ばれる獣《けもの》の脅威と、その人外を使役する「人外使い」という支配層を設定したことだ。そうして、灰色熊ほどに大きいしゃべる犬猫をもってこられれば、もう、もふもふ好きの読者はめろめろになることまちがいない。考えてみてほしい。もふもふの大きいのが、パートナーとしていてくれる、考えただけで幸せである。(わたしとしては、しゃべらないでいてくれる方がいいかも。だって、ほら、獣って、毒づいたり陰口叩いたりしないじゃない。ただそばにいてくれるだけでいい。たとえ、原稿を書いている上に、ごろんちょとねっころがってなでなでを要求し、要求されるがままになでなでしていると、いきなりがぶっ、とくる油断ならないパートナーであっても、さ。むしろ、それが、かわいい。さらに言えば、真夏でもこのぬくもりは幸福感を運んできてくれる。もう、ホント、ただそばにいるだけでいい……)

独創的な都市、人外という存在、につづいて三つめのびっくり! は、表現だろうか。前作で、ここまで書くか、と目を瞠《みは》ったのは、人外王の走詘王《そうふおう》が、女性を生きたまま喰らう生々しい場面だった。今作では言葉そのもの――「人外革張り」「処女である」に代表される、遠慮のない物言いだ。もふもふの愛らしさと対極をなす、殺戮《さつりく》、凌 辱《りょうじょく》、人肉喰らいなどを、これでもかとこと細かに語る、いわば、ファンタジイのタブーを突き破った驚きもある。これは両刃の剣で、読者を選ぶかもしれないけれど。

それとは対照的に、ファンタジイの醍醐味《だいごみ》を味わわせてくれるのが、世界のスケールの大きさだ。作者の視点の広さと高さを感じさせるのは、たくさんの国や人種を創作し、食物連鎖の掟を破り、越える存在すら示しているからであろう。大天使ミカエルの名を冠した大鷲人外が、序盤からブラックホールを出現させるなんて、旧約聖書の物語すら色褪せてしまうではないか。どこまでやるの？　である。（余談だが、この作品全体にＢＧＭを流すとすれば、モーツァルトのレクイエムニ短調がふさわしいと思う）

こうしたびっくり世界を基盤にして、アルスルの成長と恋愛模様を縦軸に置く。横軸に流れているのは、異質なものへの差別を告発する精神だ。人外類似スコアをもって生まれた――つまり、ヒトより獣に近い――主人公が、「レディ・がっかり」から「レディ・びっくり」に変身し、英雄とみなされていく過程は、しかし、この批判によって、華々しさを排除せざるをえない。なんとなれば、差別がまかり通るこの世界は、また簡単に、個人を英雄としてまつりあげもするからだ。価値として真逆に見えるこの現象は、実は同じところからきている。それゆえ、英雄の持つ華々しさを拒絶していく。アルスルの内側では、相変わらず、惑い、悩み、霧の中に漂っているようなぼんやりした不安が存在しつづけるのも、宿命と言えよう。

さて、もう一度地図に戻ろう。この大陸には、あと四つ、語られていない地域が残っている。アルスルが皇帝になるまでの道のりとして、あと四人の人外王と対決するストーリーが用意されているのだろう。どんな都市があらわれるのか、はたまたどんな人外王が立ちはだかるのか。アルスルが試練をどのように克服していくのか、ルカとの恋愛模様がどのように展開していくのか、また、彼女を取り巻く人々の意識がどう変化していくのか、期待と希望は次々に湧いてきて、尽きることがない。

イラスト　ねこ助

検印
廃止

著者紹介　東京都生まれ。玉川大学文学部卒。第3回創元ファンタジイ新人賞佳作入選。著作に『忘却城』『忘却城 鬼帝女の涙』『忘却城 炎龍の宝玉』『皇女アルスルと角の王』がある。

騎士団長アルスルと翼の王

2023年10月6日　初版

著者 鈴《すず》森《もり》琴《こと》

発行所 (株) 東京創元社
代表者 渋谷健太郎

162-0814/東京都新宿区新小川町1-5
電話 03·3268·8231-営業部
03·3268·8204-編集部
URL http://www.tsogen.co.jp
DTP フォレスト
暁印刷・本間製本

ISBN978-4-488-52908-6　C0193